다족, 갑각 등 모든 특성을 활성화하자
레아의 하반신이 아예 거미처럼
변하더니 여덟 개의 다리가 자랐다.
당연히 그만큼 키도 커지는 바람에
천장에 머리를 박았고—.
황금의 경험치 V
the golden experience point
특정 재해 생물
「마왕」 재앙 격돌 솔로 레이드

피한다.
여전히 아슬아슬하지만,
더는 맞을 것 같지 않았다.

"크헉…… 네, 네 이놈, 축생 주제에!
『디스트럭트 애로』!"

방 중심에는 거대한 나침반 같은
아티팩트가 자리 잡고 있었다.
무지개색으로 빛나는 수정으로 구성됐는지,
구체는 반짝이는 빛을 흩뿌리며 천천히 회전했다.

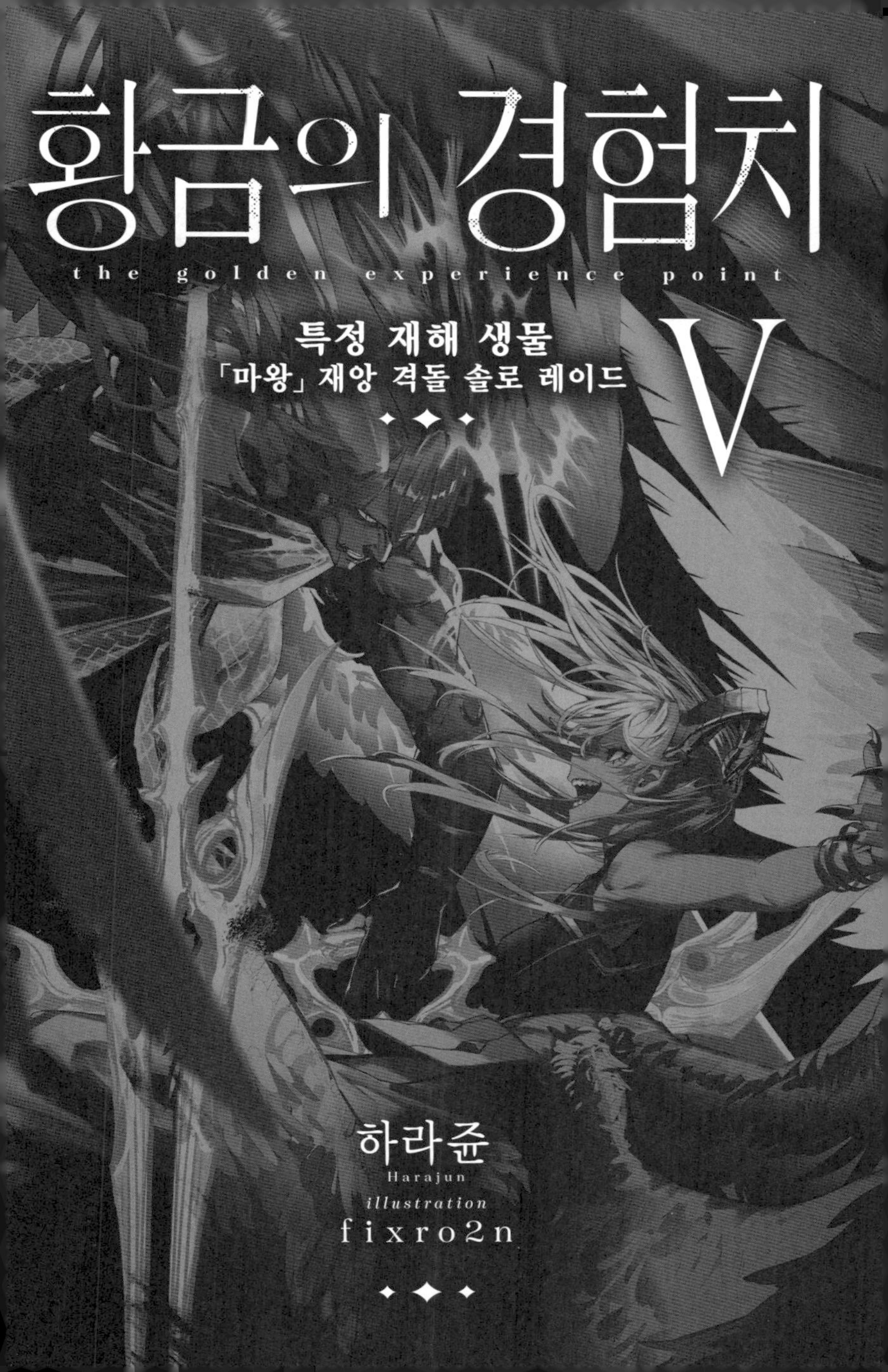

황금의 경험치

the golden experience point

V

특정 재해 생물
「마왕」 재앙 격돌 솔로 레이드

하라쥰
Harajun

illustration
fixro2n

contents

the golden experience point

MAP

the golden experience point

웰스 왕국
웰스 왕도
▲웰스 왕국 방면
아부온메르카토 고지
에른타르
베르데수드
토레 숲
라콜린느
힐루스 왕도
리베 대삼림
에어파렌
힐루스 왕국
베치르크
윌라브
▼포트리 왕국 방면
포트리 왕국
포트리 왕도

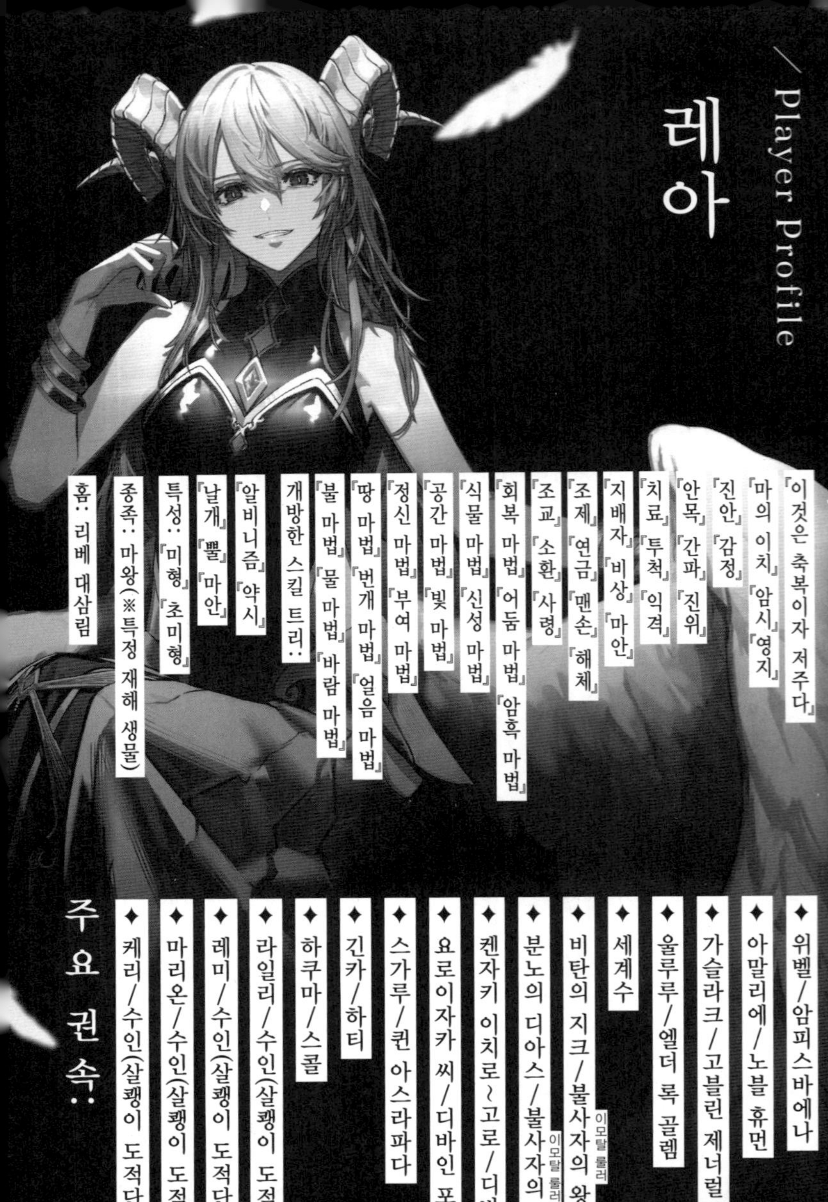

Boot hour, shoot curse

／Player Profile

레아

홈: 리베 대삼림

종족: 마왕(※특정 재해 생물)

특성: 「미형」「초미형」

「날개」「뿔」「마안」

「알비니즘」「약시」

개방한 스킬 트리:

「불 마법」「물 마법」「바람 마법」

「땅 마법」「번개 마법」「얼음 마법」

「정신 마법」「부여 마법」

「공간 마법」「빛 마법」

「식물 마법」「신성 마법」

「회복 마법」「어둠 마법」「암흑 마법」

「조교」「소환」「사령」

「조제」「연금」「맨손」「해체」

「지배자」「비상」「마안」

「치료」「투척」「익격」

「안목」「간파」「진위」

「진안」「감정」

「마의 이치」「암시」「영지」

「이것은 축복이자 저주다」

주요 권속:

- ✦케리／수인(살쾡이 도적단)
- ✦마리온／수인(살쾡이 도적단)
- ✦레미／수인(살쾡이 도적단)
- ✦라일리／수인(살쾡이 도적단)
- ✦하쿠마／스콜
- ✦긴카／하티
- ✦스가루／퀸 아스라파다
- ✦요로이자카 씨／디바인 포트리스
- ✦켄자키 이치로~고로／디바인 암
- ✦분노의 디아스／불사자의 왕(이모탈 룰러)
- ✦비탄의 지크／불사자의 왕(이모탈 룰러)
- ✦세계수
- ✦울루루／엘더 록 골렘
- ✦가슬라크／고블린 제너럴
- ✦아말리에／노블 휴먼
- ✦위벨／암피스바에나

※현재까지 판명된 정보입니다

프롤로그

북쪽 극점이란 곳에 봉인되었다는 황금룡을 부활시키고, 해치운다.

이것이 레아 일당의 당면 목표다.

준비 또한 아직은 순조로웠다.

블랑의 보고로 단서를 얻고 이루어진 실험, 기존 캐릭터들의 융합은 레아 일당에게 새로운 가능성을 열어 줬다.

라일라는 수룡 가르구이유「아비고르」.

블랑은 삼두 해골룡 스켈레트 기도라「버건디」.

그리고 레아는 쌍두룡 암피스바에나「위벨」.

각 진영은 이들을 새로운 전력으로 맞이했다.

이 기술을 응용하여 엘더 록 골렘 울루루를 아다만 탈로스라는 신화 속 인조 거인으로 전생시키는 데 성공했다. 무샤도쿠로나 자이언트 콥스처럼 다수의 언데드를 융합한 대형 언데드도 탄생했다.

물론 인류종 국가를 멸망시키기 위한 침공 작전도 잊지 않았다. 파견한 권속들이 암약해 차근차근 지배 영역을 확장하는 중이다.

순조롭다. 하지만 충분하지는 않다.

여전히 천사들의 지상 습격은 이어지고 있다. 각지에 배치한 벌레 — 주로 비행할 수 있는『항공병』, 솔저 베스파 — 가 스스로 판단해서 막아 주고 있지만, 오히려 당하는 경우도 있는 듯하다. 전투력은 베스파들이 높지만, 수는 천사가 많기 때문일 것이다.

완전히 패배해 지배 영역을 빼앗기는 일은 없으나, 사망했다면 천사 진영에 경험치가 들어가게 마련이다. 당연히 상대적인 획득 경험치는 레아 쪽이 훨씬 많으니까 그것 자체는 문제가 되지 않는다. 이대로 가면 레아가 대천사의 경험치 총량을 따라잡는 것도 불가능은 아니리라.

레아는 대천사의 습격에 대해 이렇게 생각한다.

대천사는 이 대륙을 거대한 양식장으로 보고 인류와 마물이라는 생선을 키운다.

천사들은 생선을 살찌울 사료인 동시에 고기를 잡는 어망이기도 하다.

일부러 약한 천사들을 지상에 뿌리고, 그 천사를 해치워 성장한 인류와 마물을 물량 공세로 찍어 누른다.

그리고 해치울 수 없을 만큼 성장한 개체는 방치한다.

대다수의 캐릭터는 수명이 있으므로 어망을 찢는 성가신 고기도 내버려두면 알아서 사라진다.

요컨대 레아 일당이 던전에서 벌이는 짓과 같다. 단지 스케일이 클 뿐.

그렇다면 대천사의 부하가 약한 천사밖에 없을 리 없다.

레아 본인의 사정을 생각하면 이는 당연한 사실이다.

그쪽에도 스가루, 디아스, 지크, 케리 자매 같은 간부가 있어도 이상하지 않다.

그 경우, 아무리 강해졌어도 레아 혼자서 대천사 세력을 이기기는 어렵다. 적의 부하를 막아 줄 믿음직한 동료가 필요하다.

순조롭지만 충분하지 않다는 것은 그런 의미다.
새로운 병력을 늘릴 뿐 아니라 기존의 부하도 강화해야 한다.

"기존 병력이라면, 메인은 역시 벌레겠지."
장소는 정겨운 토레 숲이었다.
넓이도, 방어 병력의 다양성도, 그리고 던전으로써도 이 숲은 이용하기 편리하다.
이 숲의 나무는 대부분 트렌트 계열 마물이라서 마음만 먹으면 라콜린느 숲처럼 미로로 만들 수 있고, 플레이어나 NPC의 접근도 쉽게 막을 수 있다.
하늘에서 직접 찾아오는 경우는 막을 방법이 없지만, 이 숲 상공은 메가타이로스가 항상 교대로 선회하고 있다. 천사처럼 감당할 수 없는 수로 밀려오지 않는 한, 그들의 방어는 뚫을 수 없다.
"우선 그 메가타이로스부터 조금 손볼까. 왠지 요즘 수도 늘어난 것 같으니까."
최근 번 경험치는 간부급에게 용돈 삼아 조금씩 나눠 줬다.
예를 들어 부하가 없는 디아스는 본인의 능력치를 높인 모양이었다. 액티브 스킬은 늘어나지 않았다. 당장은 지금 가진 스킬로 충분한가 보다.
한편, 지크는 무샤도쿠로나 자이언트 콥스가 되지 못한 부하를 강화했다고 한다. 수가 많아서 용돈 수준의 경험치로는 언 발에 오줌 누기지만, 자유롭게 쓰라고 했으니까 거기에 대해 왈가왈부할 생각은 없다.

문제는 스가루였다.

스가루는 그 경험치로 새로운 메가타이로스를 낳은 것 같았다.

"뭐, 내가 마음대로 쓰라고 했으니까."

〈황송합니다. 말씀대로 사용했습니다.〉

"아, 왔어?"

메가타이로스를 손보겠다고 통보했지만, 딱히 부르지는 않았다. 그렇게 소중한가.

〈메가타이로스들을 강화하신다고 들었습니다.〉

"응. 강화할 필요가 있을지 모르겠지만, 현재 최강의 공중 전력이고 왠지 수도 불어났으니까. 몇 마리 융합해서 보기 좋게 정리하려고."

〈어쩌면 위벨 공처럼 커질지도 모른다는 말씀이군요.〉

스가루는 기대하고 있었다.

하지만 메가타이로스는 지금도 크다. 위벨이나 울루루 정도는 아니지만, 어지간한 트렌트보다는 크다. 만약 이것들을 서른 마리가량 융합하면 얼마나 커질까?

지금까지는 투입한 마물의 총무게보다 태어난 마물이 더 무거워지는 경향이 있다. 그렇다면 조금 무서운 결과가 나올 것 같다.

"스가—."

역시 다른 마물이 좋겠다고 말하려는데, 스가루는 이미 웬 나무통을 준비해 놨다. 나무통은 거치대에 눕혀져 있고, 뚜껑 아래쪽에 난 작은 구멍을 코르크 같은 마개가 막고 있었다.

관심이 없어서 이 세계에 그런 문화가 있다는 것 자체를 몰랐지만, 아마 와인통 같았다. 사진 자료로 본 적이 있다.

하지만 정말로 와인을 마실 생각은 아닐 것이다.

이 통에는 뭐가 들었을까.

〈안심하십시오. MP 포션이라면 준비해 뒀습니다.〉

"……그래. 고마워."

생산 거점을 대부분 리플레로 옮기긴 했지만, 그렇다고 리베의 공장을 폐쇄하지는 않았다. 거기서 일하는 부하 공병에게서 징발했나 보다. 그 공장에서 일하는 공병 개미는 게임 초기에 배치한 멤버다. 아마 대부분 스가루의 직속 부하였을 것이다.

"일단 말해 두겠는데, 만약 융합 소재가 아니라면 아무 일도 안 일어나."

〈잘 알고 있습니다.〉

어쩔 수 없다. 해 보자.

강력한 비행 유닛이 늘어나는 것은 레아에게도 좋은 일이다.

지금 레아 군단은 지상 전력과 공중 전력의 균형이 크게 편중되어 있다. 원래는 지상에서 싸우는 상대가 압도적으로 많아서 딱히 상관없지만, 이번 천사들은 전부 하늘에서 등장한다.

대천사용 전력 강화를 꾀한다면 공중 전력 증강은 불가피하다.

"그럼 전부 여기로 불러 줘. 『철학자의 알』."

〈불러왔습니다.〉

"응, 고마— 헉."

이렇게 많았나.

거기에는 수십 마리에 달하는 메가타이로스가 있었다.

레아는 딱히 벌레를 싫어하지 않지만, 그 광경에는 본능적으로 공포를 느꼈다.

무수하게 빛나는 붉은 눈, 빠르게 떨리는 날개, 어디서 나는지 모를 달각거리는 소리.

이들에게 맞설 상대가 불쌍할 지경이다.

물론 천사들이 덤벼들 때의 표정을 보면 인간적인 감정이 있는지도 의문이지만.

레아는 온몸으로 퍼지는 소름과 왠지 접히지 않는 날개를 애써 무시하며 조용히 작업을 진행했다.

◆◆◆

“일단 그 포션 통은 안 써도 되겠어.”

크기 때문인지, 원래 정해진 조합법인지, 알이 받아들인 메가타이로스는 다섯 마리였다.

하지만 이 시점에서 이미 알 크기는 위벨에게 필적했다.

저번처럼 현자의 돌에 더해 레아의 피도 섞어 뒀다. 시험 삼아 맑은 심장도 넣어 보고 싶었지만, 그건 거부당했다.

그렇게 탄생한 마물은 「메가네우론」.

한마디로 표현하면 형태는 용 같지만 구성 요소는 벌레인 몬스터였다.

가르구이유에 비해 조금 가늘고 길쭉한 몸, 광택이 흐르는 검붉은 외골격, 거대한 장수풍뎅이 같은 앞발과 뒷발.

그것뿐이라면 괜찮았겠지만, 앞발과 뒷발 사이에도 여러 쌍의 다리가 붙어 있었다. 등이 굽지 않은 새우, 아니, 갯가재를 닮았다고 해야 할까? 몸을 일으키자 그 다리들과 몸통을 잇는 부분이 보였는데, 그 다리 마디의 밀집 부위는 도저히 똑바로 볼 수가 없었다.

그리고 머리는 가시 돋친 외골격이 감싸고 있고 하늘소를 닮은 더듬이가 뒤쪽으로 뻗어 있었다. 그 형태 자체는 드래곤처럼 보이기도 하지만, 유감스럽게도 아래턱이 좌우로 열렸다. 머리는 날씬한 말을 닮았지만, 입만 보면 잠자리 같기도 했다.

"……아, 맞아. 영어로 드래곤플라이지, 잠자리."

입 부분에는 융합 전부터 있었던 사슴벌레 같은 커다란 턱도 붙어 있었다. 전체적인 형태를 보면 사슴벌레보다는 뱀잠자리에 가까울까.

그리고 등에 달린 날개도 박쥐 같은 날개와 곤충 날개를 합친 모양새로, 얇은 반투명 막을 지탱하는 날개맥이 여러 갈래로 뻗어 있었다. 당연히 장수는 두 쌍 네 장이었다.

"절지동물이 거대해질 수 없는 이유는 외골격 때문, 이라는 학설을 본 것 같은데 괜찮은가?"

생물이 거대해질 경우, 단순 계산으로 근력은 근육 크기의 제곱에 비례하는 데 비해 그 근육에 실리는 부하, 체중은 크기의 3제곱에 비례해 증가한다.

그리고 이 조건은 외골격을 가진 생물에게 더욱 까다롭게 작용한다.

내골격 생물은 근육이 커지면 어느 정도 대응할 수 있는 반면, 외골격 생물은 근육 크기가 외골격에 막혀 제한되기 때문이다.

"아니지, 애초에 내 STR도 딱히 근육에서만 나온 수치는 아니야.

숫자만 놓고 보면 라일라의 가르구이유와 팔씨름을 해도 내가 이기겠지만, 내 팔이 그렇게 두껍지는 않잖아?”

능력치와 스킬 같은 게임 시스템이 개입하는 이상, 겉모습과 신체 능력이 일치한다고 생각해서는 안 된다.

그래도 크기 차이에 따른 회피, 명중 보정이나 무게에 따른 대미지 보정은 존재하므로 어찌 보면 불공평하다. 예를 들어 레아와 가르구이유의 STR가 같아도 레아의 펀치보다 가르구이유의 펀치가 강한 셈이니까.

그렇게 레아가 고찰하는 동안, 조용히 메가네우론을 올려다보던 스가루가 말문을 열었다.

〈—아아, 좋네요. 크고 멋있어요.〉

“……응. 잘됐네…….”

크기가 커지면 물리 공격의 위력이 강해지거나 LP가 VIT이나 STR에 상관없이 일정 비율 증가하는 등 장점이 있지만, 대신 명중률이 낮아지거나 범위 공격에 다단 히트로 맞는 등 단점도 있다.

종합적으로 적에게 주는 심리적 압박감까지 고려하면 큰 편이 유리할지도 모른다.

“우선 메가타이로스는 이걸로— 아, 전부 하게? 부족하면 지금부터 낳겠다고? 아, 응…….”

제1장 벌거벗은 히어로

"그럼 이 도시부터 싹 밀어 버릴까!"

"외람되지만, 싹 밀어 버리면 지배한다고 볼 수 없지 않을까요?"

"그것도 그런가? 역시 아잘레아야! 그래도 우리는 밀어 버리는 게 특기인 애들밖에 없는데."

"처음에는 자이언트 콥스와 플레시 골렘에게 맡길 수밖에 없겠지만, 주민이 어느 정도 사망하면 그들을 수하로 부려 잔존 세력을 처리하는 게 어떨까요?"

"카마인도 가끔은 맞는 말을 하네! 그거 채용!"

"……가끔?"

항상 아잘레아가 먼저 말할 뿐이지 저도 똑같이 생각하는데요? 라는 말이 들렸지만 무시했다.

거대한 언데드에게 죽으면 그 시체도 심하게 훼손될 것이다. 하지만 시체를 흡혈귀로 만들면 육체가 생전 모습으로 복구되어 전생하므로 문제없다.

"여기 사람들 드워프뿐이었지? 생전 상태로 흡혈귀가 되면…… 드워프 흡혈귀가 되나. 음? 그럼 나는 지금 대체 무슨 흡혈귀지?"

원래는 스켈레톤이었다. 레아가 보낸 질문에 운영진이 답하기를, 스켈레톤이 되기 위해 태어난 스켈레톤 뼈라고 한다.

그렇다면 현재 블랑은 스켈레톤이 되기 위해 태어난 스켈레톤 흡혈귀라는 뜻이다. 그 말인즉— 뭐지?

"……뭐든 어때. 좋아, 거인들 출발!"

블랑의 호령이 떨어지자 자이언트 콥스와 플레시 골렘들이 목표인 도시를 향해서 진군했다.

처음 노린 곳은 성벽이 없는 한적한 마을이었다.

마물의 영역에서 멀리 떨어진 드넓은 밭에서는 밀 같은 작물이—.

"저건 호밀이네요."

호밀이 자라고 있었다.

라일라의 말에 따르면 나라별로 재배하는 식물이 다르다고 한다.

예컨대 남쪽의 포트리에는 과수원이 많고, 힐루스나 오랄은 밀보리, 페아레는 쌀과 옥수수를 주로 재배한다. 각자 종족에 맞는 식문화가 있나 보다.

그리고 이곳 셰이프는 베리 농장과 호밀밭이 많다. 마을 인근에는 사과나무 같은 과목도 많이 심어 뒀다.

"왜 하필 라즈베리와 호밀이지?"

"드워프는 술을 좋아한다고 들었어요."

"아하!"

그렇다면 마을 인근의 나무는 사과나 플럼일 것이다. 그것들을 써서 만드는 와인이 있다고 들었다. 베리도 마찬가지다.

호밀로 만드는 술로는 호밀 맥주가 있다. 어쩌면 라이 위스키일지도 모른다.

"술…… 나나 우리 언데드들한테는 의미 없는 물건이지. 그래도 과수원은 흡혈귀에게 중요한 시설이야. 마을 주변 과일나무가 상하지 않게 조심하는 대신 다른 밭은 전부 갈아엎어 버려도 돼!"

호밀밭을 짓밟는 죽음의 거인들을 보고 마을에서 기사단이 출동했다.

성벽도 없는 목가적인 마을이다. 기사단이 상주할 만한 곳은 아니다.

아마 천사를 방어하려고 파견된 병력일 것이다.

천사는 크게 강하지 않아서 병력을 한 곳에 집중하기보다 전국에 넓게 펼쳐 놓아야 피해가 적다.

그렇다면 이벤트 기간에는 이런 작은 마을에 평소보다 강력한 방어 병력이 주둔하는 대신 평소 군건한 방어를 자랑하는 도시는 수비가 허술해진다고 볼 수 있다.

침략하기에는 좋은 타이밍이다.

"좋았어~! 밟아 뭉개~!"

출동한 기사단은 웰스 왕도 때와는 비교가 되지 않을 만큼 소규모였다.

자세히 보니 화려한 갑옷을 입은 사람은 얼마 없고 간소한 가죽 갑옷이나 두꺼운 천옷을 입은 병사가 대부분이었다.

직업 군인인 기사가 지휘관으로 소수 파견됐고, 그 외에는 마을 자경단 및 젊은이들로 구성된 방위군 같았다.

레아가 드워프는 강하니까 기사가 적을지 모른다고 충고했었는데 그 말이 맞았나 보다.

몇 명밖에 되지 않는 기사 NPC는 강했다. 웰스에서 쓸어버린 기사와는 비교가 되지 않을 만큼.

플레이어와 같은 수준으로 생각하라고 들었지만, 그렇다고 해도 상당히 상위에 속할 실력이었다.

그래도 강한 건 그 몇 명뿐. 다른 드워프는 별 볼 일 없었다.

가죽 갑옷을 입은 자는 그럭저럭 강했지만, 발로 밟고 차고 하는 사이에 죽어 나갔다.

두꺼운 천옷만 입은 젊은이들은 더 수월했다. 애초에 그들은 겁에 질려 전의를 상실했고 거인 언데드들에게 생채기도 내지 못한 채 퇴장했다.

사망자들을 언데드로 되살리는 일은 아잘레아의 몫이었다.

『사령』으로 즉시 좀비로 만들고 블랑이 있는 후방까지 스스로 걸어가도록 조종했다.

라이스트리고네스는 종족 스킬로 『사역』을 가지지 않아서 이게 가장 간편한 언데드화 방법이었다.

이 상태의 좀비들은 『사령』을 사용한 캐릭터의 지배를 받지만, 엄밀히 따지면 『사역』된 상태는 아니다. 사망하면 그대로 먼지로 돌아가기 때문이다. 굳이 말하자면 『정신 마법』인 『지배』를 받은 상태에 가깝다.

블랑 곁으로 걸어온 좀비들은 블랑에게 『사역』되고 피를 나눠 받아 하급 흡혈귀로 전생한 뒤, 다시 전선으로 복귀해 옛 동포들을 공격했다.

블랑이 직접 최전선에서 이 작업을 하지 않는 이유는 아잘레아 자매가 신신당부했기 때문이었다.

그녀들도 언데드화를 위해서 전선에 나가지만, 거기서 직접 싸우지는 않았다. 그녀들이 나서야 할 수준의 적이 있다면 이번에는 도망가기로 사전에 합의해 뒀다.

그 의견에는 레아도 동의했고, 블랑의 생각이 달랐다면 말렸을 거라고도 말했다.

그래서 후방에서 움직이지 못하는 블랑은 아잘레아의 시야를『소환』해서 전선을 관찰하고 있었다.

마젠타와 카마인은 블랑을 호위하는 중이었다.

광대한 호밀밭은 피로 물들고 무참히 짓밟혀 더 이상 금빛 물결을 찾아볼 수 없었다.

아무리 좋게 표현해도 지옥이었다.

활기차게 돌아다니는 것은 거인과 기사들뿐.

그 기사들도 피해가 축적되어 움직임이 둔해진 것 같았다. 쓰러지는 건 시간문제다.

"기사들만 정리되면 마을 사람들을 차례대로 흡혈귀로 바꾸자. 내가『사역』하면 자동으로 무슨 언데드가 될 테니까 저항하지 않으면 굳이 죽일 필요는 없을 거야."

그렇게 기사들을 모두 처리하고 과수원을 넘어 마을로 침입하려던 때였다.

"—게 섰거라!"

누가 단신으로 마을을 나와 이쪽으로 걸어왔다. 체형으로 보아 드워프는 아니었다. 아마 휴먼이 아닐까.

어디서 어떻게 만들었는지 가죽 라이더 재킷 같은 옷을 입었다. 넓은 의미에서는 저것도 가죽 갑옷이라고 할 수 있지 않을까.

그자는 혈혈단신으로 거인들 앞을 막아서더니, 가죽 장갑을 낀 손을 꽉 쥐며 웬 포즈를 잡았다.

"너희의 횡포를 더는 두고 볼 수 없다! ……나는 싸우겠어! 인간을 위해!"

"……드워프를 위해서가 아니라?"

청각도 아잘레아에게 빌린 덕분에 아잘레아의 혼잣말도 잘 들렸다. 맞는 말이지만, 아마 그가 하고 싶은 말은 그런 뜻이 아니리라.

"지켜봐 줘……! 나의……『변신』!"

"……?!"

그 순간, 남자의 몸이 팽창했다. 남자의 몸은 가죽 재킷과 두꺼운 바지를 찢고 알몸이 됐다.

알몸이라도 원래 있어야 할 부위가 있지는 않았다.

온몸에 외골격 같은, 검게 반들거리는 장갑(裝甲)을 두른 그 모습은 멀리서 보면 전신 갑옷이라도 입은 것 같았다.

하지만 아니었다.

장갑 관절부는 움직임을 방해하지 않는 고무 주름관 같은 물체로 빈틈없이 막혀 있고, 갑옷 어디에도 이음매가 보이지 않았다. 탈의를 고려하지 않은 디자인…… 즉, 저 갑옷 자체가 남자의 피부다.

그래서 그는 알몸인 것이다.

전체적인 실루엣은 둥그스레한 편이었다. 머리에 더듬이인지 뿔인지 모를 것이 두 가닥 뻗어 있고, 팔 바깥쪽으로 날카로운 가시들이 삐죽삐죽 솟아 있는 점을 빼면.

그 가시들은 입을 덮는 장갑에도 똑같이 나 있었다.

어디서 이런 벌레를 본 것 같은데, 기억이 나지 않는다.

"저 녀석, 괴물이었나!"

"으, 으아악!"

그를 걱정해서인지 상황을 살피러 온 드워프들이 쏜살같이 마을로 도망가고 있었다.

"……훗. 인간이 아닌 것도, 썩 나쁘지 않아……."

그들을 바라보는 남자의 뒷모습에는 애수가 감돌았다.

"우와아……."

블랑의 떡 벌어진 입으로 감탄사가 흘러나왔다.

이 모습, 그 대사, 그리고『변신』이라는 단어.

틀림없다. 그는 마스크드 바이커— 구세기에 그 자체로 하나의 장르가 될 만큼 인기를 끌었던 특촬물 시리즈를 잘 아는 플레이어다.

『변신』이란 무엇인가. 그런 스킬인가. 아니면 다른 능력인가. 어쩌면 그것을 닮은 종족일지도 모른다.

어떻게 하면 저 힘을 얻을 수 있을까. 애초에 흡혈귀에게도 가능할까?

"흡혈귀 자체가 뇌 개조 직전에 도망친 느낌이라서 만족했었는데, 설마 이런 진짜배기 변신이 있을 줄은……. 어쩌지. 흡혈귀여도 할 수 있을까? 아, 그런 시리즈가 있었던 것 같기도 해. 아니, 그건 하프 뱀파이어였나."

블랑이 혼잣말을 줄줄이 내뱉는 사이에도 아잘레아의 시야에서는 상황이 변화하고 있었다.

"합!"

남자는 두 발을 모아서 점프하더니 근처 플레시 골렘에게 발차기를 먹였다.

플레시 골렘은 휘청거렸지만, 딱히 타격을 입은 것처럼 보이지는 않았다.

착지한 남자는 연이어서 펀치와 킥을 구사하나, 이제 플레시 골렘은 꿈쩍도 하지 않았다.

생각해 보면 완전 무장을 한 기사의 검도 치명적인 피해를 주지 못했다. 이 남자의 맨손이 강해 봤자 얼마나 강하겠는가.

“경계한 내가 바보지.”

또 아잘레아의 혼잣말이 들렸다.

참으로 맞는 말이다.

단, 블랑은 경계가 아니라 기대를 했지만.

“괜히 기대했네, 에효.”

자이언트 콥스가 남자를 짓밟았다.

하지만 발을 치우자 남자는 휘청거리면서도 두 다리로 일어섰다.

“나는 언제든지…… 되살아난다!”

“되살아난 게 아니라 안 죽었잖아. 뭐야, 지금 공격을 맞고도 멀쩡해?”

일어난 남자는 휘청거리고 있었다.

아무리 그래도 멀쩡하지는 않을 것이다.

그 공격에 죽지 않는다면 최소한 방금 싸운 기사와 맷집이 동급이라는 뜻이다.

공격력은 별 볼 일 없는데 방어력과 생명력이 높은 형태일까?

하지만 자이언트 콥스의 생각은 달랐나 보다.

단순히 장갑 같은 피부가 단단한 탓이라고 생각했는지, 커다란 손으로 남자를 붙잡아 자기 눈앞까지 들어 올렸다. 그리고 다른 손으로 남자의 머리를 집었다.

"앗."

아차, 자이언트 콥스는 남자의 머리를 뽑아 버릴 작정이다.

『감정』으로 스킬과 종족을 알고 싶으면 상대가 살아 있어야 한다. 시체에 발동해도 시체에 관한 정보밖에 얻을 수 없다. 무슨 종족인지 알아도 생전에 보유한 스킬이나 능력치는 밝혀지지 않는다.

"주인님?!"

"기다려 주세요!"

마젠타와 카마인의 제지를 뿌리치고 블랑은 남자를 육안으로 확인할 수 있는 거리까지 전속력으로 날아갔다.

간발의 차였다.

남자가 죽기 직전, 그의 정보를 간신히 확인할 수 있었다.

이미 남자의 머리는 자이언트 콥스의 오른손 손가락 끝에서 빛으로 변해 사라지고 있었다. 몸도 왼손 손아귀에서 빛으로 변하는 중이었지만, 한번『감정』으로 표시된 정보는 창을 닫거나 다른 행동을 하지 않는 한 계속 남아 있는다.

공중에서 허공을 바라보며 정지한 블랑을 마젠타와 카마인이 질질 끌다시피 후방으로 끌고 가고, 거인들과 아잘레아는 다시 마을로 진격을 개시했다.

"……휴먼이네, 종족."

종족은 평범했다.

다만 신경 쓰이는 점은 휴먼이라면 비어 있을 종족 특성에 「갑각」, 「갑옷」, 「철」, 「변태」라는 글자가 보인다는 것이었다.

분명 변태라는 말로밖에 설명할 수 없는 모습이기는 했다. 아니, 물론 그런 뜻의 변태는 아니겠지만.

게다가 단순한 휴먼이 갑각이나 갑옷을 장비가 아닌 종족 특성으로 가졌을 리 없다.

그것을 가능케 하는 무언가가 있었을 것이다. 휴먼인 그에게 종족 특성을 추가한 무언가가.

"변신이라고 하면…… 개조…… 육체 개조…… 메뚜기 개조 인간…… 아니, 메뚜기는 아닌가. 갑각과 갑옷, 철. 철 갑옷은 알겠는데 갑각은 뭐지?"

"일전에 에른타르에 머물렀던 레아 님의 부하, 비틀 님은 갑충의 여왕이었습니다. 그것과 무슨 관련이 있지 않을까요?"

블랑의 혼잣말에 마젠타가 대답했다.

"아, 그러고 보니 그런 얘기를 했던 것 같기도……. 그럼 갑각은 갑충의 껍데기인가?"

즉, 그 남자는 철 갑옷과 갑충 개조 인간이라는 말이다.

"아니, 왜 자꾸 개조래! 그런 정신 나간 시스템이 게임에 있을 리가—."

마을 사람들을 짓밟는 플레시 골렘을 봤다.

저건 레아가 여러 스콰이어 좀비를 하나로 합체한 마물이었다.

곰곰이 생각하면 그것보다 정신 나간 실험도 없지 않을까.

"……레아네에 있는 무식하게 큰 골렘도 본인과 소재만 넣었더니 똑같은 크기에서 모습만 변했지. 보진 않았지만, 아마 종족 특성도 함께 변했을 거야."

그건 골렘이어서 소재에 맞춰 종족도 변한 경우였다. 휴먼으로 똑같은 짓을 한다고 아다 휴먼이나 휴 아다만 같은 것이 나오진 않으리라.

그래도 모종의 조건을 충족하고 융합할 경우, 보통 휴먼과 특수한 휴먼을 오갈 수 있는 특성이 생긴다면…….

"혹시 그게 『변태』인가? 변태…… 변태라……."

"……어떡하지? 주인님이 자꾸 변태라고 중얼거리는데……."

"……가만히 놔두자. 우리가 뭘 할 수 있겠어……."

◆◆◆

〈아, 『변태』? 그 특성은 알지만, 휴먼…… 인류 계통 종족이 가진 건 확실히 이상한걸.〉

〈그치? 나도 깜짝 놀랐지 뭐야. 그래서 혹시 그 『변태』를 어떻게 얻는지 알면 나도 뭔가랑 섞어 줬으면 싶어서.〉

〈……상관은 없지만, 먼저 다른 걸로 실험하는 편이 낫지 않아? 지금 전생을 포함한 종족 변경 시스템은 대부분 한 번 정하면 되돌릴 수 없어.〉

플레이어라면 최악의 경우, 과금 아이템을 써서 엘프나 휴먼으로 돌아갈 수 있지만.

〈괜찮아, 괜찮아!〉

〈그래? 네가 좋다면 괜찮지만. 그보다 그 변태는 어땠어? 자이언트 콥스에게 당했다면 엄청 강하지는 않은 것 같은데.〉

〈응? 아, 능력치는 중수 플레이어 정도였어. 스킬도 별거 없었고. 어쩌면 『맨손』도 없었을지 몰라. 종합적으로 보면 NPC 기사가 더 강했어. 변신한 뒤에는 갑옷으로 무장한 기사만큼 단단해졌지만.〉

변신이란 말은 그 플레이어가 독자적으로 설정한 키워드다. 원래는 『변태』일 것이다.

부분적인 『변태』는 스가루도 사용했지만, 그것을 전신에 적용한 버전인 셈이다. 『변태』의 설명에도 신체 일부 또는 전체를 변화시킨다는 내용이 있었던 것으로 기억한다.

블랑의 생각이 맞다면 만약 스가루와 레아를 융합할 시, 스가루 같은 종족 특성을 가진 마왕이 탄생할지도 모른다.

그 경우, 융합한 시점에서 『변태』를 가질 가능성도 있다.

자기 아바타를 융합 소재로 쓴다는 발상은 가능성조차 고려한 적이 없지만, 듣고 보니 소재로 이용할 수 있다면 안 될 이유도 없다.

하지만 그러려고 스가루를 잃고 싶지는 않다.

게다가 둘이 융합할 경우, 레아의 부하와 스가루의 부하 중 한쪽을 전부 잃을지, 아니면 새로운 캐릭터 아래로 통합될지 등 세부적인 사항도 아직은 알 수 없었다. 무턱대고 실행할 엄두가 나지 않았다.

〈그래서 그 셰이프의 시골 마을은 결국 어떻게 됐어? 제압했어?〉

〈응? 몰라. 아잘레아가 알아서 잘하니까 괜찮지 않을까? 아마 조만간 정리될 거야.〉

〈……그래.〉

혼자서 나라를 함락하고 싶다던 열정은 어디로 갔는가.

아잘레아는 블랑의 부하니까 블랑의 힘으로 공략했다고 볼 수도 있겠지만, 본인은 그걸로 만족하는가. 뭐, 블랑이 괜찮다면 괜찮은 거지만.

〈그럼 동료도 늘어났겠다, 여기가 끝나면 다음 마을로 갈게!〉

〈천사도 습격해 오니까 마을을 완전히 비우면 안 된다?〉

〈괜찮아! 베르데수드는 좀비밖에 없어서 천사가 쳐들어올 때마다 거의 전멸하는데도 문제없었어.〉

문제가 없을 리가.

전에 흡혈귀 몇 명을 배치했다는 이야기는 들었다.

아마 그 몇 명이 천사를 처리하는 덕분에 던전 지배권을 빼앗기지 않은 것이다.

과로로 쓰러져도 이상하지 않을 수준이다.

이런데 만약 식량 공급까지 깜빡한다면, 괜한 오지랖이라고 하더라도 지원군을 보낼 수밖에 없다.

하지만 블랑이라면 정말로 그럴 것만 같은 느낌이 들어 무서워서 차마 묻지 못했다.

◆◆◆

"그나저나 철 갑옷이라. 단순히 철제 갑옷을 넣었는지, 아니면 그런 마물을 섞었는지 모르겠네. 아다만, 미스릴 같은 소재나 현자의 돌은『철학자의 알』에 넣어 봤어도 장비처럼 단독으로 의미가 있는 아이템은 넣은 적이 없으니까."

적어도 디바인 포트리스는 융합 소재가 되지 못했다. 그렇다면 전신인 리빙 계열 몬스터도 융합 소재가 된다고 보기 어렵다.

혹시 넣는 순서가 따로 있는 걸까?

블랑이 말한 변태는 휴먼이었다고 한다. 전생처럼 종족이 완전히 바뀌진 않았다는 말이다. 어디까지나 휴먼에 다른 종족의 특성이 추가됐을 뿐.

이게 만약 융합으로 벌어진 일이라면 소재 중 하나가 주축이 되었다고 볼 수 있다. 이 경우는 그 휴먼이다.

예를 들어 전생용 융합 소재는 되지 못하지만, 융합으로 다른 캐릭터에게 특성을 계승할 수 있는 종족이 있다면 어떨까? 리빙 계열 마물이 그에 해당할 가능성이 있다.

물론 단순한 철제 갑옷을 넣었을 가능성도 있으므로 이건 어디까지나 추측에 불과하다.

"뭐가 됐든 해 보지 않고서는 모를 일이지……. 우선 그런 추가 융합이 가능한지부터 알아봐야겠어."

그나저나 그 변태는 어떻게 그런 힘을 손에 넣었을까.

스스로 했다고 생각하기는 힘들었다.『연금』으로『위대한 작업』까지 배우려면 마법 스킬을 모든 속성 습득하는 등 많은 조건이 있다.

그렇게 다양한 스킬이 나열되면 아무리 블랑이라도『감정』한 시점에서 눈치챈다.

그렇다면 융합을 실행한 자는 다른 누군가일 텐데, 그게 누굴까.

그 변태는 플레이어라고 들었지만, 융합한 자도 플레이어라는 보장은 없다.

NPC 중에도 얕볼 수 없는 존재가 있다는 것은 뼈저리게 깨달았고, 죽은 정령왕 말고도 『연금』을 마스터한 자가 없으리란 법도 없다.

심지어 블랑이 있는 곳은 드워프의 나라다.

"그래도 그런 재미있는 플레이어가 있다면 더 화제가 됐을 만도 한데……. 뭐, 남의 말 할 처지는 아니지."

변태, 아니, 가칭 「히어로」와 그를 개조한 가칭 「박사」가 그런 롤플레이를 즐기는 사람이라면 스스로 소문을 퍼뜨리지는 않을 것이다.

현재 전투력은 미미한 수준이지만, 만약 앞으로도 인체 개조를 반복한다면 얼마든지 강해질 잠재력이 있다. 솔직히 그런 짓을 할 바에야 평범하게 경험치를 버는 편이 효율적이라고 생각하지만, 그들이 추구하는 가치는 효율이 아닌 로망이나 멋이다.

그리고 그건 블랑과 레아에게도 해당하는 사항이었다. 라일라는 어떤지 몰라도.

"적어도 히어로는 플레이어 같으니까 납치해서 신문할 수 없겠지. 박사가 NPC라면 해결되겠지만, 지금은 어디 있는지도 모르니까 손쓸 방도가 없어."

그래도 박사에게 진짜 묻고 싶은 내용은 「어떻게 그런 능력을 얻었느냐」지, 「어떻게 했느냐」는 크게 중요하지 않다.

초기의 『사역』과 마찬가지다. 그런 스킬이 존재한다는 사실만 알면 시행착오를 겪으며 언젠가 반드시 도달할 수 있기 때문이다.

"포인트는 『연금』인가. 하지만 적어도 기존 스킬로 그런 짓이 가능할 것 같지는 않아……. 그 후로 꽤 많은 스킬을 배웠지만, 뭔가 새롭게 늘어난 것도 없고."

적어도 마법 스킬은 현재 습득할 수 있는 대부분을 배웠다.

무술 계열 스킬은 『맨손』 정도밖에 배우지 않았지만, 이쪽 스킬이 『연금』에 영향을 끼친다고 생각하기는 어려웠다.

"뭐, 지금도 『치료』에 격투기 소양이 필요하다는 이해하기 힘든 조건이 있지만."

소재의 특성만 다른 캐릭터로 이식한다는 관점에서 보자면 추출에 가까운 이미지다.

"추출…… 역사가 가장 오래된 화학 공정 중 하나지. 활용하던 분야는 주로 요리지만. 차나 국물 내기 같은."

『조리』는 레아가 손도 대지 않은 스킬 트리 중 하나였다.

만약 이게 전제 조건이라면 레아의 스킬 목록에 나타나지 않는 이유도 납득할 수 있다.

레아는 우선 『조리』를 배워 보기로 했다.

만약 관계가 없더라도 배운 『조리』 스킬이 사라지지는 않는다.

레아 본인이 요리하는 모습을 상상하기 힘들지만, 있으면 언젠가 쓸 날이 올지도 모른다.

그렇지만 평소 공복도를 채우기 위한 식사는 개미가 만들고, 디저트가 먹고 싶으면 라일라를 뜯어먹으면 된다.

처음에는 개미들에게 「개미가 먹는 식사와 인류종이 먹는 식사는 다르다」라는 사실을 가르치느라 고생했지만, 그 교육도 진작 끝났다. 레아가 직접 식칼을 쥘 기회는 앞으로도 없으리라.

◆◆◆

이 『조리』 트리에는 『사전 준비』밖에 없었다.

『사전 준비』를 배우자 스킬 트리와 같은 이름을 공유하는 『조리』가 해금됐다.

『조리』에는 『연금』처럼 조합법이 있고, 거기에 적힌 재료를 모아서 적절한 기구를 사용하면 자동으로 조리가 진행되어 음식이 완성되는 시스템 같았다.

적절한 기구를 모으는 것도 힘들겠다고 생각하면서 『조리』를 배우자 스킬 트리에 『부엌』이라는 스킬이 추가됐다.

『부엌』은 『연금』에서 『철학자의 알』에 해당하는 스킬로, 요컨대 MP를 소비하면 출현하는 조리 기구였다. 조리할 요리에 따라서 최적의 기구로 형태가 변한다고 한다. 찌거나 굽는 등 여러 공정이 필요할 경우에는 이름 그대로 부엌처럼 기구가 세트로 나타난다. 당연히 요리에 따라서 필요한 MP도 달라지며, 많은 기구가 출현하면 그만큼 많은 MP를 소비한다. 이것도 융합을 이용하게 된 지금이니까 아는 사실이지만, 『철학자의 알』이 크기에 따라서 MP 소비량이 달라지는 점과 유사하다.

『조리』가 『연금』과 같은 방식이라면 『조리』 습득에는 『가열』이나 『세정』, 『통전』, 『분쇄』 등 각 속성 마법 스킬이 필요할 가능성이 있다. 레아는 『연금』을 습득할 때 대강 배워 뒀지만, 그게 아니라면 상당히 부담스러운 조건이다.

그렇게까지 해서 『조리』 스킬을 배우는 사람이 있을까?

상식적으로 전투를 거의 하지 않는 일반 NPC가 그런 스킬을 배울 리가 없다.

그렇다면 이 세계 요리사들은 평소 어떻게 음식을 만든단 말인가.

설마 스킬을 쓰지 않고 요리하는 캐릭터가 대다수인가?

"……평소에는 주로 전투를 하는 기사나 용병이면서, 전 속성 마법 스킬을 배웠고, 취미로 요리도 하고 싶은 인물이 있다면 배웠을지도 몰라. 거기에서 『연금』에도 손을 댄다면 현자의 돌이 시장에 풀릴 가능성도 있겠어."

아직 시장에 그런 아이템이 나돈다는 이야기는 듣지 못했다. 플레이어들이 모이는 SNS에서도, 구스타프에게서 올라오는 정보로도.

물론 그자와 언제 어디선가 충돌하게 되더라도 레아가 지금 해야 할 일은 변하지 않는다. 바로 아군 진영의 강화다.

게다가 『연금』 트리를 예로 들자면 『연금』까지 배우지 않고 『정제』만 배워도 당장 플레이어가 필요로 하는 금속을 광석에서 뽑아낼 수는 있다.

마찬가지로 『조리』가 아니라 『사전 준비』만으로도 재료를 썰거나 데칠 수 있고, 밑간도 가능한 모양이다. 알코올이나 절임 등 발효식품의 준비 작업도 이 스킬로 가능하며, 발동하면 필요한 효모가 어디선가 솟아나서 저절로 반응을 일으킨다고 한다.

즉, 『사전 준비』로 데치기와 발효를 사용하면 스킬만으로 콩을 낫토로 만들 수 있다는 뜻이다.

아마 밥도 지을 수 있고 간장도 만들 수 있을 것이다.

콩과 쌀과 소금만 있으면 낫토밥을 무한으로 만들 수 있다는 말이다. 무시무시한 스킬이다.

"이게 있으면 『조리』도 필요 없는 거 아니야? 냄비랑 밥그릇, 젓가락만 있으면 되니까 『부엌』도 딱히 필요 없겠는데."

아무튼 이런 이유로 『연금』이나 『조리』를 마지막까지 적극적으로 배우는 NPC와 플레이어는 적을 것으로 예상된다.

레아는 일단 자신의 스킬을 살펴보기로 했다. 뭔가 늘어났을지도 모른다.

『사역』을 찾던 때는 스킬 수도 적어서 편했지만, 지금은 스킬을 확인하는 것도 일이었다.

적잖은 시간을 들여 조사하자 『조제』 트리에 『추출』이 나와 있었다. 효과는 「대상에 포함된 성분을 분리해 농축한다」였다.

아무래도 『조제』, 『연금』, 『조리』에서 모두 활용할 수 있는 스킬 같았다. 예를 들어 『조제』 중에 발동하면 특정 성분을 추출할 수 있고, 『조리』 중이라면 국물을 낼 수 있다. 레아는 평소 요리를 하지 않아서 그게 대단한 효과인지 아닌지 가늠이 되지 않았다.

특정 성분만 추출한 소재로 포션을 제작할 경우, 품질에 어떤 영향이 나올지는 해 보지 않으면 모르겠지만, 설마 안 좋아지기야 하겠는가. 어쩌면 현자의 돌처럼 상위 아이템이 생성될지도 모른다. 회복약 그레이트 같은 식으로.

포션 사용에는 쿨타임이 없고 만복도도 늘지 않기 때문에 회복량이 부족하면 추가로 마시면 그만이다. 하지만 전투 시처럼 촌각을 다투는 상황에서는 한 병의 회복량이 생사를 가르기도 한다.

이건 이것대로 검증해 봐야겠다. 나중에 레미나 그 부하 기술자들에게 가르쳐 보기로 마음먹었다.

지금 당장 중요한 것은『연금』이다.

이 스킬을 어떻게 써야 융합의 새 지평이 열릴까.

『조리』와『조제』에서는 공정의 첫 부분이나 도중에 사용하면 특정 소재에서 성분 추출과 국물 내기가 가능했다.

상황에 맞춰 어떤 효과를 낼지 자동으로 정해지는 모양이었다.

즉, 융합 도중에 사용하면 소재에서 특성만『추출』할 수 있을지도 모른다.

"좋아, 해 볼까.『철학자의 알』."

일단은 실험해 보는 것이 확실하다.

뉴트 한 마리를『소환』해 수정 알에 넣었다.

뉴트는 아직 그 강, 지도에 콘파인 강이라고 나와 있던 곳에 많이 서식하고 있었다. 수가 적어지면 또 가서『사역』하면 된다. 블랑과 라일라도 쓸지 모르니까 마구잡이로 끌어다 쓸 순 없지만, 몇 마리 정도라면 티도 안 난다.

"『추출』!"

수정 알은 한순간 빛나더니 순식간에 내부가 어떤 액체로 채워졌다.

안에 든 뉴트는 사망한 듯했다. 양서류는 눈을 봐도 살았는지 죽었는지 구분하기 힘들지만, 눈앞에서 권속이 죽으면 바로 알 수 있었다.

수정 알 속에 둥둥 떠 있는 그 모습은 어떤 자료에서 본 생물 표본 같았다. 옛날에는 생물을 표본으로 보존하기 위해서 병에 포름알데히드 수용액을 채워 담갔다고 하는데, 딱 그런 모양새였다.

"상황으로 보아 이 액체가 『추출』된 아이템인가. 어디 보자…… 『감정』."

힐루스 뉴트 국물.

"……아, 응."

뉴트가 죽을 만도 하다. 산 채로 육수를 우린 셈이니까.

사망할 가능성은 염두에 뒀지만, 상상 이상으로 잔인한 짓을 한 기분이었다.

"아무리 그래도 이건…… 미안한데."

따지고 보면 약초의 성분 추출도 국물 내기와 큰 차이는 없다.

차를 우리거나 커피를 내리는 것도 마찬가지다.

추출이란 본래 그런 것이다.

"그나저나 국물이든 차든 커피든 물을 써서 추출한다는 점은 똑같구나. 어쩌면 특성을 추출할 때는 전용 용매가 필요할지도 몰라. 그게 없을 때는 일단 물로 추출하니까 결과적으로 국물이 나오는 거고."

이건 꽤 그럴싸한 추측이다.

그렇다면 용매가 필요한 공정도 자동으로 해결해 주는 스킬이 있을 만도 하다.

그게 뭔지는 현시점에서 알 수 없지만, 존재한다면 언젠가 배우게 되리라.

경험치는 아직 남아 있다.

하지만 그 후로 이래저래 시험해 봐도 유의미한 스킬은 해금되지 않았다.

“—역시 필요한 건 스킬이 아니라 용매인가?”

그 용매를 만드는 스킬이 있다면 이 또한『연금』일 것이다.

지금까지 수많은 아이템을 확인하여 조합법은 상당수 공개됐다.

그렇지만 용매의 이름을 알지 못하면 이 제작 목록에 그게 있는지, 있어도 조합법이 해금됐는지 알 수 없다.

하나씩 시험해 볼 수도 있지만, 시간이 얼마나 걸릴지 장담할 수 없다. 심지어 제작하는 아이템이 아니라면 헛수고로 끝난다.

“변신은 아쉽지만— 앗, 아니, 블랑에게는 미안하지만, 현시점에서 이 이상은 힘들겠어…….”

뭔가 돌파구가 필요하다. 정보가 부족하다.

당연히 가장 좋은 방법은 당사자인「히어로」를 추적하는 것이다.

그에게는 별 가치가 있어 보이지 않지만, 반드시「박사」와 접촉할 것이다.

그 박사가 NPC라면 납치해서 협박하거나『사역』하고, 플레이어라면 돈이나 정보, 그가 원하는 것을 대가로 협력을 구한다.

“아마 지금 가장 가까운 곳에 있는 사람은 블랑이겠지. 이미 늦었을지 모르지만, 일단 그자의 행방을 알아보라고 할까…….”

◆◆◆

〈히……어로? 아, 그 변태!〉

〈응. 역시 현 단계에서는 변신 능력을 캐릭터에 부여하기가 어려워서.〉

〈후후후. 그거라면 지금 아잘레아가 쫓고 있어! 이런 일도 있을까 봐! 이런 일도 있을까 봐!!〉

이건 레아도 한 번쯤 해 보고 싶은 대사였다. 살짝 부럽다.

〈아잘레아는 마을을 제압하는 현장 리더 아니었어? 마을 제압은 이미 끝났어?〉

〈그게 말이지—.〉

자이언트 콥스에게 머리가 뽑힌 히어로는 블랑 군단에게 습격당하는 마을에서 리스폰했다.

하지만 그곳은 NPC에게 빌린 듯한 하숙방이었다.

그가 마물 같은 모습으로 변신하는 광경을 목격한 NPC에게 내쫓겨 길바닥에 나동그라지는 순간을 아잘레아가 발견한 것이다.

조금 전에 자신들 앞을 막아서던 남자가 사망한 직후 다시 눈앞에 나타났다.

그래서 아잘레아는 이 남자를 주인과 같은 플레이어라고 판단해 죽이지 않기로 했다.

죽여 봤자 금방 부활할 게 뻔하기 때문이었다. 그리고 주인인 블랑은 이 남자에게 왠지 집착하는 듯 보였다.

그렇다면 뒤를 밟아 이 마을 외의 거점을 알아내는 편이 주인은 기뻐할 것이다.

아잘레아는 박쥐 세 마리로 변해 한 마리는 그곳에 남고 두 마리로 남자를 미행했다.

남자는 더는 이 마을을 위해 싸울 마음이 없는지 쏜살같이 마을에서 도망쳤다.

그 후 얼마 가지 않아 마을은 제압당했고, 주민은 모두 블랑의 부하 흡혈귀로 변했다.

〈—그래서 지금 아잘레아 박쥐 두 마리가 변, 히어로를 쫓고 있어!〉

〈정말 잘했어.〉

생각보다 상황은 좋았다.

가능하면 블랑을 찾아가서 직접 조사하고 싶었다.

〈블랑, 혹시—.〉

〈앗! 지금 이쪽에 있는 아잘레아 잉여분한테서 연락이! 교외에 오두막 같은 게 있는데 히어로가 거기로 들어갔대!〉

〈아니, 잉여분은 좀. 그거 본인한테 말하면 우는 거 아니야?〉

◆◆◆

"히데오는 슬펐다. 마을 주민들을 위해서 싸운 자신이 미움받는다. 그것이 참을 수 없이 슬펐다……."

히데오는 혼잣말을 중얼거리며 교외에 있는 한 오두막으로 들어갔다.

이 오두막에는 히데오의 협력자인 드워프 연구자, 스타니슬라프가 살고 있었다.

오두막은 당장에라도 무너질 것처럼 허름해 보이지만, 겉보기와 달리 튼튼하여 약한 태풍 정도는 거뜬히 견뎌 낸다.

그리고 오두막 바닥에는 지하실로 이어지는 계단이 감춰져 있고, 그곳을 통해 지하에 만들어진 넓은 연구실로 갈 수 있다.

이 지하 연구실을 만든 사람은 히데오도 스타니슬라프도 아니었다.

언제부터 이 땅에 존재했는지는 스타니슬라프도 모르지만, 원래부터 이곳에 있었던 시설이라고 한다. 쉽게 말하면 유적이었다.

본래 스타니슬라프는 과거 이 땅에 존재했던 통일 제국에 관해 연구하던 고고학자였다.

통일 제국은 이곳 셰이프에서도 민담 수준이며 남아 있는 문헌도 진위를 파악하기 힘들다. 연대상 진품 같은 문헌도, 실제로 기록된 장소에 가면 유적의 흔적조차 찾을 수 없거나 마물의 영역에 침식되어 조사할 수 없는 경우가 대부분이다.

그런 문헌을 닥치는 대로 조사해 갈 수 있는 곳은 가 보고 당시 상황을 조금이라도 조사하는 것이 스타니슬라프의 라이프워크다. 아니, 였다.

스타니슬라프가 이 유적을 발견한 것은 우연이었다. 이 근처에 유적이 있다는 기록을 발견하고 일단 가까운 마을인 자스타바로 걸어가던 중 갑자기 땅이 꺼져 지하로 추락했는데, 그곳이 바로 이 유적이었다.

그 사건을 계기로 스타니슬라프의 인생은 달라졌다.

이 유적에 남아 있던 아티팩트 덕분이었다. 비유물(秘遺物)이라고도 불리는 아티팩트는 고대 문명이 남긴 특별한 아이템으로, 현대에는 제작할 수 있는 사람이 없다고 알려졌다.

이 아티팩트에는 신기한 마법이 걸려 있어서 접촉한 순간 사용 방법을 알 수 있다는 것이 특징이다. 그 마법이 없으면 아티팩트로 분류되지 않는다.

이곳에 있던 아티팩트에는 어느 생물이 가진 특성을 다른 생물에게 옮기는 효과가 있었다.

그 이름하여 「알켐 익스트랙터」.

스타니슬라프는 이 아티팩트에 매료되면서 직업을 고고학자에서 연금학자로 전향했다.

연금학에 인생을 바치기로 결심한 스타니슬라프는 유적의 출입구가 있는 지상에 오두막을 세워 연구에 전념할 수 있도록 환경을 갖췄다.

거기서 문제가 된 점은 시험대였다.

이곳은 마물의 영역과 멀어 근처에 강한 마물이 없었다. 물론 스타니슬라프에겐 강한 마물을 붙잡을 힘도 없지만.

그래도 인근의 약한 마물을 시험대로 삼아 알켐 익스트랙터 조작을 배워갈 수 있었다.

하지만 약한 마물은 몇 차례만 실험하면 사망해 버려서 효율적으로 실험할 수 없었다.

연구를 더 진행하려면 적어도 인류종 이상의 강도를 지닌 생물이 필요했다.

그래도 실험 도중에 사망하지 않으리라는 보장은 없다.

그렇다면 스스로 시험대에 오를 순 없고, 자스타바의 주민을 납치할 수도 없는 노릇이었다.

그때 나타난 것이 절대로 죽지 않는 존재.

히데오였다.

히데오는 스타니슬라프의 연구에 전면적으로 협력했다.

히데오 입장에서는 연구가 성공하면 이 게임에서 「변신 히어로」가 될 수 있을지도 모른다고 생각했기 때문이었다.

이 「히데오」라는 이름도 히어로, 영웅에서 따왔다[#1].

히어로라고 하면 빠질 수 없는 요소가 협력자인 미친 과학자다.

그리고 아티팩트에 매료된 스타니슬라프는 히데오가 상상하는 「박사」 역할로 제격이었다.

"—개조하면 능력치가 조금 오르고, 변신하면 더 강력한 방어력을 얻지. 하지만 그것만으로는 악의 조직에 이길 수 없어……. 더 강해지기 위해서 더 많은 개조를 스타니슬라프 박사에게 부탁해야 해."

오두막에 감춰진 좁은 계단을 내려가 지하 유적으로 들어갔다.

하숙방에서 쫓겨났을 때는 솔직히 울컥했지만, 그 직후 마을에 침입한 거인 언데드들을 떠올리면 그 울분도 가신다. 오히려 불쌍하다는 생각마저 들었다.

그러나 히데오 본인도 그 거인 언데드에게 속수무책으로 죽은 뒤였다. 차마 다시 맞설 용기가 없어서 히데오도 마을을 포기하고 냅다 도망쳐 나왔다.

무엇보다 히데오는 평범한 플레이어에 불과했다. 아무리 히어로가 되고 싶어도 자신을 괴물 취급하는 마을을 위해 그 이상 희생할 마음은 들지 않았다. 어떤 멋진 대사로 얼버무린들 그게 인지상정

#1 영웅에서 따왔다. 「영웅」을 인명으로 사용할 때는 주로 「히데오」라고 읽는다.

이었다.

마지막에는 반드시 이긴다는 보장이 있으면 더 싸워 봤겠지만, 아쉽게도 이 게임에는 아무리 발버둥 쳐도 이길 수 없는 적이 있다.

계단을 내려와 유적으로 들어서자 스타니슬라프는 책상에서 자료를 정리하는 중이었다.

"박사! 스타니슬라프 박사!"

"히데오냐. 왜 그러지? 다음 실험 일정은 아직 멀었을 텐데—."

"비상 상황이야! 마을이 언데드 군단에게 습격받았어! 나도 변신해서 싸웠지만, 상대가 안 돼!"

"뭐라고?! 속이 다 시원하군! 그 마을 녀석들은 위대한 연구에 종사하는 나를—."

"박사! 지금은 그런 소리를 할 때가 아니잖아! 마을은 이미 늦었을지 모르지만, 그 언데드들이 여기까지 오지 않으리라는 법도 없어! 그 전에 나를 더 개조해서—."

"—거기 있는 이상한 물체가 개조를 위한 장치인가 보지? 혹시 아티팩트인가."

갑자기 기억에 없는 낭랑한 목소리가 들렸다.

돌아보자 방금 히데오가 내려온 계단 앞에 드레스를 입은 여성이 서 있었다. 여성의 머리에는 금색 뿔이 나 있고, 눈동자는 한쪽이 빨갛게, 다른 쪽은 보라색으로 빛났다.

눈이 시릴 만큼 흰 그 여성은 어두운 연구실에서 스스로 빛을 발하는 것처럼 보일 정도였다. 사실 천장에 달린 마법 조명은 전부 이 여성을 비추기 위해 준비된 장치가 아닐까? 그런 생각이 들 만큼 그녀는 한 폭의 그림 같았다.

그리고 자세하게 보니 여성 옆에는 등에 큼직한 검을 지고 남성 귀족처럼 고급스러운 옷을 차려입은 인물이 서 있었다. 그 인물도 피부가 몹시 희고, 두 눈이 붉었다.

두 어깨에는 박쥐 같은 생물이 앉아 있었다.

미행당하는 낌새는 전혀 없었다. 뒤쪽에 신경을 기울였고, 가끔 돌아보면서 도망쳐 왔다.

아니, 생각해 보면 저 박쥐. 오두막 근처에서 날아다니고 있지 않았던가?

"뭐야! 누구냐! 어느 틈에!"

"히데오! 미행당했나!"

"미행에는 주의했어! 적어도 이렇게 눈에 띄는 녀석들에게 뒤를 밟히진 않아!"

"멍청한 녀석! 실제로 연구실에 침입했잖아!"

스타니슬라프의 말이 옳다.

경위가 어쨌든 연구실에 침입당했다는 현실은 변하지 않았다. 그리고 정황상 그 책임은 히데오에게 있다.

"젠장, 어쩔 수 없지! 여기서 싸우다 연구실에 피해를 주긴 싫지만, 마음대로 하게 둘 순 없어—『변신』!"

히데오가 설정한 발동어로 스킬 『변태』가 발동했다. 히데오의 옷을 찢고 검은 갑각이 모습을 드러낸다. 입과 위팔에 돋친 수많은 가

시가 특징적이며, 벌레 같기도 하고 전신 갑옷 같기도 한 외형은 기묘하면서도 강인하고 멋진 인상을 줬다.

히데오는 이 모습을 「스카라베 폼」이라고 불렀다.

"오오! 이게 말로만 듣던 변신인가! 좋아, 좋아. 일단 『자실』부터 걸고…… 음, 이거였나? 이걸 이렇게 해서…… 『우리』 방식이 통할까? 아, 됐다. 걸린 김에 『공포』도 추가."

《저항에 실패했습니다.》

《저항에 실패했습니다.》

《저항에 실패했습니다.》

흰 여자가 무어라 중얼거린다 싶더니 연속으로 저항에 실패했다는 메시지가 떴다.

동시에 시야가 새카맣게 변하고 손가락 하나 까딱할 수 없게 됐다.

이런 사태는 처음이었다.

하지만 이 메시지는 무슨 매뉴얼에서 본 기억이 있었다. 이건 상태 이상 공격이다. 그 상태 이상의 저항에 실패해서 몸이 경직된 것이다.

여자가 중얼거린 말은 그 스킬의 주문이 틀림없다.

—못 움직이겠어! 스타니슬라프 박사!

안 된다. 목소리도 나오지 않는다.

그리고 귀도 정상이 아닌 모양이었다. 물속에 있는 것처럼 먹먹한 소리가 드문드문 들릴 뿐이고 외부의 정보를 전혀 얻을 수 없었다.

스타니슬라프는 NPC였다.

처음 만났을 때부터 나름대로 전투력이 있었지만, 게임을 어느 정도 진행한 플레이어 정도는 아니었다.

히데오가 속수무책인 적이라면 스타니슬라프는 파리 목숨이나 다름없다.

그리고 그는 부활할 수 없다.

그것만은 피해야 한다.

하지만 지금 히데오는 아무것도 할 수 없다.

이 상태 이상이 언제까지 계속될지 모르지만, 1초라도 빨리 회복되기를 바랄 수밖에 없다.

—박사! 도망쳐! 박사!!

◆◆◆

다시 히데오가 오감과 자유를 되찾았을 때, 지하 연구실에는 아무것도 없었다.

스타니슬라프 박사도, 흰 여자도, 성별 불명의 검사도.

심지어 박사가 목숨보다 아끼던 알켐 익스트랙터도, 연구 자료도, 그 외의 유물도 깡그리 사라졌다.

그저 천장의 마법 조명이 휑하게 드러난 낡은 돌벽을 비추고 있을 뿐이었다.

이 마법 조명은 마을에서 파는 물건으로, 박사가 설치한 것이라고 들었다.

그 흰 여자에게는 아무런 가치도 없었다는 뜻이다.

다툰 흔적은 전혀 없었다.

스타니슬라프 박사는 저항조차 하지 못하고 납치당하지 않았을까.

"—이럴 수가. 박사……!"

히데오는 털썩 무릎 꿇고 돌바닥에 손을 짚으며 탄식했다.

바닥에는 히데오가 찢어 버린 옷 잔해가 떨어져 있었다. 이것도 무가치해서 버려진 모양이었다.

아니, 그건 히데오 본인도 마찬가지였다.

적에게 스타니슬라프 박사는 납치할 가치가 있는 인물이지만, 히데오는 그렇지 않았다.

납치는커녕 상처 하나 내지 않았다.

그 마을에서 죽고 하숙방에서 리스폰하는 광경을 들켰는지도 모른다. 히데오가 부활할 수 있는 존재라고 깨닫고 죽여 봤자 헛수고라고 판단해 방치한 것이다.

"그래서 나는 무사한 건가……."

스타니슬라프 박사는 성격에 문제가 있지만, 지금까지 함께 싸워 온 전우였다.

그래도 이 근처에는 강한 마물이 없어서 뭔가 특별한 일은 하지 않았다.

전부 지금부터였다.

실험이 조금만 더 진행되면 마물의 영역에 더 가까운 도시로 거점을 옮겨 본격적인 활동을 시작할 예정이었다.

"정체가 뭐지, 그 흰 여자……."

그녀의 말투로 미루어 보아 목적은 알켐 익스트랙터 같았다.

변신하기 위한 아이템을 원하는지, 단순하게 아티팩트를 모으는지는 알 수 없었다.

하지만 그만큼 눈에 띄는 용모라면 다른 플레이어도 목격했을지도 모른다.

자스타바는 마물의 영역과도 멀고 특별한 산업도 없어서 히데오 외의 플레이어는 없었지만, 다른 도시에는 많이 있을 것이다.

히데오는 지금까지 SNS를 이용한 적이 없지만, 지금은 그런 고집을 피울 상황이 아니었다.

◆◆◆

"날개……라고 하면 날개인가? 만약 그 드레스의 스커트 부분이 날개라면 제7 재앙, 인류의 적이란 말이지……."

적은 생각보다 유명했고, 생각보다 강대한 존재였다.

이런 상황인데도 우연히 지하 아이돌[#2]을 만난 것 같은, 묘한 고양감을 느꼈다.

무엇보다 SNS에서 제7 재앙은 거의 최종 보스로 취급받았다.

이번 천사 습격에도 직접 관련되지는 않았을 텐데 스레드 곳곳에서 이름이 등장했다.

그런 가운데, 제7 재앙은 천사를 무시하고 히데오 앞에 나타났다.

딱히 히데오를 만나러 온 것은 아니었다. 목적은 스타니슬라프 박사와 아티팩트겠지만, 그곳에 히데오가 있었던 것도 엄연한 사실이다.

진정한 히어로에게는 종종 그런 운명적 만남이 찾아오게 마련이

#2 지하 아이돌 방송 출연보다 라이브 공연을 중심으로 활동하는 아이돌.

다. 이건 히데오가 운명에 이끌렸다고 할 수 있겠다.

지금까지 제7 재앙의 행동 양상을 보아 목적이 아티팩트라는 것은 명백했다. 그녀는 힐루스 왕도에서 플레이어들에게 한 번 패배했는데, 그 패인이 이벤트 아이템인 아티팩트였다고 한다.

그 경험 때문인지 그녀는 아티팩트를 위험하게 여기고 아티팩트의 존재가 확인되면 이렇게 약탈해 가게 됐다.

아마 그런 설정이리라.

"……놈들이 박사를 어디로 끌고 갔는지는 알 수 없지만…… 내가 만약 아티팩트를 얻으면 다시 내 앞에 나타날지 몰라. ―제7 재앙과 아티팩트의 정보를 모아서 언젠가 박사를 구하겠어. ……그 누구도 사람의 미래를 빼앗을 수는 없다!"

지금까지는 그저 긴 프롤로그였다.

여기서부터 마침내 히데오의 진짜 싸움(게임)이 시작된다.

제2장 재앙 3종 융합! 얼티밋 마왕 탄생!

우선 정체불명의 히어로를 미행한 아잘레아 박쥐가 지하 유적 안으로 침입했다. 그 아잘레아를 대상으로 블랑이 자신을 『소환』하고, 그 블랑이 장비한 켄자키 이치로를 대상으로 레아가 자신을 『소환』했다.

그렇게 히어로와 박사의 비밀 기지에 무혈입성한 레아 일행은 개조를 가능케 했을 아티팩트와 그 연구 성과, 그리고 연구자 본인을 챙긴 뒤, 히어로— 히데오라는 플레이어가 공포에 움츠러든 사이 철수했다.

연구자는 스타니슬라프라는 이름의 드워프였다. 성은 없었다. 그게 드워프의 문화일까, 아니면 집안에서 파문이라도 당한 걸까.

그때, 히데오에게 『공포』가 통하는 것을 확인한 레아는 바로 이 스타니슬라프에게 『감정』을 사용했다.

물먹은 종이처럼 쉽게 저항을 뚫고 스타니슬라프의 정보를 엿보았는데, 정작 스타니슬라프는 『감정』을 당해도 아무런 반응을 보이지 않았다.

그러면 그는 NPC일 가능성이 크다.

그렇게 판단하고 바로 『사역』을 발동해 스타니슬라프를 지배한 뒤, 그 방에 있는 가치 있는 물건을 모조리 인벤토리에 집어넣었다. 그리고 블랑을 먼저 마젠타가 있는 마을로 보내고 레아도 그 뒤를 쫓아 철수한 것이다.

"괴도 느낌 나고 좀 멋있지 않아? 여기서 변신까지 가능해지면 그 콘셉트로 유닛이라도 만들어 볼래? 라일라 씨도 넣으면 세 명이니까 딱 적당할 것 같은데."

"3인조 괴도 유닛? 그거 3세? 아니면 고양이 눈?"

"걔네는 변신이 아니라 변장이잖아!"

그런 것보다 지하실에 두고 온 히데오가 『공포』에서 슬슬 풀려날 때다.

『공포』 저항 판정은 서로의 MND로 결정되지만, 상태 이상의 지속 시간은 모든 능력치 총합의 차이로 변하는 모양이었다. 이건 『감정』을 검증할 때, 『감정』 성공 확률과 『공포』의 지속 시간이 비례한다는 사실을 깨달으면서 밝혀졌다.

다만, 상대의 저항을 돌파한 시점에서 최소한 보장되는 지속 시간이 있는지, 능력치 합계가 상대보다 낮다고 『공포』가 즉시 해제되지는 않았다.

예전 힐루스 왕도에서 요로이자카 씨가 멘타이리스트에게 당했을 때가 이에 해당한다.

지금까지는 그 시스템 때문에 지속 시간이 일정하다고 생각했었다. 게다가 레아는 적에게 『공포』를 사용하면 대개 금방 죽이거나 『사역』하는 탓에 지속 시간을 신경 쓸 기회가 없기도 했다.

히데오가 혼란에 빠진 와중 『감정』한 결과에 의하면 아마 지금쯤 히데오도 『공포』에서 빠져나왔을 것이다.

스타니슬라프를 쫓아 이 마을까지 온다면 상대해 줄 마음은 있지만, 그는 여기서 도망쳤었고 마을을 습격한 언데드와 레아가 연관

됐다는 확증도 없을 것이다.

아마 이곳에는 오지 않으리라.

"아티팩트의 기능 덕분에 사용법은 알았고, 네 연구 기록으로 히데오에게 뭘 했는지도 대부분 이해했어."

"황송합니다."

"기록을 보면 특성 『변태』는 평범한 곤충에게서 추출했나 봐? 곤충형 마물은 태어날 때부터 성체라서 변태로 성장하지 않지만, 평범한 곤충은 평범하게 변태하겠지. 그보다 평범한 곤충도 데이터가 존재하는구나. 단순한 배경 오브젝트라고 생각했어."

지금까지는 소형 마물들의 식량 정도로만 인식했는데, 생각해 보면 식량이 된다는 것은 데이터가 존재한다는 뜻이기도 했다.

"그래도 이 연구 기록에 따르면 추출할 수 있는 건 일부 특성뿐이고 능력치는 추출할 수 없었나 보네."

그렇다면 곤충은 『변태』나 『감각』 같은 특성만 있고 능력치는 없는 완전한 비전투 유닛일까.

사실상 파괴할 수 있는 오브젝트나 다를 바 없다. 툭 건드리기만 해도 파괴되지 않도록 LP 정도는 있겠지만, 그 외의 능력치는 설정되지 않았을 것이다.

"아하, 그 곤충을 대량으로 잡아서 알켐 익스트랙터에 넣고, 추출액을 히데오에게 주입한 결과가 변신 히어로다? 한 마리만으로는 안 된단 말이지? 그래, 벌레 한 마리가 변태할 능력으로 휴먼 한 명이 변태하기는 어렵겠지. 혹시 그것도 축적치가 따로 있나."

그래도 스가루는 벌레 여왕이니까 한 마리만으로도 변태 능력을 추출할 수 있지 않을까.

혹은 벌레 한 마리로는 캐릭터로 인식되지 않아서 캐릭터 수준의 영향력을 갖기 위해 머릿수를 채워야 하는 시스템일지도 모른다.

정리하면 곤충은『연금』에 유용한 데이터를 가진, 소재로 이용할 수 있는 아이템, 요컨대『조리』의 음식 재료와 같은 역할이라고 할 수 있겠다.『조제』의 약초로 바꾸어 말해도 무방하다.

그리고 지금까지 검증한 경험상『연금』,『조리』,『조제』에 공통점이 많은 것으로 보아 소재도 범용적으로 사용될 가능성이 있다.

예를 들어 음식 재료를 연금 소재로 쓰거나 약초로 요리를 하는 식이다.

벌레를 쓴 포션이나 요리도 만들 수 있을지 모른다.

"그러고 보니 꽤 예전에 개미들이 식사랍시고 곤충을 내온 적이 있지. 안 먹고 넘어갔지만, 따지고 보면 그건 개미들이 곤충을 조리한 건가. 흥미롭긴 해도 연구하려면 시간이 아무리 많아도 부족할 테니까 연구는 스타니슬라프에게 맡기자. 우리는 결과만 얻으면 되니까."

"맞아맞아! 솔직히 아까부터 무슨 말을 하는지 하나도 못 알아들었어."

"……초대 마스크드 바이커는 IQ 600의 천재라는 설정 아니었어? 블랑은 그래도 돼?"

"21세기 바이커는 대부분 얼굴만 잘났으니까 괜찮아!"

모든 시리즈가 그렇지는 않았겠지만, 더 따져 무엇하랴.

중요한 것은 이 알켐 익스트랙터를 사용하면 특성을 추가할 수 있다는 사실뿐이다.

"아무튼 이건 여러 방식으로 실험해 둘게. 블랑은 계속해서 셰이프 습격을—."

"엉?"

"응?"

"아니, 무슨 실험이야. 실험이라면 그 히데오라는 사람이 실컷 했잖아! 더 실험할 게 있어? 지금 당장 해도 되지 않아?"

"아무리 그래도 지금 당장은 어렵지. 마을은 제압했지만, 여기는 성벽도 없는 작은 마을이야. 여기가 함락됐다는 보고를 받으면 근처 주둔지에서 기사단이 올 수도 있어. 그렇게 되면 대처하기 힘드니까 최소한 이 근처에서 중심이 되는 도시를 제압해 두는 편이 나아. 게다가 시간상 천사도 곧 습격해 올 거야. 자이언트 콥스나 플레시 골렘 호위만으로는 안심하고 일을 진행할 수 없잖아?"

"아니, 그래도—."

"주인님? 주인님이 전쟁을 하고 싶다고 하셔서 이런 곳까지 원정을 왔는데……."

"새로 하고 싶은 일이 생겼다고 내팽개치시는 건 좀……."

"키 아이템은 이미 레아 님이 확보하셨으니까 당장 하지 않는다고 도망가지 않아요."

"윽, 왜 다들 맞는 말만 하는 거야…… 우리 엄마냐고……."

이번만은 블랑을 옹호할 수 없었다.

레아 본인도 긴급한 상황이라서 홀몸으로 이곳까지 나와 버렸다.

이 사실이 만약 디아스에게 알려지면 기다리는 것은 귀찮은 잔소리뿐이다. 남의 일이라고 얼렁뚱땅 넘길 수 없는 노릇이었다.

"그런 이유니까 이해해 줘. 전에도 썼던 토레 숲 공터에서 이것저것 실험해 볼 테니까 일단락되면 찾아와. 바이바이."

"앗! 잠깐—."

블랑의 항의는 무시하고 토레 숲 세계수 아래로 날아가서 스타니슬라프도 『소환』했다.

"그럼 바로 시작, 하고 싶지만, 곧 천사가 온다는 건 사실이야. 그게 끝나면 하자."

◆◆◆

이곳 토레 숲에서 천사는 이제 아무런 위협도 되지 않는다.

방어 부대로 남겨 둔 베스파들과 새로 낳은 메가네우론이 있기 때문이었다.

메가네우론은 전체적인 형태가 용을 닮았지만, 용은 아니었다.

그 때문인지 『비상』은 있어도 『천구』가 없고, 브레스 공격도 없었다.

마법 스킬도 가르치지 않아서 오로지 물리 공격밖에 하지 못했다.

하지만 그 압도적 STR와 사이즈 보정에서 나오는 물리 공격은 무시무시한 파괴력을 자랑했다.

견고한 갑각도 그 위력에 한몫하고 있으리라.

메가네우론이 직격으로 들이박으면 천사는 자동차 앞유리에 붙은 벌레처럼 뭉개졌다.

마물 간의 싸움은 때로 이런 참혹한 광경을 연출하기도 한다. 개

발사는 제발 윤리의식을 고려하며 게임을 디자인해 줬으면 좋겠다.

검증하기 전 레아가 천사의 습격 시간을 피한 것은 전투 때문이 아니었다.

하늘에서 탁한 보석이 떨어지는 상황이 귀찮기 때문이었다.

“좋아, 거의 끝났나. 그럼 실험을 시작하자.”

“……오랜 세월 이 대륙의 국가들을 괴롭혀 온 천재지변, 천사들을 이리도 간단하게……. 역시 저의 주인 되신 분입니다.”

“아첨은 됐어, 스타니슬라프. 최근에는 인류 쪽에도 큰 피해가 나오지 않았다는 기록도 있다며? 머지않은 미래에 천재지변에서 주기적 재해 정도로 격하됐을 거야.”

물론 천사는 자연재해가 아니라 배후가 있는 인재다. 정말로 대륙에서 위험도가 떨어지면 주모자인 대천사가 가만히 있을지 알 수 없다.

인벤토리에서 알켐 익스트랙터를 꺼내서 우선 누굴 부를지 생각했다.

지금 부를 권속은 실험 대상이다.

특성이 주입되는 쪽이라면 몰라도, 추출되는 쪽은 사망하고 시체도 남지 않는다고 기록되어 있었다.

어차피 권속은 부활한다는 안이한 생각은 버리는 편이 낫다.

그게 허용되면 한 대상에게서 무한하게 특성을 추출할 수 있고, 주입하는 대상은 경험치 없이 무한하게 강해질 수 있다.

솔직히 이건 말이 안 된다. 게임 밸런스의 이야기가 아니라, 그게 가능하면 이 아티팩트를 만들었을 전 정령왕이 누군가에게 당했을 리 없기 때문이다.

이 시점에서 레아는 이 아티팩트의 제작자가 전 정령왕이라고 단정 짓고 있었다.

"우선 융합 소재가 되지 못했던 자도 쓸 수 있을지 검증해야겠어."

그렇다면 아다만 시리즈다.

가장 수가 많은 아다만 아르마를『소환』했다.

알켐 익스트랙터는 그 이름으로 보아 연금술 관련 추출기로 추정된다.

아티팩트의 매지컬한 기능으로 정체불명의 연금 용매와 스킬『추출』을 알켐 익스트랙터가 맡아주는 모양이었다. 이 아티팩트를 사용할 때 따로 필요한 스킬이나 아이템은 없었다.

아티팩트 외에는 추출 대상과 주입 대상만 있으면 족했다.

추출 대상으로는 아다만 아르마를 준비했다.

다음은 주입 대상이었다.

아다만 아르마에게 추출이 통한다면 종족 특성인「갑옷」,「방패」,「검」정도가 나올 것이다.

특성「갑옷」은「비늘」과 마찬가지로 극소량의 대미지를 무시하는 효과였다.

「검」과「방패」는 아다만 나이트에서 아다만 아르마로 전생할 때 새로 추가된 특성이었다.

아다만 나이트였을 적 장비하던 무기는 지급된 물품이었다.

전생할 때 그 장비가 흡수되어 종족 특성으로 승화했고, 떼려야 뗄 수 없는 신체 일부가 되었다.

그렇게 획득한 특성 「검」과 「방패」는 이름 그대로 생체 무기로 검과 방패를 소지하는 효과였다.

만약 이 특성들을 옮길 수 있다면 주입 대상은 갑옷도 비늘도 없고, 무기도 가지지 않은 자가 바람직하다.

문득 공터 구석에 있는 작고 예쁜 바위가 눈에 들어왔다.

바위, 가 아니다. 저건 휴면 중인 미스릴 골렘이다.

그러고 보니 경험치가 모이면 성장시켜서 힐루스 왕도의 방어 병력으로 배치할 생각이었다.

까맣게 잊어 버린 탓에 성장도 하지 않고 어디에 배속되지도 않은 채 공터의 장식품이 되어 있었다.

"……이리 와, 미스릴 골렘들."

주입 대상은 미스릴 골렘으로 결정했다.

이 실험이 제대로 풀리면 이번에야말로 경험치를 투자해서 힐루스 왕도에 배치해 주자.

요즘 왕도에는 플레이어 방문자가 부쩍 늘었다. 활약할 기회는 많을 것이다.

"자, 다들 들어가 봐."

알켐 익스트랙터는 큰 플라스크 두 개가 나란히 서 있는 모습이었다.

한쪽은 추출 대상, 다른 쪽은 주입 대상이 들어가는 자리였다.

플라스크는 『철학자의 알』과 똑같이 수면처럼 파문을 일으키며 둥근 구멍을 열어줬고, 아다만 아르마와 미스릴 골렘을 내부로 받아들였다.

이 반응을 보아 아티팩트의 신비롭고 매지컬한 파워로 다소 큰 캐릭터도 넣을 수 있을지 모르겠다.

"—그럼 알켐 익스트랙터, 기동."

《권속: 아다만 아르마는 소멸합니다. 계속하시겠습니까?》

소멸한다. 이렇게 강한 경고는 처음 들었다. 정말로 돌이킬 수 없는 선택이라는 뜻이리라.

"……그래."

그러자 아다만 아르마가 들어간 플라스크가 빛나고, 안에 있던 아다만 아르마는 『철학자의 알』에서 항상 보던 마블링 용액으로 녹아 버렸다.

그리고 그 마블링 용액은 플라스크를 연결하는 관을 통해 반대쪽으로 흘러들기 시작했다.

플라스크에 든 미스릴 골렘이 그 마블링 용액을 뒤집어쓰더니 몸 전체가 용액 색깔대로 빛났다. 하지만 융합 소재나 아다만 아르마처럼 녹아내리지는 않았다.

그리고 어디선가 연기가 뿜어져 나와 플라스크 안을 채웠다. 연출이 너무 고전적이라서 오히려 신선했다.

그러고 금방 미스릴 골렘 쪽 플라스크가 열리고, 안에서 연기와 함께 골렘이 나타났다.

다만, 예전처럼 허리까지밖에 오지 않는 땅딸막한 모습이 아니었다.

일반적인 휴먼 같은 키에 듬직한 체형을 지닌 멋진 골렘이었다.

색은 원본 미스릴 골렘처럼 은백색을 닮은, 매지컬 금속 색상이었다.

다른 점이 있다면 키와 전신을 덮는 칠흑색 경갑옷.

경갑옷은 아다만 아르마가 입던 것과 매우 닮았다.

그리고 오른손에는 아다만 아르마의 검, 왼손에는 방패를 들었다.

종족은 여전히 미스릴 골렘이지만, 종족 특성으로 「갑옷」, 「방패」, 「검」을 가졌고, 능력치는 전체적으로 크게 올랐다. 아다만 아르마의 능력치 일부가 그대로 더해진 듯했다. 다만, STR와 VIT은 큰 폭으로 상승한 반면, MND와 INT는 거의 오르지 않았다.

그리고 그만큼 총경험치가 오르면서 몸도 급격하게 성장한 모양이었다. 키가 커진 것은 골렘이 본래 가진 기능이었다. 그들은 경험치를 얻으면 그만큼 커진다.

"컬러링은 은백색 몸체에 칠흑색 갑옷이라서 굉장히 멋있지만, 체형이 영……. 그리고 배는 거의 보호하지 않는데 이거 괜찮은 거야?"

미스릴 골렘이 전하는 감정에 의하면 괜찮은 것 같다.

그보다 원래 아다마스는 마법과 궁합이 좋지 않아서 아다마스 검은 마법을 쓰기에 적합하지 않다고 한다. 그러고 보면 아다만 스키엔티아도 지팡이는 아다마스가 아니었다. 그쪽도 세계수 지팡이를 가진 채 전생해서 장비와 융합되어 버렸지만.

그게 배 노출과 무슨 관계가 있냐면, 이 새로운 미스릴 골렘의 마법은 배에서 나오는 모양이었다.

흐응, 그렇구나, 라고밖에 할 말이 없었다.

"……뭐, 그게 너한테 가장 합리적인 방식이라면 상관없지만."

미스릴 골렘은 전부 아홉 마리 있기 때문에 아직 여덟 마리가 남았다.

이 뉴 미스릴 골렘은 능력치만 보면 아다만 덕스에 육박하며, 검도 마법도 다루고 내구성도 높아 홀로 덕스 이상의 전투력을 가졌다. 늘어나서 손해 볼 것은 없다.

그런 연유로 연습을 겸해 뉴 미스릴 골렘— 미스릴 골렘 아다마스 슈라우드를 아홉 마리 제작했다.

◆◆◆

"연습은 이쯤 하면 됐겠지."

공터에 미스릴 골렘 아다마스 슈라우드 아홉 마리가 나란히 서 있었다. 경험치 차이로 다소 크기 차이가 나지만, 어느 것이나 거의 같은 모습, 같은 능력치, 같은 스킬, 같은 특성을 가졌다. 재현성은 대단히 높았다.

이 정도라면 레아 본인에게도 문제없이 특성을 부여할 수 있으리라.

"……기왕이면 연습용으로 『변태』도 붙여 볼까?"

그들은 특성 『변태』를 가지지 않아서 항상 아다마스 갑옷을 입은 상태였다.

"보통 미스릴 골렘인 척하다가 변신하는 기만 작전도 통할지 몰라."

"이대로도 강하다면 이미 충분하지 않습니까? 히데오도 굳이 곤충을 써서 변태 기능을 추가하지 않았다면 더 강해졌을 텐데요."

"곤충을 써서 『변태』를 추가하면 약해져?"

"아뇨, 추출한 성분을 연속으로 주입하는 횟수에 제한이 있어서 그렇습니다. 곤충도 한 번에 많이 넣으면 쓸데없이 횟수를 낭비하지 않았겠지만, 당시에는 몇 마리를 써야 휴먼에게 『변태』 특성이 생길지 알지 못했으니까요."

"지금은 알아?"

"대략 100마리입니다."

주변에서 가장 잡기 쉬운 쇠똥구리를 썼다고 한다.

이 숲에도 많은 곤충이 있을 테니까 모으기는 어렵지 않다. 부하를 쓰면.

그리고 한 캐릭터당 하루에 가능한 주입은 최대 다섯 번이라고 한다.

다섯 번 주입한 시점에서 쿨타임이 발생해 게임 시간으로 두 시간은 주입할 수 없다.

에러나 버그를 막기 위함인지, 알켐 익스트랙터에 들어가지도 못하는 모양이다.

"평범한 곤충 말고, 예를 들어 마물을 소재로 쓰면 그렇게 많이 필요 없겠지?"

"『변태』를 가진 마물을 본 적이 없어서 뭐라고 말씀드리기 어렵군요……."

그럴 만하다. 벌레 마물은 태어난 순간부터 성체라서 변태하지 않는다.

레아가 본 마물 중에서도 『변태』를 가진 것은 스가루뿐이었다.

하지만 스가루를 소재로 쓸 수는 없다.

다행히 경험치 벌이는 순조로웠다.

천사들이 정기적으로 경험치를 갖다 바치고, 이벤트 기간의 경험치 부스트, 할 짓 없는 플레이어들의 던전 좀비 어택 덕분에 놀라운 속도로 잔고가 불어나고 있었다.

"……아스라파다를 한 마리 더 낳을까."

지금 있는 모든 여왕급에게는 다양한 교육을 해 뒀다. 던전 운영은 물론이고 종족에 맞는 생산 스킬과 그 숙달 훈련, 아다만들을 상대하는 전투 훈련까지.

즉, 단순하게 금화나 경험치로는 계산할 수 없는 비용을 들였다는 뜻이다. 소멸할 게 확실한 검증에 쓸 수는 없다.

"스가루."

〈예, 보스.〉

"미안한데 새로운 여왕급을 한 마리 낳아줄 수 있을까?"

스가루가 낳은 것은 퀸 아라크네아였다.

종류는 뭐든 상관없다고 생각했지만, 그 아라크네아에서 최종적으로 탄생한 퀸 아스라파다는 스가루와 조금 다른 모습을 하고 있었다.

개체에 따른 차이겠지만, 생김새가 비슷한 다른 종족이라고 해도 믿을 정도의 차이였다.

우선 색. 스가루와 비교하면 조금 짙다. 털에도 금색이 섞였다.

그리고 꼬리라고 해야 할까? 엉덩이에서 이어진, 벌레의 배 부분에 해당하는 부분이 약간 넓었다.

그런 차이 때문에 스가루는 직감적으로 벌 같다고 느낀 데 비해, 이쪽은 거미 같은 인상이었다.

"……너한테는 이름을 안 붙일게."

퀸 아스파라다에게서 동의하는 감정이 강하게 전달됐다.

알켐 익스트랙터에서 소재로 사용된 캐릭터는 소실되어 다시 돌아오지 않는다.

조금 더 비장감이 있어도 괜찮을 것 같지만, 여기 있는 누구에게서도 그런 분위기는 느껴지지 않았다. 굳이 꼽자면 레아 정도일까.

오히려 은근히 부러워하는 눈치였다. 심지어 아스라파다는 기대감에 부푼 것처럼도 보였다.

자아도취 같지만, 주인인 레아의 일부가 될 수 있어서 기쁘다는 이유일까?

만약 그렇다면 여기서 「우선 검증으로 다른 캐릭터에게 흡수시킵니다」라고 말하기는 어렵다.

위험 부담은 있지만, 연습 없이 바로 레아 본인에게 융합시킬 수밖에 없다.

"—좋아, 알았어. 바로 하자. 쿨타임에 걸릴 만큼 많이 섞을 생각은 없지만, 만약 그렇게 된다면 조금이라도 이른 편이 나아. 아, 그 전에."

레아가 알켐 익스트랙터에 들어가면 직접 조작할 수 없다. 이건 조작에 익숙한 스타니슬라프에게 맡기기로 했다.

혹시 몰라서 스타니슬라프의 INT와 DEX를 가능한 범위까지 올려 뒀다. 아티팩트 조작에 영향을 주는 능력치가 있다면 아마 그것들일 테니까.

"그럼 잘 부탁해."

거미 아스라파다가 알켐 익스트랙터에 들어갔다.

그것을 지켜본 뒤, 레아도 반대쪽으로 들어갔다.

—결국 이거, 내가 연습한 의미가 없네.

목소리가 나오지 않았다.

이미 준비 단계에 들어갔나 보다.

유리를 통해 조금 일그러진 바깥 풍경에서 스타니슬라프가 고개를 끄덕였다.

레아도 똑같이 고개를 끄덕이려고 했으나, 자기 몸이 움직였는지 알 수 없었다.

《권속: 아다만 아르마는 소멸합니다. 계속하시겠습니까?》

—그래.

시야가 빛에 휩싸였다.

하지만 눈부시다고 느끼지는 않았다. 그저 하얗다.

게임 안에서는 빛에 약해서 눈을 거의 감고 지내는 레아에게 이건 신선한 광경이었다.

아마 지금 레아의 아바타에 뭔가 다양한 일들이 벌어지고 있겠지만, 특별한 감각은 전혀 없었다. 그저 시간만 흘러갔다.

레아는 별생각 없이 자기 스테이터스 창을 열어 봤다.

이미 데이터상의 처리는 끝났는지, 거기에는 새로운 데이터가 열거되어 있었다.

우선 눈에 띄는 변화는 각종 능력치였다.

벌레 마물은 VIT이나 STR가 높고 INT나 MDN는 낮은 경향이 있지만, 퀸이라면 나름대로 수치가 높은 편이다.

그 능력치들이 일정 비율 가산되어 레아의 능력치가 대폭 상승했다.

다음으로 LP, MP. 이건 본래 VIT이나 INT 수치에 영향을 받는다. 그런데 대강 계산해 보니 능력치 수치와 현재 LP, MP 수치가 맞지 않았다.

아마 소재의 LP, MP가 별도로 가산된 모양이었다.

왜일까?

생각해 볼 수 있는 가능성은 이거다.

예를 들어 히데오가 흡수한 곤충. 평범한 곤충에는 LP가 있어도 능력치가 없다.

이 LP도 아이템이 파괴되지 않기 위한 내구도 같은 것이지, 엄밀하게 말하면 캐릭터의 LP와는 의미가 다르다.

비단 곤충뿐 아니라 이러한 유형의 소재를 쓸 경우, 당연히 능력치는 가산되지 않는다.

그러니까 아무 특성도 없는 아이템을 소재로 쓰면 아무런 변화 없이 소재만 소멸하는 참사가 벌어진다.

『감정』이 있다면 그런 불상사를 피할 수 있겠지만, 그렇지 않으면 합성할수록 손해다.

그래서 뽑기의 「참가상」처럼 최소한 LP만이라도 눈곱만큼 늘어나게 보장한 것이다.

히데오가 의외로 튼튼했던 이유는 갑옷이나 갑각에 더해 100마리의 쇠똥구리에게서 긁어모은 LP 덕분이다.

어쨌거나 손해가 아니라면 불만은 없다.

그리고 예상대로 종족은 「마왕」에서 변하지 않았다.

하지만 종족 특성에는 여러 항목이 추가됐다. 「변태」, 「다족」, 「실」, 「독」, 「갑각」이었다.

그리고 특성 「변태」를 얻으면서 자동으로 스킬 『변태』가 추가됐다. 단독 스킬 트리였다.

이 스킬 효과는 다음에 실험하기로 했다.

그리고 소재가 된 종족 특유의 액티브 스킬은 계승되지 않는 듯했다.

갑자기 『골라 낳기』가 추가돼도 곤란하니까 그건 상관없다.

하지만 늘어난 종족 특성 때문인지, 습득 가능한 스킬 목록에 『골라 낳기』가 떡하니 올라와 있었다.

절대로 배울 리 없겠지만, 이렇게 될 수도 있다는 것만은 기억해 뒀다.

그러는 사이에 시야가 돌아왔다. 눈앞에는 둥근 구멍이 뚫린 유리벽이 있었다.

이제 나가도 되나 보다.

미스릴 골렘은 이렇게 오래 걸리지 않았던 것 같은데, 실제로 소요 시간이 다른지, 체감 시간의 문제인지, 아니면 시스템이 보조한 덕분인지는 알 수 없었다.

스타니슬라프도 딱히 특별한 반응은 보이지 않으니까 실제 소요 시간은 같은지도 모른다.

플라스크에서 나와서 기지개를 켰다.

몸이 아주 가벼웠다.

전에도 느낀 전능감. 아스라파다의 능력치가 추가된 덕분이었다.

누구든 상관없으니까 두들겨 패고 싶은 충동이 고개를 쳐들지만 꾹 참았다.

이 감각은 규제 대상이 되지 않는 걸까? 약한 전자 마약이나 다를 바 없다고 생각하는데.

어쩌면 이렇게 급격하게 능력치가 오르는 경우는 드물지도 모른다.

보통은 고생해서 적을 해치우거나 아이템을 생산해서 얻은 경험치로 천천히 강해질 것이다.

〈수고하셨습니다. 특별한 변화는 없어 보이는군요.〉

"고마워, 스가루. 변화가 눈에 띄면 실험이 실패한 셈이니까 잘된 거지."

하지만 특성은 분명히 추가됐다.

그 특성들과 현재 발현된 뿔과 날개의 특성에 어떤 차이가 있는지는 조사할 필요가 있었다.

겉모습의 차이를 확인하려면 큰 거울이 있는 곳이 좋으리라.

레아가 지배하는 영역 중에서는 힐루스 왕성의 왕비 침실이 적당하겠다.

스타니슬라프와 미스릴 골렘 아다마스 슈라우드들에게 대기하라고 명하고 레아는 스가루와 함께 왕성으로 날아갔다.

◆◆◆

다양하게 실험해 본 결과, 왕비 침실 바닥에 구멍이 뚫리고 말았다. 그건 스가루가 공병 개미를 불러서 수리를 시작했으니까 문제없다.

대체 무슨 일이 일어났는가.

거울을 보면서 처음 시도한 것은 당연히 『변태』였다.

하지만 그 단어를 입에 담으며 발동하기가 껄끄러워서 우선 발동어부터 변경했다.

임시로 설정한 단어는 히데오와 같은 「변신」이었다.

이 게임에서 『변신』을 가진 캐릭터로는 라이스트리고네스인 아잘레아 자매가 있다. 그녀들 종족 특유의 스킬로, 다른 종족이나 캐릭터로 변신할 수 있는 효과다.

누군가가 「변신」이라는 발동어를 들으면 그쪽 『변신』으로 착각할 가능성이 있다. 물론 『변신』을 아는 캐릭터가 있을 때의 이야기지만.

그건 그것대로 괜찮다.

오히려 게임 안에 존재하지 않는 단어를 쓰면 귀찮은 사태가 벌어질 수 있다. 특히 플레이어로 의심받는 원인이 된다.

레아가 더 어리면 「메이크 업」이나 「메타모르포제」에 끌렸을지 모르지만, 이 나이가 되면 그런 것에 그다지 구애되지 않는다.

이게 문제가 된다면 나중에 변경하면 된다.

그리고 거울 앞에서 몇 번 『변태』를 사용하고 이 특성에 관해서 대략적으로 파악할 수 있었다.

원래 스가루가 가진 『변태』는 정확히 이런 효과였다.

자신의 신체 일부, 또는 전체를 특정 형태로 변화시킨다. 변화 시간은 MP를 추가로 소비해 줄일 수 있다. 변화한 부위에 맞춰서 일시적으로 스킬이 생기기도 한다. 지속 시간은 소비한 MP에 비례한다.

하지만 스가루가 『변태』하던 사마귀 팔이나 거미의 방적 돌기는 스가루의 『골라 낳기』와 『번식: 벌레』로 『변태』 목록에 추가된, 이를테면 숨겨진 특성이다.

스가루의 종족 특성에 그것들이 항상 표시되지는 않는다.

『변태』로 발현되는 특성은 다양하지만, 기본적으로는 온오프만 관리하는 모양이었다.

쉽게 말해 각 특성을 활성화하거나 비활성화하는 스위치다.

레아를 예로 들면「뿔」,「마안」,「날개」,「초미형」은 항상 활성화 상태며, 당연히 이건 LP나 MP를 소비하지 않는다.

이번에 추가된 특성도 마찬가지다. 활성화해도 딱히 자원 소비는 없다.

이것을 시험하려고 다족, 갑각 등 모든 특성을 활성화하자 레아의 하반신이 아예 거미처럼 변하더니 여덟 개의 다리가 자랐다. 당연히 그만큼 키도 커지는 바람에 천장에 머리를 박았고, 무게도 늘어나서 바닥이 꺼지고 말았다.

순간적으로『비상』을 쓰지 않았다면 몇 층이나 더 꺼졌을지 모를 일이다.

그 사고를 교훈 삼아 지금은 1층 다목적 홀로 거울을 옮겨 검증을 계속하고 있었다.

그리고 전술한 종족 특성 온오프는 어디까지나『변태』의 부가 효과에 지나지 않는다. 원래는 특성『변태』의 내부 데이터에 있는 형태로 변화하는 스킬 같았다.

설명문에 적힌「특정 형태로 변화」나「형태에 따라 일시적으로 스킬 획득」이 이를 가리키는 모양이었다.

방금 설명한 스가루의 숨겨진 특성이 여기에 해당한다.

레아도『골라 낳기』를 배울 수 있게 됐으니까 마음만 먹으면 같은 능력을 얻을 수 있다.

그러나 미혼 여성으로서 스스로 알을 낳는 것은 심리적 저항감이 크다. 이 방향성으로 아바타를 강화하는 일은 아마 앞으로도 없으리라.

지금 당장『변태』는 특성 온오프 기능만으로 충분하다.

다만, 어느 특성을 활성화하고 어느 특성을 비활성화할지는 지정해 줘야 한다.

아무것도 지정하지 않고『변태』를 발동할 경우, 현재 활성화된 특성은 전부 비활성화되고, 비활성화된 특성은 전부 활성화된다.

히데오는 원래 휴먼이라서 평상시 아무 특성도 발현되지 않았을 것이다. 그러니까 이 시스템으로도 아무 문제가 없으리라.

하지만 레아는 조금 사정이 달랐다.

평소에는「뿔」,「마안」,「날개」,「초미형」이 활성화 상태였다.

여기서 온오프가 전부 바뀌면 하반신이 갑각으로 덮인 거미가 되고, 독침이 자라고, 뿔이 사라지고, 날개가 사라지고, 눈에서 빛이 사라지고, 머리의 큐티클이 사라진다.

그러면 본인의 변화를 견디지 못하고 마음의 문을 닫아 버린 폐인처럼 된다.

그리고 이미 익숙해져서 신경도 쓰지 않지만, 뿔과 날개는 없는 편이 생활하기 편하다. 가능하면 평소에는 없애고 싶다. 반대로 뿔과 날개만 필요한 경우도 있을 것이다.

역시 개별적으로 설정할 수 있는 편이 낫다.

이때 날개를 비활성화하면 스킬 목록의『비상』이라는 글자가 회색으로 변한다.

습득은 했지만, 사용할 수 없는 상태였다.

『비상』은 날개를 쓰건 말건 날 수 있으나, 역시 날개 없이는 성립할 수 없는 스킬인가 보다.

특성을 하나하나 전환할 경우, 디폴트 상태라면 『변태: 뿔』처럼 발언할 필요가 있는 듯했다.

개별 설정도 가능하지만, 이 발동어로 「변신」은 그다지 어울리지 않는다.

"—다른 마왕이라도 탄생하지 않는 한 어차피 모를 테니까 내가 구분하기 쉬운 단어로 할까."

고민 끝에 정한 단어는 「해방」이었다.

이거라면 플레이어가 들어도 스킬 발동어인지 단순한 행동 선언인지 구분하지 못할 것이다.

그 뒤 특성 선별에 들어갔다.

특성에서 「마안」을 빼면 스킬 『마안』을 쓸 수 없으므로 생활에 지장이 생긴다. 이건 상시 활성화로 둔다.

그리고 방해되긴 하지만, 「뿔」도 상시 활성화로 두기로 했다. 외부의 정신 공격이나 『사역』을 막아주는 효과는 포기하기 힘들다.

블랑에게 들은 바에 의하면 『사역』은 플레이어가 저항에 실패해도 딱히 문제가 되지 않는 듯했다.

하지만 『정신 마법』 저항에 큰 보너스가 붙는 것은 든든한 보험이었다. 얼마 전 히데오에게 발동한 효과만 봐도 상대의 행동을 억제하는 상태 이상은 굉장히 강력하다. 절대로 당하고 싶지 않다.

「초미형」도 상시 활성화다. 굳이 비활성화할 이유도 없다.

한편, 「날개」는 비활성화로 뒀다. 「날개」는 『비상』이나 페더 계열 공격이 필요할 때만 꺼내면 된다. 첫 행동이 한 박자 늦어지지만, 지금까지 처음부터 『비상』이나 『페어 불릿』이 필요한 상황은 거의 없었다. 전투 개시 직후에 『비상』이 필요한 사태라면 진작 날고 있을 테고, 페더 계열 공격은 마법 쿨타임 사이사이에 사용하는 경우가 많다.

이 상태를 자신의 기본 형태로 결정했다.

얼핏 보면 귀가 조금 뾰족한 휴먼이었다. 혹은 귀가 짧은 엘프거나. 뿔이 자란 엄청난 미인이란 점만 빼면.

그리고 스가루를 통해 퀸 아라크네아들에게 새로운 속옷을 만들도록 지시했다.

방금 하반신이 거미가 됐을 때 터져 버렸기 때문이었다.

치마가 퍼져서 드레스는 거의 상하지 않았지만, 속옷은 무사하지 못했다.

특성 「갑각」도 상반신에 거의 영향을 주지 않아서 다행이었다.

휴먼인 히데오는 전신이 갑각과 갑옷으로 덮였는데, 이 차이는 어디서 왔을까. 레아도 「갑옷」을 얻으면 변화할까? 아니면 마왕의 상반신은 다른 특성에 비해 우성인자인가?

"이 정도면 됐겠지. 그럼 다음."

큰 거울을 인벤토리에 넣고 다시 토레 숲으로 돌아갔다.

◆◆◆

공터로 돌아와서 다음으로 『소환』한 것은 요로이자카 씨였다.

제7 재앙으로 알려진 요로이자카 씨의 외형은 제법 임팩트가 있었다.

앞으로도 제7 재앙의 제1 형태로 운용하는 것도 나쁘지 않다.

하지만 가까운 미래에 요로이자카 씨 단독으로 플레이어들에게 이길 수 없는 시기가 올 것이다.

지금도 일부 플레이어는 요로이자카 씨에게 상처를 낼 수 있을 만큼 성장했다.

그 미래가 찾아오기 전에 개량이 필요하다.

우선 현자의 돌 그레이트를 건넸다.

이것만으로 전생해서 계속 운용할 수 있다면 그것으로 충분하다.

하지만 전생하지 못하거나 전생해도 기존 방식대로 운용할 수 없다면 아쉽지만 레아의 피와 살이 되어줘야겠다.

《권속이 전생 조건을 만족했습니다.》

《당신의 경험치 3,000을 사용해서 「카스트룸 카일레스티스」로 전생하도록 허가하시겠습니까?》

이름만 봐도 상상이 된다.

이건 분명 더 커진다.

"……허가할게. 천상의 요새, 신의 요새인가. 별로 변화가 없는 것 같지만, 경험치로 봐서 이게 가장 상위 종족이겠지."

이 이상 커지면 역시 기존 방식으로는 운용할 수 없다.

그렇다면 요로이자카 씨와 하나가 되어 앞으로는 제1 형태와 제2 형태의 힘을 모두 가진 완전체로서 플레이어들 앞을 막아서자.

생각해 보면 요로이자카 씨와는 함께한 시간도 오래되었다.

첫 만남은 제1회 공식 대규모 이벤트 직전까지 거슬러 오른다.

그 무렵은 요로이자카 씨도 상식적인 사이즈였고 켄자키와—.

"어라, 켄자키는? 아차! 같이 전생시켜 버렸다!"

아다만 아르마 때처럼 아마 장비로 취급되어 요로이자카 씨에게 통합된 모양이었다.

전생이 끝나고 모습을 드러낸 요로이자카 씨는 역시나 더 커져 있었다. 무샤도쿠로나 자이언트 콥스보다도 훨씬 컸다. 근처에 있는 울루루와 맞먹을 정도다. 이쯤 되면 그냥 거대 로봇이다.

켄자키들의 흔적인지, 등에는 거대한 검 네 자루를 장비했다.

《재해 생물 「하늘의 요새」가 탄생했습니다.》

《「하늘의 요새」는 이미 기존 세력의 지배하에 있기 때문에 규정 메시지 발신이 취소됐습니다.》

"……뭐, 상관없나. 어차피 크기가 너무 변하면 전부 내가 흡수할 생각이었으니까."

요로이자카 씨는 이미 자신의 운명을 깨달았는지, 알켐 익스트랙터 옆에 서 있었다.

기분 탓일까. 「빨리, 빨리」라고 말하는 것처럼 보여서 오히려 레아가 머뭇거리고 말았다.

정말 이 녀석들과 하나가 되어도 괜찮을까.

알켐 익스트랙터는 아티팩트 특유의 신묘한 파워로 거대한 요로이자카 씨도 어렵잖게 플라스크에 집어넣었다.

한쪽 플라스크는 이상하리만큼 크고 다른 쪽은 평범한 사이즈라서 흡사 농게의 집게발 같았다.

스타니슬라프는 굉장히 놀란 눈치였다.

그럴 만도 하다. 그 지하 유적에는 들어가지도 않을 크기니까 시험해 봤을 리 없다.

"그럼 부탁할게."

◆◆◆

"—오오, 종족 특성에 조합 보너스 같은 효과도 있나."

예를 들어「날개」와 켄자키를 흡수해 얻은「검」.

이 두 특성을 동시에 활성화하면『페더 불릿』과『페더 개틀링』으로 쏜 깃털 탄환이 단검으로 변한다. 등에 스페츠나츠 나이프를 주렁주렁 달고 있는 셈이다. 날개에 붙어 있을 때는 평범한 깃털 같은 촉감이지만, 날개를 무기로 다룰 때는 검 속성이 생기는 듯했다.

게임 시스템으로 설명하면 특성「검」을 가진 캐릭터의 맨손 공격은「타격」과「참격」, 혹은「관통」속성을 가진다는 뜻이다.

이와 같은 시너지 효과는「뿔」과「금강강(金剛鋼)」에도 있다.

이 둘을 동시에 활성화하면 머리의 뿔이 검게 변한다.

금강강은 아마 아다마스일 테니까 이 뿔은 아다마스일 것이다. 그것 자체에 의미가 있는지는 모르겠다.

뿔 색깔 말고 눈에 보이는 변화는 없지만, 이 상태에서는 물리 내성과 마법 내성도 상승한다. 뿔의 정신 내성과 합쳐 세 가지 내성에 보너스가 붙은 훌륭한 상태다.

그리고 적극적으로 쓸 생각은 없지만,「금강강」,「갑옷」,「다족」,「거구」조합은 가히 압권이었다.

몸 전체를 검은 갑옷으로 감싼, 거대 여기사 아라크네가 출현한 것이다.

여기에 「날개」와 「검」을 추가하면 거미의 두흉부와 그 등 부분에 마치 검으로 만든 듯한 검고 예리한 날개가 나타났다.

이 상태에서 『페더 개틀링』을 쏘면 사이즈 보정 때문인지 위력이 어처구니없게 강해져 산을 깎아내릴 정도였다. 단, 명중 보정은 최악이라서 휴먼 크기의 대상을 맞힐 생각은 아예 버리는 게 나을 듯했다. 그리고 소비 LP도 증가했다.

몸이 이렇게 커지면 드레스의 형태고 나발이고 남아 있을 리 만무하다. 그렇게 생각해 처음에는 비관했지만, 그건 괜한 걱정이었다.

왜냐하면 레아의 진짜 상반신은 거대 아라크네의 인간형 상반신 이마에 자라 있기 때문이었다.

"이런 적을 어디선가 봤는데……."

일단 마왕 인자가 생각보다 독종이라는 건 알겠다.

"……이상하네. 블랑이 의뢰해서 변신 히어로를 만들려고 실험했는데, 완성된 건 거대화한 적 괴인의 인형탈이잖아……. 어디서 잘못됐지?"

하지만 좋은 점도 당연히 있었다.

요로이자카 씨가 하늘의 요새로 전생할 때 해금된 『천구』를 레아도 배울 수 있게 된 점이었다.

『골라 낳기』도 그렇지만, 이건 모든 특성을 비활성화해도 사용할 수 있었다.

특성으로 생긴 부위와 무관한, 독립적인 스킬이라는 증거다. 뭔가 게임상에 표시되지 않는 데이터로 습득 조건을 만족했나 보다.

그렇다면 히데오에게도 특이한 스킬이 해금됐을 법도 하다.

자그마치 쇠똥구리 100마리를 흡수해서 얻는 스킬이지 않은가. 틀림없이 무시무시한 능력이리라.

그리고 지금까지 INT와 MND에 치우쳤던 능력치도 상당히 평준화됐다.

그 덕분에 LP도 MP도 크게 늘었다.

원래 『기술은 길고, 인생은 짧다(Ars longa, vita brevis)』의 효과로 MP는 LP의 두 배 이상이었는데, 능력치와 LP가 늘어나 그 차이도 많이 줄었다.

여기서 특성 「거구」를 활성화하면 대형 보스처럼 LP가 더 늘어나고, 동시에 범위 공격이 다단 히트로 변한다.

하지만 레아는 『마의 갑옷』으로 대미지를 받으면 MP가 대신 깎이므로 LP 증가는 레아에게 특별한 매력이 없었다.

MP가 떨어져도 LP를 소비해 마법이나 스킬 발동이 가능하니까 어느 쪽이 오르건 상관은 없지만, 괜히 손해 보는 기분이었다.

적극적으로 거구를 쓰고 싶지 않은 것은 그 때문이기도 했다.

"……아무튼 소재를 꼼꼼히 조사하면 변신 히어로도 가능하겠어. 강하다거나 추억이 있다는 이유로 생각 없이 알켐 익스트랙터를 사용하면 괴인이 되니까 조심하라고도 일러둬야지."

그리고 한 번 더 리베 대삼림 동굴에 갈 이유가 생겼다.

하든 안 하든 딱히 차이는 없겠지만, 가능하면 최선은 다하고 싶다.

제3장 정의의 기사

유스티스는 기사를 동경했다.

창작물에 등장하는, 약자를 지키는 멋진 기사를.

이 유스티스라는 이름도 정의나 법이라는 뉘앙스를 담아 지었을 정도다.

유명한 기사가 많이 나오는 고전 문학은 불륜이나 배신으로 생각보다 지저분하지만, 그것도 인간미가 있어서 나쁘지 않다.

이 게임은 일반적인 판타지 세계를 모티브로 만들어졌고, 게임 안에는 당연히 기사도 등장한다.

클로즈 베타 전의 첫 정보 공개, 키 비주얼로 발표된 3D 영상에서 기사로 보이는 캐릭터가 검을 휘두르고 있었다. 그 장면을 봤기 때문에 이 게임의 테스터 모집에도 응모했다.

아쉽게도 모집에는 탈락했지만, 정식 서비스 첫날부터 게임을 시작할 수 있었다.

그날부터 유스티스의 기사도 이야기가 시작, 될 예정이었다.

게임을 처음 시작하고 놀란 점은 시스템으로 잡이나 클래스 같은 직업이 따로 존재하지 않는다는 것이었다.

그렇다면 기사처럼 행동해도 그건 어디까지나 자칭 기사일 뿐, 진짜 기사라고 할 수 없었다.

돌팔이 의사나 다를 바 없다.

유스티스가 되고 싶은 기사는 그런 무법적인 존재가 아니었다. 사회적으로 인정받는, 공무원 같은 기사 계급이었다.

그런 유스티스가 처음 선택한 국가는「오랄 왕국」이었다.

이곳은 휴먼 국가 중에서도 비교적 강한 마물이 출현하며, 그 때문에 강력한 기사단을 보유했다. 오랄을 고른 이유는 공식 사이트에 그런 국가 설명이 있었기 때문이었다.

처음 랜덤 스폰으로 떨어진 곳은 웅장한 성이 우뚝 솟은, 역사가 느껴지는 도시 근처였다.

도시 이름은 휴겔컵이라고 했다.

왕도라고 생각했는데 아니었다. 하지만 주민 NPC의 이야기에 따르면 왕도보다 역사가 깊고 얼마 전 새로운 영주가 취임하여 도시에 활기가 돈다고 했다.

정형적인 판타지 세계의 대도시 분위기였다. 최고다.

거리를 걷다 보니 직업 시스템이 없을 텐데도 마치 기사처럼 행동하는 NPC와 자주 마주쳤다.

설마 NPC가 역할놀이를 할 리는 없을 테니까 저건 아마 정식 기사일 것이다.

시스템으로는 존재하지 않아도 사회적 지위로 기사 계급은 확립됐다는 뜻이다.

그럼 목표는 그 계급이다.

유스티스는 우선 기사로 보이는 NPC들의 행동을 감시했다.

그들의 임무, 인품, 행동 양식.

평소 어떤 생활을 하는지, 어떤 종류의 인간과 어울리는지.

부정은 없는지, 급료는 어느 정도인지.

급료는 생활 수준으로 어림짐작할 수 있었다.

하지만 이때는 거기까지 자세하게 조사하지 못했다.

식사를 비롯한 최소한의 생활 환경을 나라인지 도시에서 전액 부담하는 모양이었다.

식사 시에는 가게 주인에게 목패를 건네어 식대를 대신했다. 공중목욕탕 같은 시설도 마찬가지였다. 여기사를 쫓아 같은 탕에 들어가 보기도 했지만, 그녀들이 돈을 내는 모습은 보지 못했다.

장식품도 장비로 취급하는지, 이것도 무슨 종이에 사인하더니 금전 거래 없이 물품을 건네받았다.

급료도 모르는 곳에 취업할 순 없다고 고민에 빠졌지만, 가만 생각해 보면 딱히 취업은 아니지 않은가?

어디까지나 게임은 게임이었다. 기사 플레이가 가능하면 그것으로 충분하다.

게다가 의식주를 보장해 준다면 오락이 적은 게임 세계에서 — 이 말 자체가 우습게 들리지만 — 딱히 불만은 없다.

즉, 기사는 일자리로서도 훌륭하다는 말이다. 공무원 만세.

그리고 그들은 용병 조합에도 자주 들락거렸다. 아마 용병용 퀘스트를 기사가 대신 처리하는 경우가 있나 보다.

이곳 휴겔컵처럼 근처에 마물의 영역이 없는 도시는 게임 시작 직후 플레이어가 경험치를 얻을 수단이 제한된다.

적을 해치워 경험치를 벌기 힘들다면 용병 조합에 게시되는 의뢰를 수행해 경험치를 얻을 수밖에 없다.

이 경험치는 엄밀하게 말하면 퀘스트 달성 보수가 아니라 의뢰를 해결하는 과정에서 자연스럽게 얻는 몫이었다. 그래서 플레이어가 성장할수록 경험치 벌이는 줄어든다.

휴겔컵 옆에는 마물의 영역이 없지만, 조금 발품을 팔면 있긴 있다고 한다.

퀘스트 보수로 성장한 플레이어라면 적정 수준의 적을 만날 수 있는 곳이다. 퀘스트로 얻는 경험치가 줄어들 즈음 그곳에 가면 새로운 성장의 길이 열린다.

그렇게 단계를 밟는 것이 마물의 영역에 인접하지 않은 대도시 플레이어의 초반 정석이었다.

하지만 이 도시에서는 그 초반용 퀘스트를 기사들이 처리해 버린다.

그렇게 초보 플레이어가 서서히 줄어들고, 중견 플레이어도 태어나지 않아서 이곳은 대도시 중에서 이례적으로 플레이어가 적은 도시가 되었다.

하지만 유스티스는 이곳에서 벗어날 마음이 없었고 조사를 이어갔다.

유스티스가 다음으로 한 행동은 기사들과 친해지는 것이었다.

그들이 어떻게 기사가 되었는지 알기 위해서였다.

그러나 갑자기 물어보면 틀림없이 경계할 것이다. 우선 차근차근 호감도를 쌓고 마음의 울타리를 낮추어야 한다.

이건 자신 있었다.

이런 종류의 게임을 많이 클리어했으니까.

물론 공략 대상이 기사인 장르만 골라서.

그렇게 유스티스는 조금씩 기사들과 친해졌고, 어느 날, 중요해 보이는 정보를 입수했다.

이웃 나라 힐루스가 망했다는 소문이었다.

아무리 소문이라도 국가에 봉사하는 기사의 말이었다. 어느 정도 신빙성은 있으리라.

바로 SNS에서 그 정보를 조사해 보니 공식 사이트에서 힐루스라는 글자가 사라진 모양이었다.

정보는 옳았다. 역시 이웃 나라 힐루스는 멸망했다.

하지만 공식 사이트를 볼 수 있는 플레이어라면 모를까, 이 게임 세계의 기술 수준으로 이웃 나라의 멸망을 이렇게 빠르게, 그것도 말단 기사가 알 수 있다는 건 이상했다.

그리고 그 기사도 특별히 감출 의도가 없어 보였다. 그냥 물어보니까 알려 줬을 뿐이라는 느낌이었다.

이때는 그 점이 신경 쓰였지만, 더 이상 조사하지도 못한 채 금방 까먹었다.

그로부터 며칠 후, 오랄 왕도에서 쿠데타가 발발했다.

유스티스가 그 사실을 알게 된 곳은 SNS였다. 그리고 알았을 때는 이미 종식되는 분위기였다.

유스티스가 놀란 것은 쿠데타 자체가 아니었다.

그것을 감행한 주모자, 아니, 주모자의 최측근 협력자였다.

그 인물은 바로 유스티스가 있는 이 휴겔컵의 영주라고 한다.

어쩌면 그 소문, 힐루스가 멸망했다는 이야기를 퍼뜨린 것은 오랄 왕도 수뇌부의 눈을 이웃 나라로 돌려 내부 감시를 약화하려는 목적이었는지 모른다.

그 정도로 머리가 돌아가는 NPC가 있을 줄이야.

유스티스는 그 영주와 영주가 섬기는 새로운 여왕을 직접 보고 싶어졌다.

오랄 왕도까지는 꽤 멀다. 하지만 다행히 이벤트 기간에는 한정 전이 서비스가 있어서 하루에 한 번 이웃 도시로 이동할 수 있었다.

유스티스는 이벤트 한정 전이 서비스를 이용해 다음 날 간신히 오랄 왕도에 당도하여 새로운 여왕의 즉위식을 구경했다.

그때, 새 여왕 옆을 지키던 전신 갑옷 기사가 바로 휴겔컵 영주였다.

체형을 보아하니 여성이었다. 이 사실도 이때 처음 알았다. 기사가 되고 싶은 유스티스는 기사에만 열중한 나머지 정작 섬겨야 할 대상을 전혀 조사하지 않았다고 반성했다.

영주가 입은 갑옷은 햇빛을 반사해 황금색으로 빛났고, 그 위풍당당한 모습은 마치 한 폭의 그림 같았다.

즉위식 중인데도 투구를 쓰고 바이저조차 올리지 않았다. 아마 선왕의 자객을 경계하는 듯했다.

쿠데타는 성공했으나 선왕은 무슨 목적이 있어서 살려 뒀다고 들었다. 그건 선왕의 부하도 아직 살아 있으며 선대 정권이 완전히 사라지지 않았다는 말이기도 했다.

여기서 선왕파가 새 여왕을 암살하면 도로 아미타불이다.

여자 영주는 그것을 우려하나 보다. 그야말로 항재전장의 정신이다. 영주라는 높은 지위에 있으면서도 그녀 이상 가는 기사가 없다는 생각마저 들었다.

이 시기에는 유스티스도 게임 시스템상 직업 기사가 되려면 귀족 계급의 「권속」이 되어야 한다는 사실을 알고 있었다.

권속이 되면 직접 경험치를 받을 수 없게 된다. 하지만 사망했을 때의 경험치 손실도 없다.

일장일단인 구조이지만, 그것 자체는 유스티스에게 크게 중요한 문제가 아니었다.

경험치를 급료로 바꿔 생각하면 아주 합리적인 시스템이었다.

공무원이란 게 그런 거다.

유스티스는 생각했다.

어떻게 해서든 저 휴겔컵 영주의 권속이 되고 싶다.

유스티스는 그 후 잠시 왕도에 체류하다가 영주가 돌아가는 날에 맞춰 휴겔컵으로 복귀했다.

◆◆◆

그로부터 몇 주가 지났다.

제3회 공식 이벤트 「대규모 방어전」으로 천사가 습격하는 와중에 유스티스는 휴겔컵 성으로 불려 갔다.

그날도 평소처럼 기사단 막사로 가서 천사 퇴치의 증거인 탁한 보석을 제출하던 중이었다.

SNS에 올라온 글에 의하면 다른 나라와 달리 이곳 오랄에서는 천사가 드롭하는 탁한 보석 — 정식 명칭은 맑은 심장이라고 한다 —

을 기사단이나 경비대 막사에서 거래하며, 제출한 수에 따라 국가에 대한 공헌도를 책정한다.

제출할 때는 부정을 막기 위해서인지 친필 사인을 요구하여 유스티스도 매번 이름을 적어 냈다.

이 제도 덕분일까, 이벤트 기간에 휴겔컵으로 복귀하는 플레이어도 조금 늘어난 듯 보였다.

한편, 힐루스에서도 상인 조합이 결성되어 맑은 심장을 사들인다고 들었다. 도시 주민들이 이 심장에는 마땅한 사용처가 없다고 했으니까 아마 그것도 천사 퇴치를 장려하려는 목적이지 않을까. 힐루스에는 이미 국가가 존재하지 않아서 주민 대표로 상인 조합이 궐기한 것이다.

웰스 왕국에서는 성녀라고 불리는 NPC가 출현해 왕도를 중심으로 천사나 마물과 싸우며 사람들을 지킨다고 한다.

이 성녀가 매우 아름다워서 그녀를 구경하려고 모인 플레이어도 많다고 들었다.

그런 웰스에서는 성녀를 추대한 성교회가 역시 같은 금액으로 맑은 심장을 사들이고 있었다.

이러한 움직임에 대해서 유스티스는 비교적 약한 종족인 휴먼을 플레이어들이 적극적으로 지키게 하려고 운영진이 의도적으로 세 나라의 주목성을 높인 것으로 생각했다.

잘난 척 떠벌릴 생각은 없지만, 이 가설에는 제법 자신이 있었다.

뛰어난 기사는 뛰어난 추리력도 갖춘 법이다. 아직 기사는 아니지만.

아무튼 평소대로 심장을 제출하고 이름을 적는데, 평소에 거의 볼

일이 없는 영주 직속 기사가 말을 걸었다.

기사는 말했다. 우수한 기사와 병사가 많은 오랄에서 기사들 못지 않게 활약하는 이방인 — 오랄에서는 플레이어를 주로 그렇게 부른다 — 의 이름이 눈에 띄었다. 만약 괜찮으면 휴겔컵의 기사가 되어 보지 않겠냐고.

유스티스는 뛸 듯이 기뻤다.

많은 플레이어는 단순히 보상금을 목적으로 심장을 모아 왔지만, 유스티스는 달랐다.

국가에 대한 공헌도라는 부분이 마음에 걸렸기 때문이었다.

플레이어들의 공헌도를 측정한다면 이 기회에 기사로 가는 길이 열릴지도 모른다.

그런 계산이 있어서 이번 이벤트에 힘을 쏟고 있었다.

기사의 제안은 그 노력의 결실이라고 할 수 있겠다.

기사들에게 안내받은 성 내부는 밖에서 보던 대로 장엄하고 아름다웠다.

그렇지만 지나치게 화려하지도 않았다. 장식에선 하나같이 세월의 흔적이 보였고, 오랜 것을 소중하게 관리하여 풍치가 있었다.

반대로 새로운 것은 하나도 없었다.

지금 영주가 온 뒤로 불필요한 장식품은 일절 사지 않은 것 같았다.

그런 부분에서도 영주의 인품, 기사다운 청렴함이 엿보였다.

그렇게 복도를 지나고, 계단을 오르고, 모퉁이를 돌아 도착한 곳은 집무실 같은 방이었다.

방 안에도 연식이 오래된 책장과 집무용 책상이 놓고 있고, 그 책상에서는 영주로 보이는 여성이 무슨 서류 작업을 보고 있었다.

긴 흑발이 등을 타고 흘러내리는, 부드러운 인상의 미인이었다.

갑옷을 입지 않아서일까, 그날 본 모습과 도무지 겹쳐지지 않지만, 설마 다른 사람이 영주 행세를 하며 집무실에 앉아 있을 리는 없었다.

기사나 유스티스가 허가를 받고 입실하자 영주는 자리에서 일어나 유스티스에게로 걸어왔다.

"자네가 유스티스인가. 소문은 들었어. 아주 우수하다더군. 그뿐 아니라 이방인치고는 드물게 적극적으로 도시를 지켜 준다지? 아차, 미안해. 딱히 이방인을 차별할 생각은 아니었어."

"앗, 아뇨! 제멋대로 구는 사람이 많은 건 사실이니까요!"

"대략적인 이야기는 들었겠지만, 오늘 자네를 초대한 이유는 나의 기사가 되어 줬으면 해서야. 물론 거절한다고 불이익은 없을 거고, 지금까지의 헌신에도 따로 사례를 하겠네. 전례가 없어서 자네들 이방인은 어떻게 생각하는지 모르겠지만, 우리에게 누군가의 권속이 되는 건 일생을 좌우하는 문제야. 생각할 시간은 얼마든지 가져도 돼."

생각할 시간 따위 필요 없다.

"괜찮습니다! 잘 부탁드립니다! 저를 당신의 기사로 받아 주십시오!"

《개체명: 라일리에네 휴겔컵에게 권속 신청을 하겠습니까?》

유스티스의 말에 반응했는지, 확인용 시스템 메시지가 도착했다. 물론 답은 예스다.

자기소개는 듣지 못했지만, 이 라일리에네가 영주의 이름일 것이다. 성에는 도시의 이름이 붙어 있었다.

"아…… 그래, 이건가. 괜찮겠나? 만약 그 마음이 확실하다면 당장 이 자리에서 임명할 수도 있는데."

"괜찮습니다! 정신은 확실합니다!"

"……자네, 아는 애랑 조금 닮았군. 그렇게까지 말한다면 허가하지. —좋아, 이제 자네는 내 권속이 됐어. 앞으로 잘 부탁하네."

《개체명: 라일리에네 휴겔컵의 권속이 됐습니다.》

《플레이어가 권속이 될 경우의 시스템 변화는 도움말을 참고해 주세요.》

참고할 필요 없다.

그 시스템을 알았을 때부터 지겹도록 읽었다.

"사실 간이 임명식이라도 열고 싶지만, 지금은 비상시니까 양해해 주게."

비상시란 제3회 이벤트다. 천사가 쳐들어오는 와중에 태평하게 행사를 열 수 있을 리 없다.

"신경 쓰지 않습니다!"

"……그렇게 말해 주니 고맙군. 그럼 우선 보급품부터 지급할까. 추가로 장비를 사고 싶으면 이 뒷대지를 쓰게. 일회용 먹지가 붙어 있으니까 사인하면 원본을 가게에, 사본을 경리에게 건네면 돼. 경리가 있는 곳은 나중에 카쿠스, 너를 여기로 안내한 기사에게 물어보도록. 그리고—."

"저기, 죄송한데 먹지가 뭐죠?"

"아, 미안. 최근 근처 도시에서 수입하는 물품이야. 봐, 이게 그 먹지인데…… 이렇게 얇은 종이의 한쪽 면에 특수한 도료를 바른 종이지. 이걸 이렇게, 종이와 종이 사이에 끼우고 단단한 책상 위에서 글자를 쓰면……."

영주 라일리에네는 책상 위에서 종이를 세 장 겹쳐 사인했다.

그러자 원래 첫 장에만 적힐 사인이 세 번째 종이에도 똑같은 필적으로 새겨졌다.

"이게 뭐죠?! 스캔? 복사? 매직 아이템인가요?"

"아니, 이 사이에 낀 종이를 봐. 한쪽 면만 검은 종이가 있지? 이거 덕분이야. 이렇게 사이에 끼워 글자를 적으면 이 검은 도료가 펜의 압력으로 아래쪽 종이에 묻게 돼. 그러니까 종이를 끼울 때는 검은 면이 아래를 향하도록 주의하게."

마법이나 스킬이 아니라 순수한 공업 기술로 사인 복사가 가능하다니, 놀라웠다.

그래도 그 도료를 제작할 때는『조제』나『대장일』등 스킬이 필요하지만.

이런 아이템은 현실에서도 본 적이 없었다. 물론 일반적인 재질로 만들었다면 종이든 금속이든 합성수지든 3D 프린터로 통째로 복사하는 현대에는 전혀 필요 없는 기술이지만.

사인 복사에 특화한 특수한 기술 체계. 이게 흔히 말하는 갈라파고스 진화인가 보다.

이 게임 세계라서 나올 수 있는 발명이었다.

"그리고 이거, 식사할 때 쓰는 부절이야. 잃어버리지 않게 조심해. 이 부절의 짝을 도시 식당에 나눠 뒀어. 이 부절에는 특수한 마법이 걸려 있어서 짝을 맞추면 문자가 빛나지. 이 부절을 꺼내면 웬만한 식당에선 다 받아 줄 거야. 목욕탕도 마찬가지고."

보통은 한 번에 설명해도 다 기억하지 못했겠지만, 지금까지 쭉 기사들을 스토킹하며 조사한 유스티스가 아니던가. 이미 아는 내용도 많아서 외우는 건 식은 죽 먹기였다.

"미리 설명해 둘 내용은 이 정도인가. 숙소 안내는 이따가 다른 기사에게 시키겠네. 이성 출입은 엄금이라서 카쿠스는 여자 숙소를 안내할 수 없으니까. 이방인은 종종 수면 시간이 불규칙하고 길어질 때가 있다는 것도 잘 알아. 자네 방은 원칙적으로 누구도 출입할 수 없도록 공지할 테니까 안심하게."

그건 솔직히 고마웠다.

플레이어의 사정을 이만큼 헤아려 주는 것을 보면 이 영주의 기사가 되는 이벤트는 특정 조건을 채우면 발생하는 특수 이벤트인지도 모른다.

이 정보를 SNS에 올리면 플레이어 동료가 늘어날지 모르지만, 그건 왠지 아까운 기분도 들었다.

메인 이벤트 스레드나 각국 메인 스레드에서는 꼭 한두 명씩 마치 게임의 주인공처럼 특별한 체험을 하는 플레이어가 있었다.

그 예시로 이웃 나라 힐루스의 유명인 웨인.

그는 이벤트 보스와 만나는 확률이 유난히 높았다. 원래 힐루스 멸망의 도화선이 된 사건에서 최전선에 서기도 했고, NPC인 이벤트 보스마저 따로 기억해 주는 모양이었다. 또 너냐, 라며 말을 걸었다고 파티 멤버가 말했었다.

솔직히 말해서, 부럽다.

나도 그런 특별한 플레이어가 되고 싶다.

오랄에서 유명한 플레이어를 뽑자면 요이치와 몽키 아무개가 있지만, 그들은 괴짜 콤비로 유명해진 경우니까 별개다.

그렇다면 슬슬 이곳 오랄 왕국의 「주인공」을 정할 때가 되지 않았을까.

그리고 주인공이라고 하면 자고로 모험가나 기사다. 절대로 간호복이나 전신 타이츠를 입은 변, 이상 성…… 수상한 인물이 아니다.

"다음으로 장비를 지급할까. 제복이라고 할 수 있는 갑옷이지. 흉부와 방패에 우리 영지의 문장이 새겨진 뛰어난 물건이야. 딱히 자네가 이방인이라서 그런 건 아니지만, 디자인은 같아도 소재가 다른 갑옷을 주겠네. 마침 신식 장비의 실전 테스트가 필요한 참이었어. 첫 임무의 일환으로 생각하고 시험해 주게."

그 후 영주가 직접 성의 지하, 무기고인지 뭔지 모를 서늘한 방으로 안내해 줬다.

어둑어둑하던 복도와 달리 방 안은 밝았다. 올려다보니 마법 조명이 넉넉하게 달려 있었다.

마법 조명은 싸지 않다. 그렇게 생각하면 도시에서 본 적 없을 만큼 사치스러운 공간이었다.

그래도 성의 이미지나 영주의 성격상 무의미하게 돈을 썼을 것 같지는 않았다.

도시를 지키는 기사들의 장비를 보관하는 무기고니까 최고의 환경을 갖춘 것이리라.

“이거군. 자네가 알지 모르겠지만, 이 갑옷에는 두 가지 금속이 사용됐네. 기본 바탕이 되는 이 은백색 부분은 미스릴이라고 해서, 가볍고 마법 친화성이 높은 금속이지. 다만, 강도는 그다지 높지 않아. 물론 철이나 마철보다는 강하지만. 그리고 그 미스릴의 바깥 부분을 막아주는 검은 금속은 아다마스라고 해. 이쪽은 마법 친화성이 낮고 아주 무겁지만, 그만큼 튼튼하지. 물리 공격에도 마법 공격에도 높은 방어 성능을 자랑하네.”

이 게임에서는 거의 들은 적이 없지만, 둘 다 유명한 판타지 금속이었다.

“그리고 검과 방패. 이것도 같은 소재로 만들었지. 특히 칼날의 중심에 미스릴, 바깥쪽에 아다마스를 쓰는 독자적 기법, 지금까지 방대한 시행착오를 반복해 얻은 기술이 쓰였어. 이게 그 완성품 1호라네. 자네가 시험하며 앞으로 유용하게 활용해 주게.”

“저기, 이거 혹시, 굉장히 귀중한 아이템 아닌가요……?”

“후후. 그렇게 긴장하지 않아도 돼. 이미 제작 기술은 확립됐으니까. 재료만 있으면 얼마든지 만들 수 있지. 남은 건 개량해서 완성도를 높이는 것뿐이야.”

그 개량을 위한 테스트를 자네에게 부탁하고 싶다, 라고 영주는 말했다.

안 좋다.

이건 어쩌면 특수 이벤트의 첫 클리어 특전일지도 모른다.

아니, 틀림없다.

들키면 PK에게 찍힐 가능성이 농후하다.

이래서는 SNS에 정보를 올릴 수가 없다.

"그리고 왠지, 갑옷에서 달콤한? 냄새가 나는 듯한—."

"……아. 전에 내가 쓰던 것에서 재활용한 부분도 있거든. 미안해."

"아뇨! 괜찮습니다! 감사합니다!"

"……? 뭐, 괜찮다면 됐어. 건넨 장비로 짐작될지도 모르지만, 내가 자네에게 기대하는 건 이른바 마법 검사야. 검도 마법도 높은 수준으로 다루는 만능 전사, 완성형 올라운더. 이 장비들은 그러기 위해서 꼭 필요하다고 생각하네. 물론 달리 필요한 것, 사범이나 도우미도 가능한 범위에서 준비하지. 그리고 자네 성장에 도움이 될 퀘스트도 몇 가지 생각해 뒀어. 예를 들어—."

◆◆◆

스타니슬라프를 확보하고 하루가 지났다.

블랑에게서는 아직 연락이 없었다.

연락이 오면 실험 결과를 보고할 생각이지만, 구태여 먼저 연락하지는 않았다.

다른 사람도 아니고 블랑이다. 그랬다간 지금 하는 일을 내팽개치고 날아올 것이다. 라이스트리고네스 자매의 쌀쌀맞은 눈총도 덤으로 딸려 온다.

해야 할 일이 있다면 먼저 그쪽을 정리해야 한다.

그런 까닭으로 레아도 다른 일을 먼저 끝내기로 했다.

새롭게 해금된 스킬 습득이었다.

우선은 『천구』.

공중에 머물 수 있는 능력은 굉장히 유용하다.

일반적으로 공중전에서는 속도와 고도가 전투력을 결정짓는다. 하지만 질량보다 능력치와 스킬로 공격력이 변동하는 세계에서는 꼭 그렇지도 않다.

또한, 공중에서 정지한 상태에서 발만 움직여 회피할 수 있는 것도 좋다.

『이것은 축복이자 저주다』 트리에도 해금된 스킬이 있었다. 이 트리는 스킬 발동어 변경이 불가능한 저주받은 스킬 트리지만, 아직은 패시브 스킬뿐이라서 신경 쓸 정도는 아니었다.

해금된 것은 『배고픔은 많은 것을 가르친다(Multa docet fames)』라는 패시브 스킬로, 효과는 「만복도 게이지가 감소할수록 INT에 보너스를 준다」였다.

이름 그대로 배가 고플수록 똑똑해지는 스킬이었다. 아니, 원래 격언은 그런 의미가 아니겠지만, 게임 스킬로는 참 직관적인 이름이었다.

만복 상태에서는 INT 보너스가 오히려 떨어지지만, 식사 직후가 아니라면 완전 만복 상태인 경우는 적고 항상 배를 살짝 비워 두면 단점은 없는 것이나 마찬가지다.

이것도 배우면 다시는 비활성화할 수 없나 보지만, 종합적으로 이득이 큰 스킬이라고 판단해 배우기로 했다.

그리고 이 트리에는 하나 더, 『현명한 자는 감정의 주인이 되고(Animo imperabit sapiens,) 어리석은 자는 노예가 된다(stultus serviet)』라는 스킬이 열려 있었다.

이건 특이하게 액티브 스킬이었다.

그리고 습득 비용이 비싸고 발동 코스트도 너무 부담스러웠다. 발동할 때 LP와 MP를 모두 쓰며, 고정치가 아니라 40퍼센트나 소비하는 모양이었다. 지금까지 이런 패턴은 거의 본 적이 없다. 게다가 LP와 MP가 공유되는 레아에게는 달갑지 않은 방식이었다.

LP가 줄어드는 위험성을 생각하면 한 전투에 한 번 쓸 수 있을까 말까다.

심지어 발동어를 바꿀 수 없어서 스킬을 쓰려면 이 긴 문장을 모두 육성으로 읊어야 한다. 너무 번거로웠다.

하지만 그만한 가치는 있었다.

그 효과는「자신이 발동한 버프 및 디버프의 영향을 받는 모든 캐릭터를 피지배 상태로 만든다」.

여전히 본래 의미에서 묘하게 어긋난 기분이 들지만, 그건 이제 넘어가자.

범위형 버프나 디버프와 조합하면 광범위하게『지배』를 걸 수 있다.

또한, 이 스킬 발동 시에는 저항 판정을 무시한다. 버프나 디버프의 영향을 받으면 무조건『지배』할 수 있다.

디버프는 몰라도 버프라면 저항하지 않는 사람도 많다.

하지만 적대하는 상대가 갑자기 버프를 걸면 당연히 경계하게 마련이다.

제대로 활용할 상황이 있다면, 누군가와 일시적으로 협력할 때 지원하는 척 버프를 걸고『현명한 자는 감정의 주인이 되고 어리석은 자는 노예가 된다』를 발동해 배신하는 것일까?

예를 들어 레아가 라일라나 블랑 세력과 표면적으로 적대하는 것처럼 보이는 상황이 종종 있다. 그때 거슬리는 제삼자를 돕는 척하면서 수작을 부릴 수 있으리라.

살짝 부담스러운 스킬이지만, 패시브가 아니니까 배우기만 한다고 위험해지진 않는다. 이것도 일단 배워 뒀다.

"으응……? 아니모 임페라빗 사피엔스, 스툴투스 세르위엣……인가? 이거 외울 순 있으려나."

그밖에 해금된『골라 낳기』는 당연히 안 배웠다.

그리고『검술』에서 액티브 스킬 외에 유용해 보이는 것을 몇 가지 배웠다. 검으로 공격할 때 보너스를 얻는 패시브나 검으로 방어할 때 대미지를 줄이는 스킬, 성공 판정에 보너스를 얻는 스킬 등이다.

"『실』도 트리가 됐어? 점성이 강한 타입과 신축성이 좋은 타입으로 나뉘어져 있어. 거미줄의 세로줄과 가로줄인가? 이것들도 배우자. 오오,『참사(斬絲)』라는 게 있어! 특성『검』때문인가."

『참사』는 타란텔라와 퀸 아라크네아에게 없는 스킬이었다. 그들과 레아의 차이를 생각하면 아마 특성과 관계가 있을 듯했다.

"어디 보자,『해방: 실』……. 겉모습은 변화가 없지만, 손끝에서 실이 나와. 손목이 아니네. 스가루는 손바닥이었던가. 뭐, 어디면 어때."

손톱 사이로 가느다란 실이 분비되고 있었다.

실의 굵기를 바꿀 수 없어 굵은 실을 쓰고 싶으면 여러 가닥을 뭉칠 수밖에 없었다.

전에 퀸 아라크네아의 몸을 빌렸을 때는 실이 더 굵었던 것으로 기억한다. 아마 방적 돌기의 크기에 따라서 실의 굵기도 달라지나 보다.

그렇다면 거구를 활성화하면 굵은 실도 뽑을 수 있다.

"그래도 실의 강도는 굵기보다 DEX와 다른 스킬의 영향을 크게 받는 모양이니까 가늘어도 딱히 상관없겠지. 『참사』는…… 으악, 미안!"

가볍게 휘두르자 근처에 대기하던 미스릴 골렘 아다마스 슈라우드의 갑옷이 찢기고 말았다.

그 갑옷은 당연히 아다마스와 같은 강도였다.

"……스킬 효과인지, 능력치 때문인지. 포트리 기사들이 랭크가 낮은 무기로 울루루에게 대미지를 준 것과 같은 상황이야, 아마."

미스릴 골렘에게 『회복』을 쓰면서 검증을 계속했다.

미스릴 골렘의 갑옷은 그의 특성이기 때문에 장비가 아닌 신체 일부였다. 그래서 LP를 회복하면 원래대로 돌아왔다.

실 조작에 익숙해지려면 연습이 필요하겠지만, 이것을 주축으로 싸울 일도 없을 듯했다.

날개 때문에 움직이기 힘든 상황이 있다면 모를까, 그것도 지금은 없앨 수 있으니까.

토레 숲 공터에서 잠시 라일라의 아비고르를 상대로 훈련하는 사이, 마침내 블랑에게서 연락이 왔다.

자스타바 다음 도시를 제압한 모양이었다.

그곳은 주변 작은 마을에서 수확한 농작물을 사고팔려는 사람들로 정기시장이 열리거나 유사시에 대비한 물자 보관소가 있는 등,

그 규모가 라콜린느에는 미치지 못할지언정 에른타르 정도는 되는 도시였다.

블랑은 레아가 충고한 대로 정말 최소한의 요충지만 제압한 것 같았다.

주민들을 흡혈귀로 바꾸어 물어본 그 도시의 이름은 카녜츠.

〈그런고로, 지금 갈게!〉

지금 와도 상관은 없지만, 블랑은 직접 이곳으로 올 수 없었다.

에른타르까지 워프해서 하늘을 날아오거나 리플레로 워프한 뒤 토레 숲 근처의 안전 구역으로 전이해 와야 한다.

어느 쪽이건 시간이 좀 걸릴 것이다.

그사이에 일단 라일라에게도 연락해 두기로 했다.

변신 히어로에는 관심이 있는지 모르겠으나, 괴인에는 관심을 보일 것 같다.

◆◆◆

"오, 그럼 그『변태』특성을 얻으면 나도 휴먼인 척할 수 있다는 거야? 레아의 날개가 없어진 것도 그거 덕분인가."

"아마 되겠지. 라일라도 나처럼 귀가 조금 뾰족하지만, 신경 쓸 정도는 아니니까."

"더 일찍 알았으면 대역을 세울 필요도…… 아니지, 그건 어렵나. 어차피 그 애를『사역』하는 건 플레이어인 나한테 불이익이 많고, 레아와 똑같이 생긴 내가 얼굴을 드러내는 것도 위험하고."

"결국 대역을 세웠어?"

"세웠지. 유스티스라는 플레이어를 『사역』하기 위해서도 필요했어. 처음에는 도시 사람을 하나 납치할까 싶었는데, 그보다 부하 여기사를 승진시키는 게 빠르겠더라고. 적당한 흑발 부하를 데려다가 노블로 전생시키고 이름을 변경했어."

"이름을 바꿀 수 있어?"

"너도 부하 이름을 지어줬잖아? 그거랑 똑같아. 이름은 한 번밖에 지을 수 없지만, 기존 이름이 있어도 상관없다나 봐."

그다지 의식한 적이 없어서 몰랐다.

라일라는 레아에 비해서 휴먼 권속이 훨씬 많았다.

그만큼 휴먼에 관한 검증 데이터는 많을 것이다.

"참고로 플레이어도 특정 조건을 갖추면 부분적인 개명이 가능해. 나도 오랄 국왕에게 휴겔컵 영주로 임명됐을 때 성을 어떻게 하겠냐는 메시지를 받았어. 필요 없어서 안 붙였지만."

플레이어 중에는 성까지 있는 닉네임을 쓰는 사람도 있었다.

그럼 만약 몽키 다이브 사스케가 휴겔컵 영주가 됐다면 몽키 다이브 사스케 휴겔컵이 됐을까?

"대역 이야기는 넘어가자. 나도 『변태』를 갖고 싶은데 어떡하면 돼?"

"우선 특성으로 『변태』를 가진 종족이 필요해. 나는 퀸 아스라파다라는 종족을 썼어. 저기 있는 스가루랑 같은 거. 그런데 처음에 발견한 변신 히어로 히데오는 근처에 있던 쇠똥구리 100마리를 썼대."

"쇠똥구리……! 무서운 집념이야……."

"누가 아니래. 라일라도 그러고 싶으면 근처에서 곤충 채집이나 해 와. 기다려 줄게."

"안 해. 나는 어떡한다……. 레아는 어떤 식으로 변했어?"

"굳이 말하면 거미일까? 안 보여줄 거지만."

"거미라면 아라크네 같은 모습? 오호라…… 아."

"뭐야? 신경 쓰이게."

"아니, 마침 우리나라 특산품이 생각나서. 그 소재란 건 꼭 살아 있어야 해?"

"글쎄. 스타니슬라프?"

"예. 마물을 사용할 경우에는 살아 있어야 했지만, 쇠똥구리는 시체라도 문제가 없었습니다."

"그렇군……. 음, 확신이 안 서니까 만약을 위해 신선한 걸 가져올까. 잠시만 기다려."

그러더니 라일라는 어딘가로 사라졌다.

블랑과 달리 라일라는 이곳에 권속인 아비고르가 있었다. 돌아올 때는 순식간이다.

그 후, 체감으로 30분 정도가 지났을 무렵.

금강강과 거구를 활성화하자 거대한 금속 조각상처럼 된다 — 단, 본체 상반신은 여전히 조각상 이마에 자라 있었다 — 는 것을 확인하면서 시간을 보내는데 라일라가 돌아왔다. 블랑은 아직 오지 않았다.

"왔어. —지금 그거 뭐야? 그레이트 붓다?"

"하다못해 스태츄 오브 리버티라고 해. 그나저나 뭐 하고 왔어?"

"이걸 사 왔지! 막 잡아서 싱싱해!"

라일라가 가져온 커다란 바구니에는 수많은 장어가 들어차서 징그럽게 꾸물대고 있었다.

"이게 설마 장어야?! 처음 봤어!"

"그렇지? 이건 오랄 특산품 중 하나야. 현실에서는 이미 적색목록에 들어가 버려서 실물을 먹을 기회가 없지만. 게임에서 가끔 먹는데 펼쳐서 굽고 양념을 바른 게 맛있었어. 토막 쳐서 끓였다 식힌 건 최악이었지만."

하지만 게임을 개발한 메인 스태프도, 그 스태프들에게 알려 줬을 개발용 AI도 이젠 먹을 수 없는 장어의 맛을 알 리 없었다.

만약 여기서 장어를 먹는다고 해도 그게 진짜 장어 맛일까? 속아서 뱀을 먹는 것은 아닐까?

"뭐, 어때. 먹을 것도 아니고. 그래서 그걸 집어넣게? 미끌거리고 싶어?"

"그건 아무래도 상관없어. 현실에서 보기 드문 고기니까 모를 수도 있지만, 사실 뱀장어나 붕장어는 변태해. 렙토세팔루스 유생기라는 게 있거든."

"우와!"

절지동물이나 양서류 외에 변태하는 생물이 있는 줄은 몰랐다. 멸종위기종이니까 어쩔 수 없지만.

"참고로 성게도 변태해. 그건 오랄에서 별로 잡히지 않아서 포기했지만."

"그래?!"

"성게는 플랑크톤에서 시작했었나? 이름은 플루테우스. 이게 어느 정도 성장해서 팔이 여덟 개 자라면 글리세로 당지질이라는 성분을 흡수해서—."

"흥미롭지만, 지금 꼭 들어야 할 내용은 아닌 거 같아. 이따가 리포트로 정리해서 메일 보내. 그래서 장어로 『변태』를 추출할 거야?"

"그 리포트 진짜 필요한 거 맞아? 뭐, 그래. 『변태』는 이 장어에서 뽑아 줘. 그리고—."

◆◆◆

잠시 후 뒤늦게 나타난 블랑이 목격한 것은 울루루와 위벨만큼 거대한 몬스터였다.

"우와, 이거 뭐야! 뱀 괴수?! 자이언트 메두사?!"

"라일라야."

"라일라 씨?! 얼마나 나쁜 짓을 하면 이런 천벌을 받아?!"

"자기가 원했어."

"스스로 이렇게 됐다고?! 고민이 있으면 말로 하지!"

"—좀 너무하지 않아?"

모든 특성을 해방한 레아가 날개 달린 거대 아라크네라면 라일라는 라미아에 가까웠다.

다만, 일반적인 라미아는 아니었다.

뱀 같은 하반신은 비늘로 촘촘하게 덮였다. 그 표면은 축축하게 젖어 번들거렸고, 여성스러운 상반신까지 더해져 아이들의 정서 교육에 굉장히 해로운 분위기를 내뿜고 있었다.

그리고 뱀의 등 부분에는 무수한 손 같은 것이 엮인 날개가 자랐다.

날개와 사악한 손의 컬래버레이션이었다. 블랑이 메두사라고 한 이유는 이것을 머리카락으로 착각했기 때문이다.

인간형 상반신은 레아의 아라크네처럼 검은 갑옷을 입었다. 이건 「갑옷」과 「금강강」 효과로 생각된다.

그리고 인간형 상반신의 이마로 라일라의 본래 상반신이 나와 있었다.

개성이 강한 건 마왕만이 아니었나 보다.

라일라는 수많은 장어와 아다마스 갑옷, 그리고 가르구이유를 흡수했다.

처음에는 아비고르를 쓸 생각이었지만, 그 — 인지 그녀인지 모르겠으나 — 의 불쌍한 모습을 목격한 레아가 보다못해 말렸다. 아비고르는 전투 훈련을 도와주기도 했다. 상위 존재인 레아와의 전투는 수치로 보이지 않는 값진 경험이 됐을 것이다.

그 설득을 받아들인 라일라는 어느새 늘렸는지 모를 오랄 스킨크를 대량으로 『소환』해서 또 가르구이유를 만들어 냈다.

그것을 소재로 쓴 결과, 장어의 긴 몸통과 가르구이유의 비늘이 합쳐져 흡사 뱀 같은 하반신이 추가된 것이었다.

이 긴 몸통은 특성 「사행(蛇行)」을 활성화하면 나타났다. 장어가 구불구불 헤엄치는 방식을 사행이라고도 하는데, 아마 거기서 따왔나 보다. 이 특성의 효과는 「다리와 지느러미가 없어도 걷거나 헤엄칠 수 있고, 다리와 지느러미를 쓰지 않을 때 속도에 보너스가 붙는

다」였다.

사행과 비늘만 활성화하면 하반신이 거대한 뱀이 되어 일반적인 라미아처럼 변했다. 레아가 다족과 갑각으로 아라크네가 되는 것과 비슷했다.

“오오~! 그래도 사왕이니까 사악한 왕과 뱀의 왕을 겸하는 것 같아서 멋있네요!”

“아, 그것도 그러네. 나쁘지 않은걸.”

“실수했네, 아무 생각 없이 거미를 써 버렸어…….”

하지만 「마」로 시작하는 생물도 마땅히 생각나지 않았다.

“레아는 거미야?”

“블랑한테 한번 보여 줘! 나한테도 보여 주고!”

“싫어.”

괴인은 궁지에 몰려야 비로소 거대화하는 법이다. 쉽게 보여 주는 게 아니다.

괴인도 아니지만.

“레아도 커지나. 둘 다 그런 방향이야? 그럼 나도 평범한 크기의 히어로가 아니라 빛의 거인이나 거대 로봇에 타는 게 나았으려나. 아니, 마스크드 바이커도 딱 한 번 거대화한 적이 있었지, VS 어쩌고에서.”

“뭐가 됐건 우선 『변태』를 가진 종족이 필요해.”

“괜찮아! 오는 길에서 잡아 왔어! 이거 봐!”

블랑의 손에는 곤충 채집통 같은 것이 있고, 안에는 장수풍뎅이가 꽉 차 있었다. 어쩐지 시간이 오래 걸린다 싶더니 이걸 잡느라 그랬나 보다.

“곤충 채집통은 또 어디서 났대…….”

“리플레에서 팔던데?”

“원래는 과일이나 빵을 담는 바구니겠죠. 그것을 두 개 합쳐서 채집통으로 쓰는 중입니다.”

아잘레아 자매도 그 통을 들고 있었다. 전부 합치면 100마리는 족히 넘을 것이다.

같은 종족이라면 한 번에 여러 마리를 넣을 수 있으니까 100마리가 있다고 100번 추출할 필요는 없었다.

히데오의 실험에 시간이 걸린 이유는 필요한 수를 알 수 없었기 때문이었다. 100마리라고 알고 있으면 처음부터 100마리를 넣으면 그만이었다.

“그럼 우선, 으음, 변태랑 갑각인가? 이것들은 다족이 없네. 다리가 여덟 개 이상 필요한가.”

“빨리빨리.”

“알았어, 알았어. 스타니슬라프.”

“맡겨주십시오.”

블랑은 의기양양하게 플라스크로 들어갔고, 소재 쪽에는 채집통째 벌레가 투입됐다.

스타니슬라프에게 통은 빼지 않아도 되냐고 물어보니, 이것도 벌레처럼 100개 단위로 넣지 않으면 특성이 발현되지 않는다고 한다.

“변신! ……얼레?”

“발동어부터 바꿔야지.”

“맞다! 근데 어떻게 하는지 몰라.”

“발동어가 중요한 게 아니잖아. 일단 시험부터 해 봐.”

“으으…… 어쩔 수 없지. 그, 그럼 그 벼, 『변태』.”

“이제 와서 뭘 부끄러워해?”

“기다려 주십—! 앗.”

마젠타가 말렸으나 늦었다. 그 순간, 옷이 안쪽부터 찢어지며 블랑은 장수풍뎅이를 억지로 인간 형태로 바꾼 듯한 모습으로 변태했다.

전체적 실루엣은 히데오와 닮았다.

여성 체형이라서 날씬했고, 상관없는 이야기지만 의외로 블랑은 다리가 길었다.

히데오와 차이가 있다면 팔과 입에 가시가 없다는 점과 머리에 달린 멋진 뿔일까.

암컷인데 웬 뿔? 그런 의문이 들었지만, 벌레 마물에는 딱히 성별이 존재하지 않으니까 벌레의 특성도 마물의 성별에 영향을 받지 않는지도 모른다.

그리고 하나 더. 장갑 표면의 광택도 달랐다.

이렇게 비교해 보니까 히데오의 장갑은 역시 철 갑옷이었나 보다.

그 광택이 없는 블랑의 장갑은 어디까지나 장수풍뎅이의 갑각이었고, 원본이 평범한 곤충이니까 강도에 별 보너스도 없을 것이다. 갑각의 공통 효과로 생각되는「소수점 이하의 대미지 무효화」가 붙은 정도다.

“오오? 이거 제법 멋있지 않아?”

블랑은 태평하게 기뻐했지만, 아잘레아와 마젠타는 한숨 쉬고 있었다.

"……일단 리플레에서 블랑의 옷과 비슷한 걸 사 오라고 할게. 마레도 구스타프도 없으니까…… 세르반테스한테 부탁할까. 남자 옷이라도 괜찮지?"

◆◆◆

"일단 블랑에게 새로 추가된 특성은……「갑각」,「뿔」,「변태」,「피의 저주」…… 이건 흡혈귀 쪽인가. 응? 이거 비활성화하면 평범한 식사로 만복도가 차는 거 아니야?"

"정말?! 그래도 라일라 씨가 타르트를 배달해 주니까 이젠 그다지 불편하지도 않은데."

"그걸 듣고도 계속 만들어 줄 거 같아?"

"……안 돼요?"

"……뭐, 상관은 없지만."

라일라는 블랑을 너무 오냐오냐하는 것 같다.

하지만 아쉽게도 그 특성은 글자가 빨간색이었고 비활성화할 수 없었다. 이름 그대로 저주다.

그리고 이때 깨달았는데「변태」도 글자는 빨갛지 않지만,『변태』로 온오프할 수 없었다. 항상 활성화 상태다.

"큭, 피의 저주에서는 벗어날 수 없나……."

"오? 그거 조금 멋있는데."

"……저주라면 나도 있는데."

"응? 마왕에는 뭔가 있어? 사왕한테는 없는데."

"안 알려줘."

우선 특성 이식에는 성공한 모양이었다.

단, 능력치는 거의 변동이 없었다. LP도 조금 늘어나기는 했지만, 블랑의 최대 LP에 비하면 새 발의 피였다.

아니, 오히려 이 정도 상승 폭이 정상이고 재앙급 마물을 두 마리나 쓴 레아가 이상한 건지도 모르겠다.

라일라의 능력치도 다소 늘어났지만, 레아에 비하면 소소했다.

"일단 현재 갑각만으로는 큰 의미가 없어. 아마 우리 퀸 아라크네아가 짠 옷을 입는 편이 차라리 나을 수도 있어."

"어라? 그럼 고랭크 옷을 입으면 『변태』할 때 찢어져? 찢어지지 않으면 압사하는 거 아냐?"

"아……."

아무리 그래도 죽기야 하겠냐마는 대미지는 받을지도 모르겠다.

"매번 옷이 찢어지는 것도 문제야. 그보다 지금 나 알몸이잖아! 뭐야, 갑자기 엄청 창피해! 이대로 어떻게 돌아가!"

"옷이라면 준비시켰으니까 괜찮아. 그것보다 뭐든 좋으니까 「갑옷」이든 「비늘」이든 대미지 경감 특성을 더 추가해서 갑각 방어력을 높이는 게 낫지 않겠어?"

"아, 그거라면 이걸 줄게. 시제품으로 만든 건데……."

라일라가 인벤토리에서 꺼낸 것은 흑백의 금속광택이 아름답고 디자인이 멋진 여성용 전신 갑옷이었다.

"이건 미스릴과 아다마스? 아까 라일라가 쓴 아다마스 갑옷도 그렇지만, 이 많은 아다마스를 용케 구했네. 그건 그렇고 미스릴 더 있었잖아!"

"이건 그 뒤에 구한 거야! 아무튼 이거라면 방어력도 디자인도 더할 나위 없지 않아? 디자인이 반영될지는 모르겠지만."

『감정』해 보자 역시 미스릴 베이스에 아다마스를 부분 부분 덧대어 마법 친화성과 방어력, 게다가 무게 밸런스까지 추구한 굉장히 랭크가 높은 갑옷이었다. 품질은 「수(秀)」라고 되어 있다.

게임에서는 그다지 볼 일이 없지만, VR 직판장에서는 자주 보이는 표시였다.

"이건 채소 등급……?"

"아, 눈치챘어? 아마 맞을 거야. 그럼 위에서부터 수, 우, 양, 무인이겠지. 설마 제일 위에 「특」이 있을지도 모르지만."

"제일 아래에 「나쁨」이 있을 거야. 전에 시체를 『감정』했을 때 봤어."

"오호. 뭐, 어쨌든 좋은 건 좋은 거지."

"그럼 그거 꽤 귀한 갑옷 아니에요? 저한테 주셔도 돼요?"

"괜찮아, 괜찮아. 완성품은 따로 있어. 이것도 사실 완성품이긴 한데 아다마스를 너무 많이 넣어서 무거워졌거든."

장비 무게야 STR와 VIT을 올리면 될 문제다.

그렇다면 그 갑옷의 주인은 경험치를 쉽게 얻지 못하는 인물일지도 모르겠다.

"그럼 부탁해, 스타니슬라프."

블랑에게 갑옷의 특성이 추가됐다.

「갑옷」, 「마법은」, 「금강강」이었다. 미스릴이 마법은(魔法銀)인가 보다.

"이제 다시 변태하면 돼? 좋아~!"

"스톱! 블랑! 지금 『변태』하면 갑각이 비활성화돼! 만약 갑옷이 중요한 부위를 가리지 않으면 대참사가!"

"으아아! 큰일날 뻔했다!"

레아나 라일라와 달리 블랑은 전신이 『변태』하는 모양이니까 복장에는 주의해야 한다.

"번거롭게 그럴 게 아니라, 더 넣을 게 있으면 전부 흡수한 뒤에 『변태』하지?"

"아, 그것도 그러네. 내가 제공할 수 있는 건 지금 그 갑옷뿐이지만, 뭔가 더 있어?"

"나는 딱히 없어. 블랑은?"

"응? 으음, 벌레 콘셉트는 장수풍뎅이로 채웠으니까 거대화에 대비해서 자이언트 콥스라고 넣어?"

나쁘지 않았다.

커진다고 무조건 좋은 건 아니지만, 블랑의 부하 중에서는 라이스트리고네스가 진짜 『변신』으로 거인이 될 수 있었다. 협력해서 싸울 수도 있으리라.

"그럼 그걸 집어넣고 『변태』해. 옷은 신경 쓰기 귀찮으니까 어디 숨어서 『변태』해 오고. 특성을 개별적으로 온오프하는 방법은—."

거구만 활성화하지 않으면 그다지 커지지 않으니까 레아의 인벤토리 구석에 박혀 있던 대형 마수의 털가죽으로 간이 텐트를 세우고, 그 안에서 『변태』하기로 했다.

거구 실험은 나중에 하면 된다.

“꼭 그거 같네. 해수욕 시설이 없는 바다에 놀러 와서 수영복으로 갈아입는 느낌이야.”

“그런 경험은 한 번도 없지만, 왠지 알 것 같아.”

잠시 후 텐트에서 나온 블랑은 마치 라이벌 히어로 같은 풍모였다.

대략적인 모습은 크게 변하지 않았다.

하지만 베이스 색상이 백금색이 되고 비닐 매트처럼 흐릿한 광택이 흘렀다.

그리고 신체 각 부위를 정교한 칠흑색 금속 갑옷이 감싸고 있었다. 전체적인 배색은 흑과 백이 2:1 비율에 테두리 부분이나 포인트로 금색이 들어갔다. 저 금색은 무슨 재질일까.

“……차오~!”

“응? 어, 차오?”

“갑자기 웬 인사야?”

“왠지 그런 기분이야! 아아! 뭔가 대단해! 지금 나는 누구에게도 질 것 같지 않아!”

안 좋은 징후다.

아마 자이언트 콥스의 능력치가 추가된 탓일 것이다.

슬슬 운영진한테 수정 요청을 보내는 편이 나을 것 같다.

“음, 그렇게 주체하기 힘들면 거구도 활성화해서 저기 있는 울루루랑 놀아도 돼.”

잠깐 머리를 식히면 괜찮아질 것이다.

블랑은 이미 맷집만 보면 마왕이 되었을 무렵의 레아에게 필적할 수준이었다. 갑옷이니 거인이니, 내구력 높은 소재만 썼기 때문이리라. 이 상태라면 잠깐 스파링을 한다고 죽지는 않을 것이다.

"블랑이 노는 사이에 일단 전체적인 정보를 공유하자."

"괜찮긴 한데, 갑자기 왜?"

"사실 웰스에서 아이돌 프로듀스를 할 때 블랑의 거인군이 왕도로 쳐들어와서—."

"잠깐, 무슨 소리인지 모르겠어. 다른 게임 이야기야? 리듬 게임? 아니면 야구 게임?"

"웬일로 이해를 못 하네. 무슨 얘기냐면—."

어쩔 수 없이 라일라에게 처음부터 설명했다.

하지만 열까지 설명할 필요는 없었다.

"아아, 됐어. 이제 알았어. 그 성녀, 레아가 꾸민 짓이었구나. 알려 주지 않았으면 손을 썼을지도 몰라. 그래, 확실히 슬슬 협의가 필요하겠어."

블랑의 셰이프 침략은 이 변태 실험을 시작하기 전에 이미 전달했다.

새롭게 타국에서 벌일 짓은 그것뿐이라서, 다음은 라일라의 동향을 묻고 페아레를 어떻게 할지 정할 뿐이었다.

"나는 아직 아무것도 안 했어. 도적으로 해코지는 하고 있지만, 그것도 지금은 셰이프뿐이야. 웰스는 인접하긴 했어도 길이 좁아서 손을 안 댔고, 페아레도 마찬가지."

"포트리는?"

"일단 신왕 즉위는 끝났어. 살짝 공감대가 형성돼서 지금은 평범하게 지원하는 중이야. 우수한 동생이 있어서 가문을 잇기 싫었나 봐. 그래도 장자 상속이 전통이니까 동생에게는 왕위를 넘길 수 없어. 그래서 현실 도피로 거리에 나가 흥청망청 놀았대."

"흐응. 잘 모르겠는데."

"……그렇겠지. 어쨌든 자기 외의 왕족이 하루아침에 죽어 버렸잖아. 충격은 받았지만, 즉위하기로 마음을 굳힌 것 같아. 그걸 뒤에서 좀 도왔어."

우수한 동생은 성실하게 궁전을 지키다가 죽었고, 평범한 자신이 싫어서 도망친 형은 일족의 유일한 생존자가 됐다. 아이러니한 이야기다.

"그랬어? 덜떨어진 인간이라도 마음을 굳혔단 말이지. 잘 구슬리면 힘을 원할 것 같네."

"……덜떨어지다니. 그래도 틀림없이 그렇게 될 거야. 지금쯤 무력감에 시달리고 있겠지."

라일라가 그 왕자, 아니, 신왕의 어느 부분에 공감했는지 모르겠지만, 적어도 라일라는 평범하지도 않고 덜떨어지지도 않았다. 공통점을 찾을 수 없으니 와닿지 않았다.

그리고 후계자인 자신의 힘이 부족하다면 노력해서 그에 걸맞은 실력을 갖추면 된다.

현실 도피가 허락되는 건 모든 노력을 다하고도 실패한 자뿐이다.

"그래서 어떡할래? 레아."

"그 사람이 꼭 정령왕이 되어 주면 고맙겠어. 그러려면 우선 그만한 경험치를 쌓아야겠지. 일단 신왕이 자기 근위 기사단부터 창설해야

해. 기사단이 생기면 왕도 근처에 보너스 스테이지를 개설해서…….”

“거기까지는 내가 할게. 손에 넣은 마물들에게도 일거리를 주고 싶어.”

“그래? 그럼 알아서 해 줘. 다행히 나도 휴먼처럼 변장할 수 있게 됐으니까 새로운 국왕 폐하께 충분히 경험치가 쌓이면 궁전에 잠입할게.”

“……조심해야 한다?”

“뭘?”

이래 봬도 마왕이 되고 꽤 오래 활동했다. 경험치 습득도, 이번 변태 소동도, 실험을 겸하면서도 자기 강화는 소홀히 하지 않았다.

이제 와서 단순한 하이 엘프에게 질 리 없고, 만약 포트리 왕이 정령왕이 되어도 신참 정령왕 따위에게 당할 만큼 약하지도 않다.

『초미형』 효과도 있어서 초면인 NPC에게 호감을 살 자신도 있다. 실패할 리 없지 않은가.

“아니, 뭐, 음……. 좋아, 그럼 이렇게 하자. 갈 때 나도 같이 가.”

“뭐어? 상관은 없는데…….”

레아가 상대할 수 없는 자라면 라일라가 있어 봤자 언 발에 오줌 누기다.

하지만 그래야 마음이 놓인다면 알아서 하도록 두자.

가까이 있으면 편리하게 부려 먹을 수 있을지도 모른다.

◆◆◆

“여기가 휴겔컵인가. 그리고 저게 휴겔컵 성……. 듣던 대로 왕성에 밀리지 않는 웅장함이야.”

“나는 이쪽이 좋아. 역사가 느껴지잖아. 왕성은 뭔가 별로란 말이지. 겉만 화려한 느낌이라서.”

“그러게……. 일단 용병 조합으로 가자.”

요이치 일행은 평소 오랄 변경 지역을 전전하며 던전을 공략하거나 변경 주민들의 퀘스트를 받아 활동했다.

하지만 제3회 공식 이벤트가 시작되면서 일단 왕도로 이동했다.

저번 이벤트에서는 힐루스 왕도가 멸망하고 이곳 오랄에서도 쿠데타가 발발했다.

이번 이벤트에도 무슨 일이 일어난다는 보장은 없지만, 사고가 터졌을 때 가장 피해가 큰 곳은 왕도이기 때문이다.

그렇게 왕도에 도착한 두 사람에게 들린 것은 신관들의 외침이었다.

아무래도 구 힐루스 왕국의 토레 숲에서 새로운 인류의 적이 탄생한 모양이었다.

요이치는 바로 거리 연설을 하던 신관을 붙잡아 자세한 사정을 물었다.

“토레 숲이…… 구 힐루스 영토의 어디쯤이죠?”

“**힐루스 왕국**의 국토로 말씀드리면 북동쪽일까요? 웰스 왕국과 가까운 곳입니다.”

“그건……. 전에 제7 재앙 때처럼 대규모 침공이 있을지도 모른다는 말인가요?"

"제7 재앙……? 아아, 새로운 재앙 말이군요. 새로운 재앙이 탄생했으니 뭔가 호칭이 필요하긴 하겠네요. 이 이야기는 제가 총주교 성하께 아뢰겠습니다. 그건 그렇고 대규모 침공의 징후는 아직 보이지 않습니다. 천사들에게 대응하느라 인류에게 눈을 돌릴 여유가 없는 게 아닐까요?"

저번 이벤트를 생각하면 이벤트 보스가 탄생했는데 얌전히 있을 리 없다. 반드시 무슨 행동을 벌일 것이다.

그때 가장 먼저 피해를 보는 곳은 어디일까.

전에 힐루스에서 태어난 재앙은 삽시간에 힐루스 왕국을 멸망시켰다.

그때는 웨인과 요이치 등이 레이드 파티를 짜서 일단 재앙을 물리쳤지만, 금방 부활해 결국 힐루스 왕국은 하룻밤 사이 사라졌다. 아마 그건 미리 정해진 시나리오였을 것이다.

만약 이번에 다른 나라에서 재앙이 탄생한다면 그 재앙도 태어난 나라를 멸망시킬 가능성이 있다.

대륙에 여섯 곳밖에 없는 국가가 이벤트마다 사라지면 인류는 순식간에 멸망하고 만다. 아무리 그래도 그런 시나리오를 썼을 리 없다.

운영진은 구 힐루스를 마계나 마족령으로 다루고, 그곳을 중심으로 피해가 확산되는 전개를 노리고 있다.

그러면 공격당할 가능성이 있는 곳은 구 힐루스와 가까운 마을일 것이다.

요이치 일행은 오랄에서 활동하는 플레이어이며, 역시 이 나라에 가장 애착이 컸다.

지금은 오랄을 지키기 위해 구 힐루스와 가까운 도시로 활동 거점을 옮기고, 이벤트 몬스터인 천사로부터 도시를 지키면서 재앙의 동향을 주시하는 게 좋을 듯했다.

그런 연유로 요이치와 몽키 다이브 사스케는 이곳 휴겔컵을 찾아왔다.

이 도시는 위치적으로 대륙 중앙에 있으며 도시 중심에는 웅장한 성이 위용을 자랑하고 있었다.

그 성의 내력은 전해지지 않지만, 누가 봐도 각국 왕성보다 오래되어 고대 문명과 연관이 있지 않겠냐고 사람들은 수군거린다…… 라고 길을 안내해 준 NPC가 알려줬다.

"여기가 용병 조합인가. 고마워. 금화면 될까?"

"이런 거로 금화를 받으면 내일부터 일할 맛이 나겠어? 그보다 길 안내해 준 사람한테 줄 돈이 있으면 옷부터 제대로 입고 다녀."

"맞는 말이야."

남성 NPC에게 한 번 더 감사하고 헤어졌다.

"……맞긴 개뿔. 너, 옷 살 생각 없잖아."

"무슨 소리야? 방금 그 사람은 네 옷을 지적한 거 아니야?"

요이치는 어이없는 표정으로 사스케의 말을 되받아쳤다.

사스케는 몸에 착 달라붙는 검은 타이츠를 입어서 척 보기에도 추웠다.

사스케 왈, 몸에 딱 맞춰서 피탄 면적을 극한까지 줄이고 체중도

극한까지 떨어뜨려 민첩성을 저해하지 않는 합리적 복장이라고 한다. 머리부터 발끝까지 검정 일색인 이유도 시인성을 낮추기 위함이라고 하나, 요이치가 가진 『진안』 앞에서는 무슨 색 옷이든 의미가 없었다.

요이치는 저번 이벤트와 이번 이벤트 초기에 얻은 경험치로 『진안』의 보조 스킬 『진(眞) 진안』을 배웠다.

『진안』 효과를 높일 뿐인 패시브 스킬로, 구체적으로는 『진안』 발동 시 대상의 신체 부위에 따라 생명력이 다르게 보이는 효과였다.

이건 대미지를 받았을 때 LP가 줄어드는 비율을 나타내며 짙은 부분에 공격이 맞으면 큰 대미지를 줄 수 있다.

즉, 크리티컬 히트를 유발하는 약점이 보이는 효과라고 할 수 있겠다.

활로 좁은 면적을 공격하는 요이치에겐 아주 유용한 스킬이었다.

이 스킬은 SNS에도 전혀 정보가 올라오지 않아서 사스케 외에는 아무에게도 말하지 않았다.

기사단의 실력과 행동력이 뛰어나기 때문인지, 오랄 왕국의 용병조합은 전체적으로 타국에 비해 한산했고 나쁘게 말하면 썰렁했다. 하지만 휴겔컵 용병 조합은 단순히 활기가 없는 수준이 아니었다.

아직 낮이고 정기적으로 천사가 습격하는 중인데도 요이치와 사스케 말고는 아무도 없었다.

마물의 영역에 직접 인접하지는 않았어도 이 규모의 도시치고는 이례적이었다.

"실례할게. 이상하게 조용한데, 혹시 누가 전세라도 냈나?"

"아, 아뇨. 그런 건 아닙니다……. 용병 조합 휴겔컵 지부에 잘 오셨습니다. 저는 지부장인 코사카라고 합니다."

카운터에 서 있던 사람이 지부장이었다.

젊은 여성이어서 전속 접수원이라고 생각하던 터라 놀랐다.

이 게임 세계에서는 경험치만 벌면 성별에 따른 신체 능력 차이는 무시할 수 있다. 하지만 그만큼 살아온 시간이 중요했다.

휴먼이 이 젊은 나이에 지부장 자리까지 올라간 것은 예사롭지 않았다. 플레이어 수준의 성장 속도가 필요하다.

더불어 놀랄 만큼 미인이었다.

그리고 이 세계에서는 이질적인 코사카라는 이름.

"……혹시 플레이어인가요?"

"플레……? 아, 이방인 말이군요. 후후, 아니에요. 그런 말은 자주 듣지만요. 그렇게 미녀로 보이나요? 우후후."

누가 시작했는지 몰라도 이곳 오랄 왕국에서는 플레이어를 이방인이라고 부르는 풍조가 있었다.

플레이어들은 대부분 외모가 아름다워서 인사치레라고 생각했나 보다. 아무래도 그녀는 플레이어가 아닌 것 같았다.

"미안하군. 그런데 여기가 이렇게 한산한 건 무슨 이유가 있나? 천사도 쳐들어오니까 용병이 더 있을 만도 한데……."

"아, 그거요? 사실 이곳 휴겔컵에서는 천사 대항책으로 천사가 떨어뜨리는 아이템, 맑은 심장이라는 보석을 사들이고 있어요. 그걸 매수하는 본부가 기사단 막사인데, 며칠 전부터 기사단이 막사를 개방해서 간이 술집처럼 운영하고 있거든요. 용병분들은 대부분 그곳에 가 있어요."

천사의 드롭 아이템 매입은 왕도에서도 하고 있었다. 이 도시에서도 똑같은 캠페인을 하나 보다.

아마 운영진이 이벤트 활성화를 위해 내놓은 정책일 것이다. 힐루스에서도 상업 조합이 비슷한 업무를 본다고 들었다.

그나저나 기사단이라면 더 엄격한 이미지가 있었는데 설마 직접 술집을 운영할 줄이야. 영주가 생각보다 유연한 사고방식을 가졌나 보다.

"—휴겔컵 영주라면 그 인간이지? 즉위식에서 여왕 옆을 지키던 기사. 사실상 쿠데타 주모자라고 불리던 녀석. 그야말로 난세의 간웅이구만."

"후후후."

사스케의 말도 코사카 지부장은 웃어넘겼다.

간웅이 순수한 칭찬도 아니건만, 그것을 나무라지 않는 것을 보면 이 지부장도 공감하는 부분이 있는 것 같았다.

고객을 이만큼 빼앗기면 그럴 만도 하다.

"아무튼 그런 사정이 있어서요. 다른 용병이나 이방인분들을 뵙고 싶다면 기사단 막사로 가 보세요."

"아니, 당분간 이 도시에서 활동할 생각이라서 들러 본 것뿐이야. 의뢰가 쌓여 있다면 받아 갈까?"

"……그게, 주민 의뢰도 기사분들이 임무를 겸해 처리해 주셔서요……. 주민분들도 그러면 굳이 용병 조합을 거칠 필요가 있냐면서 지금은 영주님께 직접 청원을 넣는 실정이에요…….”

“주민이 영주에게 직접 청원한다고? 고작 용병한테 부탁할 일거리를?”

“물론 영주님이 직접 만나시는 경우는 드물고, 기본적으로 당직 기사가 신청받지만요……. 때때로 방치하면 중대한 위기로 이어질 안건에는 영주님이 직접 대응하시죠. 그리고 보고자, 이 경우는 의뢰자인 주민에게는 보상금도 나온다고 하네요…….”

그 덕분에 우리는 파리만 날리지만요, 라고 지부장은 고개를 숙였다.

아마 접수원을 고용하기도 힘든 상황 같았다.

그토록 수지가 안 맞다면 보통 철수하게 마련이다. 하지만 왠지 영주가 보조금을 내주는 터라 지부장도 일하지 않고 돈을 벌 수 있다는 이유로 이 자리를 열심히 지키고 있었다. 딱히 열심히 할 것도 없지만.

“영주한테 투덜댈 처지냐? 그나저나 이렇게 들으면 영주는 손해 보는 짓만 하는군. 맑은 심장 매입도 그렇고, 용병 조합에 주는 보조금도 그렇고. 무슨 이득이 있어서 그러지?”

사스케 말대로 그 점은 신경 쓰였다.

하지만 딱히 나쁜 짓은 하지 않았다.

그리고 변화의 이유는 틀림없이 정권 교체에 있을 것이다.

즉, 휴겔컵 영주는 오랄 왕국을 발전시키기 위한 키 캐릭터로서 소임을 다하고 있을 뿐이다.

“할 일이 없다면, 미안하지만 우리도 조합에는 볼일이 없겠군…….”

“그런가요……. 아! 맞다! 하나 부탁드릴 일이 있어요! 잠시만 기다려 주세요."

지부장은 안쪽으로 들어가더니 잠시 후 어떤 서류를 들고 돌아왔다.

2층으로 올라가는 소리가 들리던데 지부장실이라도 다녀온 걸까.

"이건 얼마 전 본부에서 내려온 퀘스트예요. 게시판에 붙여 두면 기사단이 가져가서 숨겨 뒀어요."

"기사단이 받으면 안 돼?"

"그게, 퀘스트 발주서에는 없지만, 함께 내려온 메모에 『수주자 중에 보관고를 사용하는 자를 반드시 포함할 것』이라고 적혀 있어서……."

다시 말해 플레이어 한정 퀘스트였다.

그런 퀘스트가 있는 줄은 처음 알았다. 그런데 이런 내부 정보를 그냥 알려 줘도 되는 걸까?

하지만 지적했다가 이야기가 길어지면 귀찮다. 모르는 척 넘어가자.

"그래. 다행히 우리는 플레이어…… 보관고 소유자야. 괜찮으면 그 퀘스트, 우리가 받도록 하지."

◆◆◆

"왜 이딴 퀘스트를 받았냐?"

"너도 반대 안 했잖아."

몇 시간 뒤, 요이치와 사스케는 지하에 있었다.

이 세계에도 하수도는 있다.

그래 봤자 길을 따라서 판 도랑이 대부분이지만.

하지만 이곳 휴겔컵은 달랐다.

석조지만, 지하에 장대하고 복잡하게 엮인 통로가 있었다.

요이치 일행이 있는 곳은 그 통로 안이었다.

그들이 받은 퀘스트는 이 지하 통로 탐색.

특히 통로 외의 비밀 방 수색이었다.

"그나저나 대단하네. 완전히 오버 테크놀로지야. 이건 누가 무슨 목적으로 만들었지?"

"적어도 하수 때문이 아닌 건 확실해."

이 도시도 평범한 하수도는 다른 도시처럼 지상에 있었다.

이 통로는 하수도로 사용되지 않았고, 스며든 하수가 천장이나 벽을 적셨지만, 바닥에 고일 정도는 아니었다.

오랫동안 사람이 침입한 흔적이 없고 바람이 통하는 길도 없어서 당연히 냄새도 그대로 남아 있었다.

아무 대책도 없이 들어오면 악취만으로 LP가 계속 깎여 나갈 정도였다.

요이치 일행은 코사카 지부장에게 받은 퀘스트용 장비, 누가 봐도 방독면 같은 마스크를 쓰고 탐색하는 중이었다.

"현지에 가기만 해도 대미지를 받는 퀘스트는 난생처음 본다."

"불만 있으면 받기 전에 말하지 그랬어."

"받기 전에는 이럴 줄 알았겠냐?"

이 마스크도 방독면 같은 디자인이지만, 구조적으로 유독 물질을 막는 게 아니라 그런 마법이 걸린 매직 아이템이었다.

게다가 챙겨 준 아이템 중에는 역병이나 독을 치료하는 아이템도 있는 등 지극정성이었다.

요이치는 가끔 나타나는 탁한 색의 슬라임을 활로 쏴 죽이며 통로를 걸어갔다.

"……용병 조합은 이런 곳을 어떻게 알았지? 조금 전까지는 여기 영주가 수상쩍다고 생각했는데 지금은 용병 조합이 훨씬 수상해 보여."

"그 지부장은 이곳을 모르는 것 같았어. 본부의 지시겠지."

"그럼 더 이상하지."

이 통로의 입구는 도시 안에 있지 않았다.

도시 밖, 그것도 도시에서 조금 떨어진 곳에 있었다. 잡초에 덮인 낡은 돌담이 있고, 그 뒤에 또 무성한 잡초 사이로 계단이 숨겨져 있었다.

근처까지 와서야 알았지만, 그 주변은 꽤 넓은 범위로 돌바닥이 깔려 있었다. 아마 과거에는 이곳에 어떤 건물이 있었을 것이다. 그게 파괴된 후 시간과 함께 바스러지고, 잡초에 묻히고, 사람들의 기억에서도 잊혀 버렸으리라.

그리고 이 계단 위쪽에는 썩은 나무 조각이 흩어져 있었다. 나무는 자연적으로 썩은 느낌이었고, 사람이 밟고 헤집어 놓은 흔적은 없었다.

그렇다면 한때는 나무판자가 이 계단을 덮고 있었다는 뜻이다. 심지어 이 건물을 파괴한 누군가는 이 계단의 존재를 알아차리지 못했을 가능성이 있다.

이 계단, 더 나아가 이 통로를 감추고 싶었던 자와 거기에 관련된 건물을 파괴한 자.

상황으로 추측하면 이 땅을 지배하는 세력이 건물을 파괴한 자의 관계자일 가능성이 크다. 그건 즉, 영주들이자 이 나라다.

그럼 그 파괴자들조차 알지 못한 이 통로를 용병 조합은 어떻게 알았을까.

"가끔 용병 조합만 정보 전달이 이상하게 빠를 때가 있어. 처음에야 그냥 게임이니까 그런가 보다 했는데…… 게임을 진행하니까 모든 게 NPC, 현지민의 힘으로 이루어지고 있어. 용병 조합만 확실하게 이질적이야."

"……운영진이 아예 개입을 안 할 순 없으니까 플레이어를 서포트하는 조직은 필요하겠지."

"그게 용병 조합이라고? 그런 것치고는 NPC 영주한테 이용당하던데? 뭔가 엉망진창이야. 그 지부장도 NPC 같고."

확실히 플레이어처럼 인간이 조작하는 느낌은 아니었다.

하지만 운영진의 입김이 들어가지 않은 캐릭터라는 보장도 없었다.

요이치는 그 지부장에게서도 어딘지 모르게 초탈한 분위기를 느꼈다.

상식적으로 이 땅에 자리 잡고 생활하는 인간이 일하지 않고 돈만 받는다면 주변 사람들과 제대로 어울리기 어려울 것이다.

"용병 조합에 운영진의 입김이 닿았다는 생각에는 동의해. 이 방독면 같은 아이템도 저런 신통찮은 조합에서 준비할 수 있는 물건이 아니야. 퀘스트와 함께 이런 아이템을 보낼 정도라면 자기들이 조사하면 그만이지. 일부러 누군지도 모를 용병에게 의뢰할 필요는 없어."

"그래. 게다가 퀘스트 내용도 이상해. 비밀 방 수색이라고? 비밀 방은 비밀이니까 비밀 방이라고 하는 거야. 왜 존재한다는 전제로 의뢰해? 알고 있으면 자기네가 가라지."

맞는 말이다.

하지만 용병 조합이, 바꿔 말해 운영진이 플레이어에게 주고 싶은 의뢰라면 받지 않을 수 없었다.

이게 어떤 이벤트에 관련된 퀘스트임이 분명하기 때문이다.

타이밍을 생각하면 천사 습격이 의심되지만, 지하라는 점이 조금 이미지와 달랐다. 어쩌면 다른 이벤트와 연결된 퀘스트인데 우연히 최근 용병 조합에 방문한 플레이어가 없어서 두 사람이 받게 됐는지도 모른다.

"……그 제7 재앙 말인데, 구 힐루스의 무슨 숲에서 태어난 뒤에 거의 일직선으로 왕도까지 왔었지?"

"그랬지."

"결국 거기가 마음에 들었는지 구 힐루스 왕도에 눌러앉았지만, 아마 처음에는 왕도가 아니라 단순히 서쪽으로 가고 있었을 거야."

"그럴지도."

"이 휴겔컵이 마침 힐루스 왕도의 서쪽이지. 여기랑 무슨 관련이 있는 거 아닌가 몰라."

"……."

아예 허황된 추측은 아니다.

만약 그렇다면 제7 재앙에 버금가는 위험이 도사릴 가능성이 있다. 실력에는 다소 자신이 있지만, 요이치와 사스케만으로는 역부족이다.

"……뭐라고 말 좀 해."

"……응."

빛이 전혀 들지 않는 지하. 들리는 것은 오수가 맺혀 떨어지는 조그만 물소리와 가끔 나타나는 더러운 슬라임이 기어다니는 소리뿐이었다.

두 명 다 말이 없으면 주변은 금방 정적에 휩싸였다.

어둠 속에서도 주위를 확인할 수 있는 이유는 두 사람이 습득한 『촉각 강화』 덕분이었다. 이 스킬을 배우자 피부로 공기의 흐름까지 느낄 수 있었다.

거기에 『청각 강화』까지 배우면 반사되는 소리와 공기 진동, 바람의 흐름 등으로 주위 사물의 형태와 위치까지 대략적으로 파악할 수 있다.

수인 종족이라면 『밤눈』이나 『암시(暗視)』를 배울 수 있지만, 휴먼은 그러지 못한다.

대신 이런 스킬로 비슷한 능력을 갖출 수 있었다.

그래서 두 사람은 색이 없고 흐릿한 형체뿐이지만, 주변 상황을 충분히 파악하고 있었다.

그래도 계속 주위를 지각하려면 뭔가 소리가 반사되는 편이 좋다.

주변에 자신들의 존재를 알려 주면서까지 잡담을 이어 온 것은 그런 이유였다.

"앗, 야."

"응? 아아."

그렇게 지각으로 탐사하는 덕분에 모퉁이를 돈 곳이 막혀 있으면 꿰기 전에 알 수 있었다.

이 앞도 그런 곳이었다.

하지만 사스케가 말을 건 이유는 그게 아니었다.

막다른 골목인 건 틀림없었다. 그런데도 그곳으로 희미하게 공기가 흐르고 있었다.

"아하, 이게 비밀 방인가. 그런데 이거, 평범하게 탐색하면 알 수 있나?"

"글쎄. 조명이나 『암시』로 시각에 의존해서 찾았으면 알아차리지 못했을 가능성이 크겠어……."

겉으로 봐서는 단순한 벽과 다를 바 없다. 미세한 공기 흐름을 느끼면 발견할 수 있겠지만, 그러려면 상당히 뛰어난 척후 능력이 필요하다.

"내 입으로 말하기도 그렇지만, 우리 빌드가 좀 특수하달까, 제법 변태 세팅이잖아? 지각이나 은신 쪽에 특화한."

"변태인지 아닌지는 몰라도 특이한 건 사실이지."

들키기 전에 공격해 한 방에 해치우는 게 가장 빠른 전투법이다.

그러기 위해서 필요한 부분에만 경험치를 쏟은 요이치와 사스케는 단둘이서 상위 몬스터도 안정적으로 잡을 수 있게 됐다.

물론 이건 두 사람의 게임 실력이 받쳐 주기 때문이었다. 아무나 흉내 낸다고 될 일이 아니었다.

"그런 우리가 간신히 알아차렸어. 이거 더 상급자용인데, 까놓고 말해서 우리가 너무 일찍 온 거 아니야?"

"……그럴지도 몰라."

하지만 와 버렸는데 어쩌겠는가.

이벤트 기간의 사망 페널티 완화를 행운으로 여기는 수밖에 없다.

"……단순히 문만 숨겨져 있고 잠겨 있지는 않나 봐."

"좋아, 열어 줘."

"간다…… 셋, 둘……."

◆◆◆

《키 퀘스트가 진행됐습니다.》

《아티팩트 「레디레 프라이테리툼」을 해금합니다.》

《이벤트 담당 AI는 정해진 절차에 따라서 시나리오를 진행해 주십시오.》

《예기치 않은 오류가 발생했습니다.》

《이벤트 구역이 플레이어의 지배 지역이 되었습니다.》

《각 섹션의 담당 책임자는 대처법을 논의해 주십시오.》

제4장 제6 재앙 vs 제7 재앙

웰스, 포트리, 셰이프에 대한 논의는 일단 끝났다.

"근황은 대충 얘기했고, 레아는 페아레를 어떻게 할 생각이야?"

"특별한 건 없어. 페아레의 어떤 숲에서 도망쳐 온 원숭이들이 있는데, 걔네로 페아레를 제압하면 재미있겠다 싶어서."

"아…… 좋아할 거 같네, 그런 시추에이션. 알았어. 나도 페아레에는 손을 대지 않을게."

"전체적인 진행 상황은 이만하면 됐어. 이제 남은 건 이벤트인가."

"천사 말이지? 이벤트 기간도 절반 이상 지났고 슬슬 샘플 데이터도 모였을 텐데, 혹시 천공성의 이동 경로는 밝혀냈어?"

전에 천공성의 경로를 예측하려고 라일라에게 상담한 적이 있었다.

위치나 경로를 예측하기 위해서는 천사가 습격한 장소와 그 시간차로 통계를 내야 한다. 너무 번거로운 작업이라서 스스로 할 생각은 버리고 똑똑한 플레이어들에게 전부 맡겨 뒀다.

그렇다고 따로 의뢰하거나 부추기는 글을 올리진 않았다. 가만히 있었을 뿐이다. 현명한 플레이어들이라면 반드시 깨닫고 밝혀내 주리라는, 모종의 신뢰가 있었으니까.

"조사하는 사람 있었어? 바빠서 나랑 관련 있어 보이는 글만 봤는데."

"응, 있어. 전에 봤을 때는 예측 경로가 22가지나 있어서 무시했지만. 슬슬 후보가 좁혀지지 않았을까?"

라일라가 SNS에서 천공성 위치에 관련된 글을 조사하는 사이, 레아는 아군의 공중 전력을 정리했다.

우선 주전력, 솔저 베스파들이다.

레아 진영에서는 카 나이트 등 일반 지상 병력에 비해 전투력이 낮지만, 천사 조무래기를 상대하기에는 충분하다.

물론 천공성에 쳐들어가려면 상대할 천사의 수는 방대하다.

천사도 평소처럼 전멸할 때까지 무작정 돌격하지 않고 아마 대천사나 천공성을 지키기 위해 싸울 것이다.

하지만 베스파의 주목적도 섬멸이 아닌, 레아가 방해받지 않기 위한 양동과 지연전이다. 전략적으로 싸우면 수에서 크게 밀려도 대응할 수 있을 것이다.

다음은 유격 부대에 해당하는 비틀 나이트와 비틀 워리어다.

비틀 나이트는 거대한 장수풍뎅이, 비틀 워리어는 거대한 사슴벌레로, 쉽게 말해 날아다니는 탱커와 날아다니는 딜러다.

그래도 3차원 기동을 하는 고속 전투에서 탱커의 역할은 적다.

이들은 천사 따위의 공격에 큰 대미지를 받지 않으므로 이번에는 베스파와 조합해 운용하고, 주로 양동 작전을 맡기면 될 것이다.

그리고 대천사의 부하로 간부급 몬스터가 있을 경우 대응할 특급 전력, 위벨과 메가네우론.

처음에는 메가네우론이 아니라 가능하면 가르구이유 부대를 쓸 계획이었지만, 가는 길에 쓸데없는 지출이 생기는 관계로 무산됐다. 그 대신, 우연히 거의 같은 크기의 벌레, 메가네우론을 대량으로 생산하여 그녀들을 데리고 가기로 했다.

만에 하나의 사태를 고려해 스가루는 두고 간다.

랭크는 대천사와 동등할지 모르나, 마찬가지로 랭크가 동등한 레아와도 차이가 크게 벌어졌다. 오래 산 대천사는 더 강할 가능성도 있다. 방심하면 안 된다.

"의외로 날 수 있는 애가 적네. 뭐, 더 있어도 지상을 아예 비울 수는 없으니까 원정대로는 이 정도가 적당한가."

"—응, 특히 실수도 없는 것 같아. 이 모리에티 교수라는 사람의 예측 경로가 가장 확률이 높으려나. 레아, 대충 현재 위치를 알았어."

"그래? 고마워. 그럼 다음 습격 직후에 역공을 가 줄까."

그 타이밍이라면 방어하러 나올 천사가 가장 적을 것이다. 습격하러 나온 천사들은 대부분 죽으니까.

"그게 좋겠어. 잔챙이는 리스폰을 기다려야 하니까. 나도 갈까?"

"됐어. 무슨 일이 생기면 곤란하니까 어디 안전한 곳에서 우리 부엉이 오미너스 군이라도 끌어안고 기다려. 위험할 때는 오미너스 군과 내 위치를 교체할 거니까."

"그 사기 스킬? 알았어. 꽉 끌어안고 기다릴게. 위험하지 않아도 스킬로 돌아와도 돼."

"……절대 안 쓰도록 노력할게. 준비도 할 만큼 했고, 명색이 이벤트인데 잡몹만 청소하다가 끝나는 것도 재미가 없지."

현재 이 이벤트는 하늘에서 정기적으로 잡몹이 내려올 뿐이었다.

이벤트 기간이 절반 이상 지난 지금이라면 슬슬 큰 사건을 일으켜도 되지 않을까.

“좋아, 그럼 다음 천사 습격이 끝날 때까지 쉴까. 블랑은…… 아직도 하네. 까먹기 전에 옷도 줘야지.”

“아, 맞아. 레아가 입는 드레스 있잖아, 그거 내 것도 만들어 줄 수 없어?”

“괜찮지만, 이거 소재도 좋은 거라서 비싼데?”

“돈을 받겠다고?! 미스릴을 그렇게 가져갔으면서!”

“……공짜로 주면 되잖아. 소재 랭크는 실이 조금 더 높겠지만, 서비스할게. 그리고 공임비나 디자인료를 포함해서 제작비도 깎아 주고.”

“……고맙습니다?”

“그럼 바로 치수를—.”

“아, 잠깐만.”

“왜?”

“응? ……아, 그런 거구나.”

“뭐가?”

라일라가 왠지 눈을 깔고 조용해졌다.

생각에 빠진 것처럼 보이지만, 라일라가 생각할 때의 버릇과는 달랐다. 아마 누군가에게 채팅이라도 보내나 보다.

블랑은 바로 옆에서 대신전과 엎치락뒤치락하는 중이고 물론 레아도 아니었다.

그럼 권속 중 누군가일까?

평범한 플레이어일 가능성도 없진 않지만, 아니다. 다른 사람도 아니고 라일라가 설마.

"—미안, 잠시 볼일이 생겨서 돌아갈게."

"무슨 일 있어?"

"음, 아니, 지금은 말할 수 없나 봐. 이따가 봐."

라일라는 어딘가로 사라졌다.

지금은 말할 수 없나 봐, 라는 말투가 마음에 걸렸다.

마치 자기 의지가 아닌 것 같다.

라일라가 그런 식으로 말한다면 무슨 의미가 있을 것이다.

지금은 말할 수 없지만, 그건 자기 의지가 아니다. 그럼 다른 사람의 지시인가?

게임 안에서 라일라에게 지시할 수 있는 존재는 얼마 없다.

레아가 아니라면 생각나는 건 하나뿐이다.

아마 운영진.

게임 진행상 비밀 준수 의무가 발생하는 제안이나 협력 요청을 받은 게 아닐까.

이따가 보자고 했으니까 함구령이 풀리면 말해 줄 것이다.

그보다 지금 중요한 것은 눈앞의 천사, 그리고 대천사였다.

◆◆◆

그렇게 알람 시계처럼 찾아든 천사 습격도 끝나고 마침내 출격의 순간이 다가왔다.

"이젠 그냥 단순 작업이네. 운영진은 마지막 날까지 이거만 줄창 할 생각인가?"

"글쎄? 만약 그렇다고 해도 나는 그렇게 끝낼 생각이 없지만."

대천사를 처단하고 이 대륙에 평화를 되찾을 것이다.

그리고 후발주자가 할 소리는 아니지만, 레아와 비주얼이 살짝 겹치니까 대천사는 퇴장해 줬으면 한다.

"힘내, 레아! 지원이 필요하면 언제든 불러!"

블랑은 거대화 전투를 여한 없이 즐겼는지, 지금은 원래 모습으로 돌아왔고 옷도 제대로 입었다.

블랑은 히어로 형태 그대로 거대화해서 레아나 라일라처럼 이마 위로 상반신이 튀어나오지는 않았다.

이 차이도 신경 쓰이는 부분이었다.

만약 마왕이나 사왕이 이유라면 블랑이 진조가 됐을 때 똑같이 거대 히어로 이마에 상반신이 자라날까?

"아마 아직 습격이 끝나지 않은 지역도 있겠지만, 보통은 권속이라도 멀리서 지시를 보낼 수 없으니까 신경 쓸 필요 없겠지? 어디 보자, 예측 경로에 따르면 천공성은 지금 포트리에서 힐루스 왕도 방면으로 북상 중인가. 운이 좋았어."

각 주둔지에 있는 모든 방어 부대에 힐루스 왕도를 향해 날아가도록 지시했다.

왕도 근교에서 합류해 적의 경로를 역행하듯 진군한다. 아마 왕도 남쪽 상공에서 맞닥뜨릴 것이다.

〈부디 조심하십시오…….〉

"그래, 알아. 다녀올게."

◆◆◆

"모리에티 교수라는 사람, 혼자서 통계를 내고 계산했나? 그런 거면 대단하네."

천공성은 그 플레이어의 예측대로, 경로상에 대기하던 레아 앞에 나타났다.

대륙 전토의 형태도 대략적으로만 알려졌을 텐데 용케 이토록 정밀하게 계산했다.

위를 보면 낙하할 것만 같은 짙푸른 하늘이 펼쳐졌다.

그리고 아래에는 운해.

그 운해에 떠내려가듯 거대한 성을 업은 섬이 서서히 이동하고 있었다.

틀림없다. 저게 천공성이다.

내리쬐는 태양과 운해가 반사한 햇빛 때문에 레아는 온몸을 날개로 감싸는 특유의 자세로 날고 있었다.

현재 활성화한 특성은 「뿔」, 「마안」, 「날개」, 「초미형」이었다. 전투에 돌입하면 햇빛으로 인한 대미지는 무시하고 날개를 크게 펼쳐 「검」과 「금강강」, 「갑옷」까지 활성화해야 한다.

천공성에 다가가자 성 곳곳에서 천사 같은 것들이 벌떼처럼 튀어나왔다.

"—들켰나. 아니, 들킬 만도 하지. 이렇게 당당하게 접근하면…… 그런데 뭐가 이렇게 많아! 방금 대륙 전체로 뿌린 천사가 전멸했을 텐데!"

머릿수만 따지면 피아의 병력 차이가 열 배는 될 듯했다.

처음 예상했던 최악의 시나리오는 온 대륙을 들쑤시던 천사들과 한 번에 충돌하는 사태였는데, 수적으로는 지금이 바로 그 상황이었다.

심지어 방금 전멸한 습격 부대도 다시 부활한다. 그것들이 리스폰하면 지금의 배는 많은 적과 싸우게 된다.

"너무 우습게 봤나. 설마 병력이 이 정도일 줄은……."

천사가 아무리 많아도 그 저열한 공격력으로는 레아에게 대미지를 줄 수 없다. 기본적으로는 몇 마리가 나오건 의미는 없다.

다만, 파리처럼 주변을 날아다니며 대천사와의 전투를 방해하는 것이 싫을 뿐이었다.

우선 예정대로 비틀과 베스파들을 양동 부대로 내보냈다.

어떤 지시를 받았는지 몰라도 천사들은 선두의 비틀 나이트에게 몰려들었다. 그들은 다가오는 족족 비틀 나이트의 『도발』 효과에 걸려들었고, 뭉친 적들을 비틀 워리어가 돌진으로 쓸어버렸다.

그것을 본 다른 천사들도 차례차례 비틀 나이트에게 달려들었다.

베스파들도 각각 그룹을 나누어 천사군을 교란하고 분단하며 적을 묶어 뒀다.

보아하니 양동 부대로서 충분히 제 역할을 해줄 것 같았다.

이 틈에 레아는 위벨과 메가네우론들을 이끌고 천공성으로 향했다.

천사들은 양동 부대를 상대하느라 여력이 없어서 레아를 쫓아오는 적은 거의 없었다. 가끔 있어도 근처에 있던 베스파나 비틀이 공격해 먼 곳까지 끌고 가서 처리했다.

레아는 천공성이 있는 부유섬에 도착해 일단 착지했다.

지면, 이라고 말해도 될지 모르겠지만, 그곳은 마치 평범한 대지 같았다. 레아는 물론 위벨과 메가네우론들이 발을 디뎌도 무너지거나 가라앉지 않았다. 성은 무성한 나무들로 둘러싸여 있었다.

“이게 어떻게 떠 있지?”

기억이 맞다면 대천사는 전 정령왕이 사망할 즈음 나타났다고 백작이 말했다.

그렇다면 이 천공성은 전 정령왕이 만든 아티팩트일지도 모른다. 그것을 대천사가 빼앗거나 훔치거나 해서 이렇게 이용한 게 아닐까.

“잠깐, 정령왕? 그 사람, 연근(筋)술사라고 했지. 만약 정령왕이 호문쿨루스도 만들 수 있었다면.”

태어난 호문쿨루스가 천사가 되고, 그 천사가 대천사가 됐다면.

“천공성을 넘어 대천사 세력 전체가 정령왕의 유산, 혹은 다른 아티팩트처럼 정령왕의 저주일지도 모르겠어.”

이 땅에 사는 자들에게는 이런 민폐가 없다. 자업자득인 자도 있을지 모르지만, 대부분은 세대교체가 되었을 것이다.

당사자라면 레아의 부하인 디아스와 지크 정도다.

“—이 성스러운 땅에 더러운 발을 들여놓다니. 결국은 땅을 기는 축생인가.”

갑자기 목소리가 들렸다.

올려다보자 성인 휴먼 같은 모습에 두 쌍 네 개의 날개가 달린,

척 보기에도 천사 같은 금발 남성이 떠 있었다.

고대 그리스의 히마티온을 닮은, 휘황찬란한 금색 옷을 입었고 머리 위에는 빛의 고리도 떠 있었다.

"……그야 땅이 있으니까 발을 붙이지. 들어오는 게 싫으면 『우리』라도 쳐놓지 그랬어?"

발동어를 바꾼 『감정』을 도발에 섞어 사용했다.

'통했다. 틀림없어. 이 녀석이 대천사야.'

능력치는 전체적으로 아주 높지만, 그중에서도 DEX가 유독 두드러졌다. 하지만 『감정』이 쉽게 통한 것으로 알 수 있듯이 종합적으로는 레아보다 아래였다. 이 수치라면 요로이자카 씨와 퀸을 흡수하지 않았어도 아슬아슬하게 이겼을지 모른다.

대천사의 머리 위에 뜬 고리는 「광륜」이라는 종족 특성 같았다. 효과는 「뿔」과 거의 같았다. 그렇다면 대천사에겐 『정신 마법』이나 『사역』은 통하지 않는다고 봐야 한다.

다른 스킬도 보고 싶지만, 찬찬히 읽을 시간은 없었다.

"흥. 가축이면 가축답게 맨발로 흙 위나 뛰어다니면 됐을 것을."

"닭 친척이 꽥꽥 자기소개인가? 뛰어다니고 싶으면 마음대로 하세요."

"……좋다. 어차피 죽이는 건 마찬가지다. 여기까지 올라온 건 네 놈들이 처음이니 상으로 대천사인 내가 친히 처리해 주마! 『디스트럭트 애로』!"

말이 끝나기 무섭게 대천사는 어디선가 빛나는 활을 꺼내 들었다. 그리고 미끄러지듯 자연스러운 동작으로 시위를 당겨 무시무시한 속도로 화살을 날렸다.

침입자에 대한 정해진 행동인지, 아니면 레아의 도발에 넘어온 것인지 몰라도 갑작스러운 실력 행사였다.

마치 한 줄기 빛처럼 보이는 화살이 정확히 레아의 가슴 중앙에 명중했다. 화살은 『마의 방패』를 뚫고, 레아의 가슴도 뚫고, 등 뒤의 『마의 방패』마저 뚫고서 어딘가로 사라졌다.

가슴을 봐도 딱히 구멍이 나지는 않았다. 단순히 관통 공격의 연출 같았다.

하지만 대미지는 확실히 들어왔다. 『마의 방패』 LP와 레아의 MP가 줄었다.

"뭐지, 생명력이 흐릿해……? 네놈, 대체—."

아마 『진안』으로 보고 있나 보다. 『마의 방패』는 개별적으로 LP를 가져서 전개 중에는 빛이 겹쳐서 보인다.

그나저나 실로 경이적인 공격이었다.

우선 그 속도.

그 정도 속도일 줄 알았으면 시위를 당긴 시점에 회피하려고 했겠지만, 그만 평범한 화살을 기준으로 생각하고 말았다.

'활에서 레이저가 날아올 줄 누가 알았겠어…….'

그리고 무서운 점은 속도만이 아니었다. 위력도 그렇다.

『마의 방패』는 LP가 눈에 띨 만큼 깎였다. 당장은 부서지지 않겠지만, 아마 마왕 전생 직후의 레아가 맞았다면 위험했을 것이다.

지금 사방에 떠 있는 『마의 방패』는 현재 레아가 쓸 수 있는 모든 수단을 동원해 최대한 성능을 높인 특제품이었다.

『기술은 길고, 인생은 짧다』를 배운 레아는 이미 만들어 둔 방패를 한 번 파괴했다. 『마의 방패』는 현재 네 장밖에 만들 수 없고, 재생성하려면 기존의 방패를 파괴하는 수밖에 없기 때문이었다. 참고로 방패 파괴는 누가 하건 상관없었기에 가르구이유의 전투력에 관심이 있던 레아는 아비고르에게 협력을 구했다.

『마의 방패』는 생성할 때 소비한 MP와 같은 양의 LP를 갖는다.

그리고 현재 레아는 『기술은 길고, 인생은 짧다』의 효과로 스킬과 마법을 발동할 때 MP가 부족하면 LP에서 부족분을 차감한다.

이건 『마의 방패』처럼 MP 소비량을 자유롭게 설정할 수 있는 스킬에도 똑같이 적용된다. 총 MP를 뛰어넘는 수치를 설정한 경우, MP가 부족하면 스킬은 불발로 끝나지만, 『기술은 길고, 인생은 짧다』로 부족분이 충당된다면 LP를 추가로 소비해 발동한다.

그 효과를 이용해 레아는 MP 전부와 LP도 레드존에 들어갈 만큼 쏟아부어 『마의 방패』를 만들었다. 그 후, 예의 리베 대삼림 동굴에서 MP 자연 회복을 기다리고 『치료』와 『회복 마법』으로 LP 회복하기를 세 번 반복했다.

나중에 그 방패를 또 파괴하고 거대화 상태에서 다시 만들었는데, 지금 떠 있는 방패가 그때 작품이었다.

즉, 지금 『마의 방패』 한 장의 LP는 전력을 다한 마왕의 MP와 LP를 합친 수치에 맞먹는다.

이것을 일격에 파괴하는 적이 있다면 대부분의 캐릭터는 이 공격에 스치기만 해도 죽는다는 뜻이다.

그때는 뒤도 돌아보지 않고 도망칠 생각이었다.

지금 대천사의 일격이 그 정도는 아니었지만, 신생 마왕을 빈사로 몰고 갈 정도의 힘은 있었다.

저 빛나는 활의 성능이거나 『디스트럭트 애로』라는 액티브 스킬의 위력일 것이다.

빠른 발동과 화살 속도를 생각하면 회피 불가능한 즉사 공격이라고 할 수 있었다.

《운영팀에서 알립니다.》

이때, 뜬금없이 시스템 메시지가 도착했다. 열어서 읽는 형태니까 게임 진행에 관련된 메시지는 아니었다. 이 타이밍에 온 것은 우연일까.

지금은 읽을 겨를이 없어서 무시했다. 읽는 건 대천사와 결판을 낸 뒤에도 늦지 않다.

"……아니, 네놈이 무슨 원리로 그런 묘한 생명력을 가졌는지는 중요치 않다. 타격은 입은 것 같으니 전부 꺼트려 버리면 될 일이지!"

대천사는 또 어디선가 빛나는 활을 꺼냈다. 『디스트럭트 애로』라는 발동어가 들렸을 때는 공격이 이미 레아에게 도달해 있었다.

하지만 이 거리라면 적의 손가락 움직임까지 볼 수 있었다.

약시를 『시각 강화』로 정상 시력까지 높였을 뿐인 육안으로는 그렇게 자세하게 볼 수 없었다. 하지만 『마안』의 시야라면 그게 가능하다.

레이저 같은 공격은 허무하게 허공을 꿰뚫었다.

궤도만 알면 회피는 불가능하지 않다.

하지만 아슬아슬한 극한의 움직임을 안정적으로 반복하는 것이 레아가 쌓아 온 훈련이었다. 현실에서 근육을 키울 수 없는 이상 몸 동작은 절대로 빨라지지 않는다. 그렇다면 적어도 근력 외의 모든 요소를 극한까지 단련해야 한다.

행동을 읽는 힘, 다시 말해 관찰력과 통찰력도 거기에 포함된다.

그나저나 살벌하기 짝이 없는 스킬이었다.

지금은 레아를 노리고 공격하지만, 부피가 큰 위벨이나 메가네우론이라면 당해낼 재간이 없다.

아무래도 대천사는 부하를 대동하지 않은 모양이고『진안』으로 보이는 LP를 기준으로 위험도를 가늠하는 듯했다. 레아가 그와 노는 사이 위벨과 메가네우론들에게는 잔챙이 천사들의 양동을 맡겼다.

그리고 디스트럭트(파괴) 애로라는 이름으로 봐서 여러 대상을 공격하는 액티브 스킬일 가능성이 컸다. 지금은 단발성 공격으로밖에 보이지 않지만, 그게 다가 아니리라.

적어도 관통 효과가 있는 것은 확실했다. 그렇다면 사정거리 내에서 사선에 있는 모든 오브젝트에 대미지를 주며 직진할 것이다.

어쩌면 그 밖에도 연사 기능 따위도 있을지 모른다.

"피했다고?! 그럴 리가!"

당황일까, 아니면 분노일까.

어느 쪽인지 몰라도 냉정을 잃은 대천사는 활 스킬을 연속으로 구사했다.

그가 외치는 발동어는 처음부터 쏘던 『디스트럭트 애로』부터 『페네트레이트 애로』, 『익스플로드 애로』 등 방심할 수 없는 것뿐이었다. 전부 피해서 『디스트럭트 애로』 외에는 위력을 알 수 없었지만, 공격 속도는 『디스트럭트 애로』가 가장 빨라서 큰 위협은 느끼지 않았다.

이름으로 추측하면 『페네트레이트 애로』는 방어 무시 공격일 가능성이 크고, 『익스플로드 애로』는 명중하면 아마 폭발할 것이다.

끝내는 인내심이 바닥났는지 『클라우드 버스트 애로』라는 무차별 범위 공격까지 쏘아 젖혔다.

이런 공격은 적의 퇴로를 막는 용도로 쓸 수도 있겠지만, 그럴 목적이라면 점점이 공격하는 활 스킬이 아니라 단순하게 범위 마법을 써야 했다.

이런 스킬은 다수의 적에게 발동해 적당히 수를 줄이는 용도가 적당할 것이다.

그러나 대량의 화살이 한곳으로 쏟아지는 공격은 충분히 위협적이었다. 빗방울을 전부 피할 수는 없는 것과 같다.

다행히 이 『클라우드 버스트 애로』의 속도는 지금까지 본 공격 중 가장 느렸다.

MP를 약 10퍼센트 소비해 『마의 검』으로 나기나타를 만들어 모든 화살을 베었다. 플레이어가 보지 않는 곳이라면 나기나타를 휘둘러도 문제없다.

이 정도 MP로 만들어 낸 무기로 스킬도 없이 재앙급의 액티브 스킬을 막는 것은 원래 불가능하다.

하지만 범위 안에 흩뿌린 화살을 하나하나 쳐내는 것은 그렇지도 않았다.

"—이걸로 끝인가? 네 공격은."

대천사쯤 되면 고도의 AI를 탑재했을 테고 INT도 제법 높을 것이다.

실제로 공격을 받아 본 느낌으로는 역시 변태 실험으로 이것저것 섞기 전의 레아와 동급이거나 조금 아래라는 인상이었다.

그렇지만 그때의 레아가 지금 공격을 전부 맞았다면 진작 죽었을 것이다. 변태 실험을 해서 다행이다.

그나저나 한 공격이 통하지 않으면 다음 공격을 쓰는 어설픈 전술도 그렇고, 뭔가 싸움에 익숙하지 않은 느낌이다.

초고속 원거리 공격이 있다면 지체 없이 연달아 쏘면 되지 않은가.

이만큼 공격 수단이 많으면 유용한 전술은 얼마든지 짤 수 있다.

보아하니 그의 액티브 스킬은 대부분 속도에 차이가 있었다.

예를 들어 가장 느린 『클라우드 버스트 애로』를 뿌려 두고 적에게 맞기 전에 『익스플로드 애로』를 쓰거나, 그 『익스플로드 애로』를 『디스트럭트 애로』로 저격해서 적이 예상하지 못한 곳에 폭발을 일으키거나, 그 폭발 속에서 몰래 『페네트레이트 애로』로 급소를 노리는 식으로. 그의 기량이라면 불가능하지 않을 것이다.

물론 『익스플로드 애로』가 정말로 폭발하는지, 폭발한다면 기폭 조건이 무엇인지 알지 못하므로 실제로 그 전술이 가능한지는 모르겠지만.

대천사가 성에서 거의 나오지 않는다는 정보가 사실인지는 모르겠다.

하지만 자기와 동급이거나 더 강한 적과 싸운 경험이 적은 것은 확실했다.

"더 할 수 있는 게 없다면 이번에는 내 차례인가?"

하지만 대천사는 공세를 늦추지 않았다.

"네놈 차례 따위 오지 않는다! 디스트럭—."

"『화이트아웃』."

"—트, 으윽!"

『빛 마법』은 당연하게도 빛의 속도로 효과를 낸다. 그건 방해 계열 마법도 마찬가지다. 『디스트럭트 애로』가 아무리 빨라도 광속을 넘지는 못하리라. 레이저 같다는 건 어디까지나 비유에 지나지 않는다. 게다가 발동하기 전에 막으면 속도 따위 관계없다.

『마안』으로 연계하면 더 빠르게 발동할 수 있지만, 이 마법으로 그런 짓을 하면 자기 눈도 멀어 버린다.

이 마법의 지속 시간이 사용자의 능력치에 의존하는 것은 전에 디버프에 걸렸을 때 알았다. 지금이라면 적의 시야를 꽤 오래 차단할 수 있을 것이다. 상대가 저항에 실패한 이상, 이건 뒤집을 수 없다.

"에잇, 하지만 소용없다! 설사 눈이 보이지 않아도 나는 네놈들의 위치를 볼 수 있다! 디스트—."

아마 『진안』 효과일 것이다. 그건 『마안』처럼 눈을 감아도 주변의 LP를 볼 수 있다. 떠들지 말고 스킬을 발동했으면 됐을 텐데 왜 굳이 알려 줬을까.

하지만 『진안』은 『마안』와 달리 LP만 보이기 때문에 LP를 가진 사물의 위치와 대략적인 움직임밖에 파악할 수 없다.

즉, 발동어를 말하지 않는 한 그는 레아의 위치는 알아도 뭘 하는지 알 수 없다.

레아는 두 눈을 뜨고 『마안』으로 말없이 『다크 임플로전』을 시전했다.

이처럼 좌표 지정으로 발동하는 마법에도 속도는 관계없었다. 사정거리와 정밀도, 연사력은 활에 밀려도 속도와 위력으로 마법이 질 리 없었다.

울루루와 위벨만큼 크면 이 마법은 효과가 없지만, 상대가 날개를 합쳐도 4미터 정도라면 문제없었다.

“크아아아아아아아아악!”

『마의 이치』를 포함한 각종 부스트 스킬로 강화된 어둠이 대천사를 덮쳤다.

그에게는 이게 첫 대미지였다.

이 마법이 레아의 짐작대로 약점 속성일지는 알 수 없었다.

하지만 적어도 대미지를 준 것은 확실했다.

지금까지 이 마법을 발동하면 적이 대개 한 방에 처리됐던 탓에 몰랐지만, 죽지 않을 때는 어둠 속으로 사라지지 않는 모양이었다. 당연하지만.

압축되어 터지듯 어둠이 사라진 뒤에는 지쳐 보이는 대천사가 떠 있었다.

준비하던 액티브 스킬은 시전되지 못했고 빛으로 이루어진 활도 부스러져 사라졌다.

아까부터 신경 쓰였는데 저 활은 뭘까.

보통 무기 같지는 않았다. 혹시 공격할 때만 표시되는 로망 무기의 일종일까?

아니면 스킬일 수도 있다. 발동어가 없다면 패시브 스킬이 의심된다.

종족 특성에 관련된 스킬은 발동어가 없는 것도 있다. 레아의 『마의 검』이 그 예시다. 생김새로 봐서 비슷한 계열의 스킬일지도 모른다. 매번 사라지니까 『마의 검』처럼 MP 최대치를 대가로 상시 발동하는 타입은 아닌 것 같지만.

『감정』으로 살펴보면 알 수 있을지 모르나, 전투 중에 방심하고 괜한 짓을 할 레아가 아니었다.

"『해방: 검』, 『해방: 금강강』, 『페더 개틀링』."

이제는 코스트로 LP를 소비해서 그다지 쓰고 싶지 않지만, 마법 쿨타임을 벌 때는 좋다.

가뜩이나 『다크 임플로전』으로 엉망이 된 대천사의 몸을 레아의 깃털이 도려냈다. 대천사는 소리도 지르지 못했다.

어디까지나 쿨타임 벌기용 공격이었는데 새로운 특성으로 강화된 깃털 검은 상상 이상으로 강력했다. 그리고 이 상태에서 『금강강』을 활성화하면 뿔뿐 아니라 날개도 검게 변한다는 사실도 처음 알았다. 이 깃털 검도 아다마스다. 그렇다면 피부도 검게 변할 만한데, 피부나 머리카락은 여전히 희었다.

"크헉…… 네, 네 이놈, 축생 주제에! 『디스트럭트 애로』!"

피한다.

여전히 아슬아슬하지만, 더는 맞을 것 같지 않았다.

“『이블 스마이트』, 『페더 개틀링』.”

새로 얻은 특성으로 강화된 깃털 검은 마법과 달리 서서히 대미지를 주지만, 그래도 적의 LP를 빠르게 깎아내렸다.

이대로 밀어붙이면 끝날 것 같다. 그 전에 『감정』으로 상세한 스킬 정보라도 보는 편이 좋을까.

하지만 늦었다.

아차 하는 순간, 크고 아름다운 보석을 남기고 대천사는 사라졌다.

“실수했네. 대미지 조절을—.”

“—『부활(레수렉티오)』.”

“했, 어? 뭐야?!”

직전까지 대천사가 떠 있던 곳. 그곳에서 마치 시간이 되돌아가듯 대천사가 다시 나타났다.

하지만 중요한 건 그게 아니었다.

처음 봤지만, 지금 그건 소생 마법이다.

보통 그런 스킬은 사망한 본인이 쓰지 못한다.

실제로 지금 그 말은 엉뚱한 곳에서 들렸다.

목소리가 들린 곳으로 천천히 돌아보자 그곳에는, 아니, 그곳에**도** 멀쩡한 대천사가 떠 있었다.

무심결에 지금까지 싸우던 대천사를 보고, 새로 나타난 대천사를 보고, 몇 번이나 고개를 돌리며 확인했다.

아무리 봐도 두 명이다.

생각해 보면 지금 레아는『마안』으로 사물을 보기 때문에 고개를 돌릴 필요는 없었다. 아무래도 전투에 집중한 나머지 어느샌가 시야가 좁아졌던 모양이다.

마음을 진정시키고『마안』으로 주위를 확인했다.

성 안에서 줄줄이, 눈앞의 두 대천사와 같은 MP를 가진 자들이 나오고 있었다.

'이렇게 많아? 어쩐지. 수백 년이나 이 땅에 군림한 재앙인데 너무 약하다 싶었어.'

"『디스트럭트 애로』."

"『디스트럭트 애로』."

"『디스트럭트 애로』."

"『익스플로드 애로』."

"『익스플로드 애로』."

"『익스플로드 애로』."

줄지어 나타난 대천사 군단은 인사 한마디 없이 각자 빛나는 활을 손에 쥐고 연이어 각종 스킬을 퍼부었다.

무수한 공격을 필사적으로 피하며『천구』를 발동해서 서서히 위로 올라간다.

땅에서 공격을 피해도『익스플로드 애로』가 바닥에 꽂힐 때마다 폭발의 여파가 밀려왔다.

처음에 피했을 때처럼 멀리 날아가 주면 좋겠지만, 이렇게 포위당하면 그런 요행은 바랄 수 없었다.

그렇게 집중포화를 피하면서 얼마나 시간이 지났을까.

대천사 증원이 나타난 이후로 계속 수세에 몰려 있었다. 당연하다면 당연하다. 말 그대로 공격이 멈추지 않으니까.

레아도 틈을 보고 『마안』으로 마법을 쏘기는 했지만, 그 일격으로는 도저히 해치울 수 없고 다음 공격을 하기 전에 회복해 버렸다.

교활하게도 이렇게 수가 많은데도 『다크 임플로전』의 범위에는 항상 한 명밖에 들어오지 않게 포지션을 잡고 있었다. 팀워크가 제법이다.

주위에 있는 대천사의 수는 쉰을 넘을 것이다.

설마 레이드 보스가 수를 늘려 한 플레이어에게 레이드전을 펼칠 줄이야.

"『페네트레이트 애로』."

"쳇!"

『마의 방패』로 적의 화살을 받아냈다.

어떻게 해도 전부는 피할 수 없다고 판단했을 때, 맞을 공격은 이 『페네트레이트 애로』로 정해 뒀다.

이 스킬은 방어 무시 공격이다. 『마의 방패』에는 방어구가 없어서 레아 본체보다 방어력이 낮다. 스킬 성능이 방어 무시에 치우쳤을 『페네트레이트 애로』는 『마의 방패』를 공격해도 이득이 적다. 상대방이 최대한 이득을 보지 못하게 행동하여 조금씩이라도 적과의 격차를 줄여야 한다.

하지만 그것도 슬슬 자제하는 편이 낫겠다. 아마 적도 눈치챘을 것이다.

『페네트레이트 애로』의 빈도가 줄어들고 있고, 무엇보다—.

“『디스트럭트 애로』.”

“『익스플로드 애로』.”

“크!”

『페네트레이트 애로』를 맞은 직후, 고속 관통 공격과 폭발 화살을 직격으로 맞아 버렸다. 보고 쐈다기보다 미리 그곳에 깔아 둔 느낌이었다.

역시 유도당했다.

전부 피할 수 없을 때, 반드시 『페네트레이트 애로』 방향으로 이동하는 버릇을 알아차리고 그 직후에 명중하도록 다른 공격을 준비하고 있었다.

이렇게 생각을 읽힐 가능성도 고려했지만, 상대의 공격 밀도가 너무 높아서 속임수까지 생각하며 행동할 수 없었다. 대미지를 최대한 줄이기 위해 『페네트레이트 애로』를 골랐는데 그것도 이미 의미가 없었다.

반격으로 쿨타임이 끝난 『다크 임플로전』을 『마안』의 『마법 연계』로 발동했다.

“크아아앗!”

“『대회복(하이 힐)』.”

이번에는 즉시 회복해 버렸다. 대미지를 전부 회복하지는 못했어도 크게 상쇄된 것 같았다.

이것도 똑같다. 행동이 읽혔다.

『마법 연계』로 마법을 쏘려면 목표나 기폭 지점을 눈으로 확인해야 한다. 즉, 시선으로 공격 위치를 예측하고 즉시 회복할 수 있게 준비한 개체가 있었던 것이다. 일대일 전투에서 그러려면 레아 수준의 훈련이 필요하지만, 수가 이렇게 많으면 분담할 수 있다.

앞으로는 눈을 감은 채 『마안』은 타기팅만 하고 발동어를 말하는 편이 낫겠다.

"『페더 개틀링』!"

방금 『회복 마법』을 사용한 개체를 향해서 단검을 발사했다.

하지만 다른 개체가 『회복 마법』을 발동해 그 대미지도 무마했다.

이어서 다른 개체들도 『회복 마법』을 발동하자 『다크 임플로전』을 당한 개체의 LP가 전부 회복되어 버렸다.

힐러부터 없앤다는 정석은 통하지 않는다.

대천사들은 아마 전부 『회복 마법』을 쓸 수 있을 것이다.

"파티가 전부 힐러이자 딜러고 탱커급 LP를 가진 레이드 파티? 가능하면 나도 그쪽에 끼고 싶었어."

부질없는 소리였다. 아마 대부분의 플레이어는 게임 보스전에서 한 번쯤 그런 생각을 했을 것이다.

아니면 반대로 보스 몬스터도 매번 플레이어에게 「나도 그쪽으로 갈래」라고 생각하는지도 모른다.

그나저나 농담은 좋은 정신 안정제다.

초조함, 분노, 동요. 그런 마음은 정상적인 판단력을 쉽게 앗아간다.

노 미스로 싸워도 승리를 장담할 수 없는 전투였다. 우선 정신적 동요로 실수하지 않는 것이 중요했다.

『페네트레이트 애로』를 맞으며 절약했던 『마의 방패』 LP도 『디스트럭트 애로』와 『익스플로드 애로』를 연속으로 맞으면 무서운 속도로 빠져나간다.

그러는 사이 결국 『마의 방패』 하나가 파괴되고 말았다. 의식적으로 한 방패로만 공격을 막은 탓이었다. 어쩔 수 없다.

적의 공격에는 범위 공격이 많아서 모든 방패를 균등하게 쓰는 것보다 한 방패에 대미지를 집중해야 총피해가 줄어든다고 생각해서였다.

물론 가능한 한 회피하지만, 방어가 불가피한 경우도 있었다.

레아의 『방패』 하나가 파괴됐기 때문인지, 대천사들의 공격은 더욱 격렬해졌다.

리듬이 변한 공세에도 어떻게든 타이밍을 맞추며 버텨 보지만, 금방 『디스트럭트 애로』를 직격으로 맞아 방패가 하나 더 깨졌다.

한 방 대미지는 『디스트럭트 애로』가 강하지만, 『익스플로드 애로』는 폭발해서 다른 방패와 레아 본체에도 대미지를 줄 때가 있었다.

모든 방패와 레아 본체가 폭발에 휘말릴 경우 대미지 총합은 『익스플로드』가 더 크지만, 방패 두 개와 레아 본체가 대미지를 받으면 『디스트럭트』와 비등비등한 수준이었다.

하지만 폭발에 휘말리면 귀찮아지기 때문에 『익스플로드』는 가급적 피하고 싶었다.

한편, 레아의 공격은 당연히 유효타를 주지만, 회복 때문에 결정타는 되지 못했다.

이대로 가면 소모전에서 밀린다. 아니, 이미 밀리고 있다.

우선 위치 잡기가 최악이었다. 레이드 보스가 전방위를 둘러싸는 상황이 세상에 어디 있는가.

어떻게든 도망치며 적을 한 방향으로 모으고 싶지만, 도망치고 싶은 방향에는 이미 누군가가 쏜 『익스플로드 애로』가 날아들고 있었다. 한 대 맞아 준다는 각오로 뛰어들어도 폭발로 밀려나는 사이에 다시 포위당했다.

앞뒤 생각 없이 마법을 연발하면 포위망에서 벗어날 순 있겠지만, 그건 도망치는 게 전부다.

도망갈 목적이었으면 처음부터 『캐슬링』을 썼으면 됐다. 그러지 않는 이유는 레아의 LP와 MP가 너무 많이 남았기 때문이었다.

추하게 도망치기에는 너무 이르다.

원래는 강대한 대천사와 레아가 일대일로 싸우고, 간부급은 대형 몬스터들이, 잡몹은 소형 몬스터들이 양동으로 묶어 둘 예정이었다.

그런데 누가 알았겠는가.

이벤트 보스인 대천사가 떼로 등장할 줄은.

그야 대천사를 강대한 하나의 적이라고 보기에는 조금 약했다.

하지만 보스의 부하로 분류하기에는 너무 강했다.

위벨이나 메가네우론은 아마 적의 액티브 스킬 몇 발만 맞아도 빈사 상태가 될 것이고, 그녀들은 덩치가 커서 피하기도 어렵다. 더불어 수적으로도 밀렸다. 시간 끌기밖에 안 되는 줄 알면서 이곳에 부를 수는 없다.

그야말로 오랜 세월 대륙을 공포로 지배한 재앙이었다.

대천사는 수백 년이라는 시간 속에서 축적한 경험치를 한 캐릭터에 집중하지 않고 강대한 동료들을 만드는 데 사용한 것이다.

대단히 합리적인 판단이었다.

레아라도 그렇게 한다. 아니, 이미 하고 있다.

지상에는 디아스와 지크, 울루루, 그리고 스가루도 있다.

스가루는 날 수 있으니까 당장 불러도 전력이 되겠지만, 수적으로 크게 밀리는 지금 동료 한 명을 불러 봤자 달라질 건 없다.

게다가 레아와 달리 스가루에게는 『마의 방패』가 없다. 둘러싸여서 집중포화를 당하면 뼈도 못 추릴 것이다.

혼자서 해결하는 수밖에 없었다.

무슨 방법이 있을 거다, 라고는 생각하지 않는다.

이 게임 세계는 황금 같은 경험치에 지배당하고 있다.

그건 레아도 잘 안다. 지금까지 그 수혜를 톡톡히 누렸으니까.

마찬가지로 때로는 면밀한 준비와 협력으로 그것을 극복할 수 있다는 사실도 안다.

이곳에 있는 모든 캐릭터 중 가장 강한 것은 레아다. 그건 확실하다.

하지만 이곳에 있는 모든 세력 중 가장 강한 것은 대천사들이다. 그것도 확실하다.

대천사 세력의 전체 경험치는 레아보다 훨씬 많을 것이다. 그리고 이제는 협력 측면에서도 압도당하고 있다.

그뿐이고, 그것뿐이라면 극복할 수 없다.

하지만 지금 레아가 모든 힘을 다 꺼냈냐면, 그렇지도 않다.

쓰지 않은 스킬도 많았다. 물론 여기서 『조리』 같은 것을 써 봤자 의미가 없지만, 그것도 포함해 전투 중에 사용하지 않은 스킬은 차고 넘친다.

무슨 방법이 있을 거다, 가 아니다.

방법이라면 있다. 얼마든지.

중요한 것은 사용법이다.

설령 무의미하다고 생각되는 스킬이라도 사용법에 따라서 역전의 한 방이 될지도 모른다.

적은 강대하다. 강대한 「세력」이다.

개인이 아니다.

그에 비해 레아는 개인이다. 혼자다. 그럴 의도는 아니었지만, 결과적으로 그렇게 됐다.

그러나 마왕은 다른 재앙에 비해 혼자 있을 때 가장 강력한 종족. 백작이 그렇게 말했다.

그렇다면 물량 차이는 변명이 되지 못한다.

레아는 마왕이면서도 다른 권속을 강화하며 거대 세력을 이루었다. 그게 잘못됐다고는 생각하지 않는다.

이 대천사도 레아와 같은 생각으로, 특출하게 강한 캐릭터 하나에 의존하기보다 많은 부하를 만들었고—.

'그건 즉, 이 녀석들은 다수의 레이드 보스가 아니라 하나의 주군과 그 권속들이라는 뜻이지.'

천사 자체는 대천사들의 권속일지 모르지만, 그 대천사들을 통합하는 주군도 있을 것이다.

그러지 않으면 「6대 재앙」이 아니다.

이미 재앙이 된 누군가의 부하가 대천사로 전생한 탓에 인류를 비롯한 다른 세력이 그 존재를 알지 못한 것이다. 그래서 재앙의 수는 오랫동안 「6」으로 유지되었다.

다시 말해 이곳에 있는 대천사 대부분은 하나의 재앙에게 『사역』된 존재다.

그리고 천사를 내려보내 대륙에서 벌어들인 경험치는 천사와 대천사를 사역하는 한 개체에 모였을 것이다.

천사 루트의 정점이 재앙 대천사라면 주군도 권속도 모두 같은 대천사라는 말이다.

그렇다면 이곳 어딘가에 「본체」가 있으리라.

그 개체만 죽이면 모든 대천사와 천사는 더러운 보석으로 변한다.

"『다크 임플로전』! 『이블 스마이트』! 『페더 개틀링』!"

"윽! 크아아아아아아……!"

쿨타임이나 LP를 다소 희생해서라도 확실하게 하나씩 해치운다.

우선 그것부터다.

충분히 머릿수를 줄이면 본체를 찾는다. 처치한 개체 중에 본체가 있다면 더 바랄 게 없다.

하지만 만약—.

"『부활』."

"그럴 줄 알았어!"

역시 저 소생 마법도 모두 가지고 있다. 쿨타임이 얼마나 되는지 모르겠지만, 쉰 명이나 있으면 쿨타임으로 소생을 막는 것은 현실적이지 않다.

그럼 수를 줄인 뒤 본체를 찾기는 어렵다.

이 상태로 본체를 찾아서 녀석을 확실하게 죽이는 수밖에 없다.

가령 본체가 이 안에 있다면 『마안』이나 『진안』으로 보이는 LP와

MP로 추측하건대 본체나 권속이나 능력 차이는 거의 없다.

이렇게 많은, 그리고 외형이 닮은 권속을 만들 수 있다면 자신만 조금 강해지는 것보다 권속들 사이에 녹아드는 편이 생존율이 높다는 판단일까.

진절머리 날 만큼 합리적인 적이다.

그리고 만약 이 안에 본체가 없다면 어디에 있을까. 가능성이 있는 곳은 저 천공성뿐이다.

"『화이트아웃』! 『터뷸런스』! 『다운버스트』!"

아무리 『진안』이 있어도 눈이 머는 순간에는 빈틈이 생길 수밖에 없다. 거기에 난기류를 발생시켜 잠깐이나마 행동력을 빼앗는다. 그리고 상공에서 냉기가 쏟아지는 『얼음 마법』을 시전해 적들에게 대미지를 주면서 강풍을 내리꽂는다.

포위망에 큰 구멍은 냈지만, 그렇다고 여기서 딱히 할 수 있는 일도 없다. 대마법을 연달아 발동한 탓에 쿨타임도 쌓이고 말았다. 적에게 가장 유효한 『다크 임플로전』을 쓰려면 상당한 시간이 필요하다.

표적을 정해서 『페더 개틀링』을 쏘면 몇 명은 해치울 수 있겠지만, 그 정도는 금방 소생해 버려 헛수고로 끝난다.

그래도 쿨타임이 쌓여 『다크 임플로전』 재사용이 늦어지더라도 이 틈을 만드는 데 의미가 있었다.

레아는 대천사들을 그곳에 남겨 두고 더 높이 날아올랐다. 『비상』과 『천구』를 함께 사용해 지금 낼 수 있는 최고 속도로 올라갔다.

천공성의 첨탑도 넘어 더 높이, 조금 북쪽으로.

시야는 회복되지 않았어도 『진안』으로 레아를 포착한 대천사가 몇 명이나 쫓아오는 모습이 보였다.

하지만 레아는 딱히 도망간 게 아니었다. 필요했던 것은 고도다.

그리고 그건 이미 달성했다.

"풍향은…… 신경 안 써도 되나. 표적이 크니까 조준도 대충 하면 되겠지. 『소환: 울루루』."

레아는 눈앞에 아다만 탈로스 울루루를 소환했다.

허공에서 출현한 칠흑색 거대 신전은 중력에 따라 거꾸로 떨어지며 천공성을 향해 서서히 가속했다.

"대 시가지 병기 울루루 임팩트다."

가능하면 천공성을 접수할 생각이었지만, 이젠 필요 없다.

천공성을 떨어뜨리고 만약 안에 대천사가 남아 있으면 끌어낸다.

무슨 생각인지, 그것을 막으려고 천사들이 낙하 궤도에 끼어들지만, 그런다고 막힐 리가 없었다.

일부 냉정한 대천사는 『디스트럭트 애로』로 격추를 시도했다.

솔직히 이게 가장 뼈아프지만, 이것만은 어쩔 도리가 없다.

역시 『디스트럭트 애로』는 관통 속성 범위 공격으로 분류되는지, 울루루에 다단 히트하며 빠져나갔다. 무시할 수 없는 대미지였다.

거리가 멀고 스케일이 달라져서 겨우 알게 됐지만, 역시 『디스트럭트』는 레이저라고 말하기에는 느렸다. 좋게 봐줘도 음속의 몇 배일까. 그것도 충분히 빠르지만.

"『대회복』. 또 쿨타임이 쌓였네."

대천사들의 공격을 레아의 『대회복』으로 버티면서 울루루의 모습은 조금씩 작아졌다.

이윽고 울루루와 천공성이 겹치고, 충돌했다.

일전에 힐루스 시골에서 봤던 광경이었다.

얼마나 충격이 강했는지, 충돌한 부분이 한순간 빛나고 몇 초 늦게 소리와 충격이 레아에게 전해졌다.

거대하고 장엄하던 천공성은 순식간에 파괴됐고, 섬 전체에 자란 나무들도 모조리 날아갔다.

잠시 기다리자 『마안』에 마법의 빛이 몇 개 보였다. 울루루에게 특별히 대미지가 들어오지 않는 것을 보면 아마 사망했거나 크게 다친 대천사를 회복하나 보다.

그렇다면 지금 공격으로도 본체는 아직 죽지 않았다.

"그럼 앙코르지. 『소환: 울루루』."

천공성이 이동한 만큼 레아도 위치를 조정하고 다시 울루루를 『소환』했다.

그러자 아래 부유섬에 박힌 거대 신전이 갑자기 사라지더니 다시 레아의 눈앞에 출현했다.

"『대회복』. 이거야 원. 이래선 쿨타임이 영원히 안 끝나겠어."

추가로 포션도 최대한 던져줬다.

이러면 아래로 떨어질 때까지 죽지는 않을 것이다.

"수고했지만, 한 번 더 부탁해."

폭삭 무너진 천공성에서 천사들이 날아올라 다시 낙하하는 울루루에게 몰려들었다.

이번에는 조금 전보다 활로 공격하는 개체가 많았다. 하지만 소생이나 회복이 늦어지는지 머릿수 자체가 적었다. 그 덕분에 울루루가 받는 대미지도 첫 번째 낙하 때와 그다지 다르지 않았다.

그렇게 다시 천공성, 아니, 건물 잔해가 쌓인 부유섬에 충격이 퍼졌다.

두 번째 충격에는 부유섬도 끝내 버티지 못했는지, 섬 전체로 쩍쩍 금이 가더니 서서히 고도를 낮춰 운해 속으로 가라앉았다.

무슨 힘으로 떠 있는지 모르겠지만, 그 시스템에 치명적인 타격이 들어간 모양이었다.

힐루스 왕도까지는 아직 거리가 있다. 이 부근에 떨어진다면 레아의 지배 지역에는 영향이 가지 않는다.

이름도 모를 마물의 영역은 쑥대밭이 될지 모르나, 알 바 아니다.

추락을 확인하기 위해서 레아도 서둘러 운해로 뛰어들었다.

지상에서는 흐린 하늘이 갈라지며 거대한 섬이 모습을 드러내는 중이었다.

이만큼 눈에 띄면 왕도에서도 보일지 모르겠다.

호기심 왕성한 플레이어라면 가까운 곳에서 보려고 다가올 가능성도 있다. 하지만 함부로 접근하면 추락의 충격에 휘말려 리스폰할 뿐이다.

하긴, 지금은 사망 페널티가 완화됐으니까 이런 중대 이벤트의 구경료로는 싼 편인지도 모른다.

대천사 같은 LP와 MP 덩어리들이 부유섬 아래로 가서 추락을 막아 보려고 애쓰지만, DEX형 캐릭터인 그들의 능력치로는 어림도 없었다.

천공성의 결말은 이미 불 보듯 뻔했다. 의미 없는 발악이었다.

〈—하이. 레아, 지금 시간 돼?〉

갑자기 라일라가 친구 채팅을 보냈다. 하지만 솔직히 상대해 줄 여유는 없었다.

〈안 돼. 지금 엄청 바빠.〉

〈그럴 줄 알았어. 시스템 메시지 봤어?〉

〈바쁘다니까? 차단당하고 싶어?〉

〈아니, 정말로 중요한 용건이라니까! 대천사에 관한 내용이야.〉

〈……그 이야기, 꼭 지금 해야 해? 잘하면 몇 수 뒤에 체크메이트인데.〉

〈뭐? 정말? 이길 수 있어? 지금 대천사를? 음, 그럼 괜찮으려나. 어떻게 될진 몰라도 끝나면 바로 연락해.〉

무슨 말을 하고 싶은지 도무지 모를 채팅이었다.

그래도 대천사에 관한 일이고, 심지어 시스템 메시지도 관련됐으며, 라일라가 뭔가 알고 있다는 점은 조금 신경 쓰였다.

어쩌면 아까 라일라가 받았던 채팅과 관련이 있을지도 모른다.

어쩔 수 없이 이 일이 끝나면 연락해 보기로 했다.

하지만 대천사들의 노력에도 불구하고 결국 천공성은 추락했다.

부유섬과 울루루라는 거대 질량이 대지에 충돌하여 어마어마한 충격파가 발생했고, 주변 일대가 황무지로 변했다.

충격파는 하늘을 덮는 두꺼운 구름까지 걷어내어 푸른 하늘이 시원하게 펼쳐졌고 태양이 잠시 비참한 대지를 비추었다.

하지만 곧 흙먼지가 피어올라 하늘을 메우고 시야를 온통 흙색으로 덧칠했다.

좀처럼 보기 힘든 광경이어서 억지로 눈을 뜨고 있었지만, 결국 눈을 감고 『마안』과 『진안』으로 전환했다.

떨어진 천공성에는 이미 미련이 없는지, 대천사 무리가 레아에게 몰려오는 모습이 보였다.

이렇게 박살 나 버리면 대지에 추락한 성—은 이미 없지만, 섬 잔해에 본체만 남아 있다고 생각하기 어려웠다.

『마안』으로 보는 한 저 섬 잔해에는 이미 MP를 가진 생물이 없었다. 잔해에 파묻혔다면 모르지만, 그러면 대천사들이 태평하게 레아한테 오지는 않을 것이다.

대천사들은 『디스트럭트 애로』를 비롯한 액티브 스킬을 쏘며 접근했지만, 포위당했을 때와 달리 한 방향에서만 오는 공격이라면 피하기 어렵지 않았다.

게다가 이만큼 공격당하면 싫어도 익숙해진다.

이제는 쏘기 전 모션으로 무슨 공격이 날아올지 예측할 수 있을 정도였다.

활을 쥔 손의 새끼손가락이 서 있으면 『디스트럭트』다. 새끼손가락을 보고 피하면 된다.

『익스플로드』와 『페네트레이트』는 쏜 뒤 피해도 늦지 않다. 『클라우드 버스트』는 어차피 피할 방법이 없으니까 신경 쓸 필요도 없다.

날아오는 『클라우드 버스트 애로』를 『마의 검』으로 생성한 나기나타로 받아치거나 『마의 방패』로 막았다. 방패 하나가 더 파괴되고 말았지만, 이제는 상관없었다.

"……축생 따위가 기어코 사달을 내는구나! 천공성의 위광을 땅에 떨어뜨린 죄, 죽음으로도 갚지 못할 것이다!"

왠지 대표처럼 떠드는 대천사가 있었다. 이 개체가 본체일까? 아마 아닐 거다. 이렇게 교묘하게 정체를 은폐해 놓고 그런 얼빠진 실수를 할 리 없다.

"천사가 사는 섬인데 훌륭한 성밖에 없는 건 너무 세속적이잖아? 괜한 참견인 줄 알면서도 신전을 선물해 봤어. 기뻐해 줘서 다행이야. 아 참, 어디까지나 렌탈이니까 금방 가져갈 거야."

"쳇! 그 망령된 입을 놀릴 수 있는 것도 지금뿐이다! 네놈이 믿는 저 거대 신전도 보다시피 대지에 깊이 박혔고 저걸 다시 떨어뜨려도 소용없다. 지켜야 할 천공성이 없으면 우리가 그런 공격 따위에 맞을 성싶으냐!"

맞는 말이지만, 잘난 척 떠들 말일까? 길거리에 나앉게 됐다고 큰 소리로 선언하는 꼴이다.

"게다가 그 공격으로 우리가 받은 피해도 거의 회복했다. 사망한 자는 『부활』했고 큰 대미지도 회복했지! 심지어 네놈을 지키는, 생명력을 가진 묘한 장벽도 겨우 한 장 남았다! 그마저도 곧 파괴되겠지! 네놈에겐 더 이상 승산이 없다!"

그 말대로 『마의 방패』는 지금까지 전투로 손상되어 LP가 적은 한 장밖에 남지 않았다.

바꿔 말하면 적은 대형 레이드 보스 네 마리분의 LP를 깎았다는 말이다. 그 DPS에는 감탄을 금할 수 없었다. 레아의 회피율도 대단하지만, 상대방도 수만 많은 게 아니었다.

여유가 생긴 김에 세어 보니 대천사는 56명이었다.

아마 처음 대량으로 나타났을 때와 같은 수일 것이다. 처음부터 전부 밖에 나와 있었나 보다. 그리고 그게 전부 부활했다는 뜻이었다. 출발선으로 돌아온 셈이다.

교묘한 대천사들은 대화하면서도 조금씩 레아의 등 뒤로 돌아가며 포위망을 완성하고 있었다.

이래서는 고생해서 포위를 벗어난 보람이 없다.

하지만 레아가 하고 싶었던 것은 재시합도 포위망 탈출도 아니었다. 천공성을 떨어뜨리고 빈정거리기 위함은 더더욱 아니다.

대천사들을 전부 시야 범위에 넣기 위해서였다.

만약 천공성 내부에 대천사가 더 남아 있으면 귀찮아진다. 일일이 확인하기보다 천공성을 없애 버리는 게 빠르다고 생각해 추락시켰을 뿐이다.

그리고 시야에 담는 건 레아가 아니라 대천사들 쪽이었다.

모든 대천사가 확실하게 레아를 주목하는, 이 상황을 만들기 위해서였다.

일제 공격을 가하려는 지금 이 순간에 설마 한눈을 파는 개구쟁이 개체는 없을 것이다.

"—아니, 내가 이겼어. 필요한 패는 이미 모였거든. 『집단 암시』."

레아를 시야에 담은 모든 캐릭터에게 『암시』를 걸어 그들의 STR를 조금 높였다. 고른 능력치에 의미는 없었다. 뭐든 상관없지만, 항목 중 가장 위에 STR가 있었을 뿐이었다.

『암시』는 버프든 디버프든 자동으로 저항 판정이 발생하지만, 레아의 INT는 모든 능력치 중에서도 MND와 더불어 가장 높았다. 변태 실험으로 어느 정도 평균이 맞춰지기는 했어도 그 점은 변함이 없었다.

덤으로 길고 격렬한 전투로 배가 고팠다. 『배고픔은 많은 것을 가르친다』의 효과로 INT는 더 올랐다.

수가 많을 뿐이고 개개의 능력치는 레아에게 미치지 못하는 천사들은 『암시』에 저항할 수 없다.

예상대로 모든 대천사에게 『암시』가 걸렸다고 감각적으로 알았다.

"이제 끝이야. 나에게 굴복해라! 『현명한 자는 감정의 주인이 되고 어리석은 자는 노예가 된다』!"

이건 발동자의 버프나 디버프의 영향을 받는 모든 캐릭터를 지배하는 스킬이었다. 버프만 받으면 저항조차 허락되지 않는다.

보통 『정신 마법』이라면 「광륜」으로 저항할지 모르지만, 이건 『정신 마법』이 아니었다. 저주다.

저주는 정상적으로 발동하여 암시 효과를 받은 모든 자가 레아의 지배하에 들어왔다.

하지만 상대도 명색이 재앙급이었다. 이 상태가 언제까지 지속될지 알 수 없었다.

이대로 단숨에 끝내야 한다.

"전원에게 명한다! 「너의 권속을 모두 대지로 내려보내라」!"

대천사들이 차례차례 하강했다.

이 명령은 모든 대천사에게 확실하게 전해야 했다.

그래서 모든 대천사를 동시에 지배했다.

만약 본체가 빠지면 권속들을 일시적으로 『지배』해 봤자 의미가 없다. 리스폰까지 한 시간이 걸린다면 그것도 괜찮겠지만, 이 녀석들은 즉석에서 소생해 버린다.

여기서 홀로 공중에 머무는 대천사가 누구의 권속도 아닌 자, 본체라는 뜻이다.

하늘에서 아직 벌레와 싸우는 천사들도 내려올 줄 알았지만, 아무래도 거리가 너무 멀어서 명령이 전달되지 않는 모양이었다.

이들이 친구 채팅을 쓰지도 않을 테니까 당연하다면 당연했다.

『마안』으로 본 시야에는 레아의 등 뒤에 딱 하나, 대천사의 형태를 띤 MP 덩어리가 떠 있었다.

레아는 천천히 돌아봤다.

이 녀석이 본체다.

레아를 둘러싸고 마무리하려는 순간까지 대화는 권속에게 맡기고 등 뒤로 돌아와 자신을 숨기고 있었다.

이 철두철미함, 합리적 사고, 빈틈없는 빌드. 어느 모로 보나 상당한 강적이었다.

"……그래도 일전의 재상 각하 정도는 아니었어. 『사역』."

《경고. 예기치 않은 오류로 처리를 계속할 수 없습니다.》

《『사역』은 실행할 수 없습니다. 지정한 캐릭터는 시스템으로 보호되고 있습니다.》

"어이쿠, 역시 진짜 이벤트 보스는 『사역』할 수 없나."

고성에서 백작에게 쓰지 않아서 다행이다.

만약 사용했으면 『사역』에 실패하고 그 후 관계에도 악영향을 미쳤을 것이다.

물론 블랑의 은인이기도 해서 처음부터 그럴 마음은 없었지만.

“그럼 너한테는 볼일 없어. 이만 죽어. 「쓸데없이 저항하지 마」. 『공포』, 『이블 스마이트』, 『다크 임플로전』, 『해방: 실』, 『참사』, 『페더 개틀링』.”

그리고 얼마 후, 모든 천사가 동시에 사라졌다는 위벨의 보고를 받고서야 레아는 결판이 났다고 확신했다.

가령 대천사가 던전 보스로 설정되어 있어도 던전인 천공성이 이미 존재하지 않았다. 리스폰할 수 없을 것이다.

아마 이게 불사신 던전 보스를 해치우는 유일한 수단. 「던전을 파괴한 뒤 보스 격파」일 것이다. 평범한 플레이로 가능한지는 별개로 치더라도.

“—오오오오오오!”

문득 무슨 소리가 들렸다.

아래를 보자 낯익은, 플레이어 같은 인물이 소리치고 있었다.

아마 구경하러 왔나 보다.

천공성 낙하의 충격으로 죽지 않은 것은 감탄스럽지만, 여기에 계속 머물면 레아가 곤란하다. 지금부터 하늘에 있는 벌레들에게 명령해서 대천사의 드롭 아이템을 수색해야 한다.

천사의 드롭 아이템은 알 바 아니지만, 대천사의 아이템에는 관심이 있었다. 다른 NPC나 플레이어에게 빼앗길 수는 없는 노릇이다.

저런 곳에 플레이어가 있으면 굉장히 거슬린다.

"『소환: 위벨』. 저기 있는 플레이어를 처리해 줘."

더 할 일도 없어서 하늘에 있던 위벨을 불렀다.

처리가 끝나면 대천사의 드롭 아이템을 찾을 겸 근처에 다른 플레이어가 없는지도 수색하라고 지시했다.

그리고 레아 본인은 일단 토레 숲으로 돌아가기로 했다.

현재 레아의 LP와 MP는 약 30퍼센트밖에 남지 않았다. 그래도 어지간한 일이 없는 한 죽지야 않겠지만, 안정을 취해서 나쁠 건 없다. 『마의 방패』도 부서지기 직전인 하나뿐이었다.

게다가 땅에 반쯤 묻힌 울루루를 숲에 돌려놔야 하고, 라일라의 이야기도 조용한 곳에서 듣고 싶었다.

◆◆◆

《플레이어 여러분께.

항상 본사의 『Boot hour, shoot curse』를 플레이해 주셔서 진심으로 감사합니다.

현재 개최 중인 제3회 공식 대규모 이벤트는 재미있게 즐기고 계십니까?

제3회 공식 대규모 이벤트 「대규모 방어전」에 관한 중요한 소식을 전해 드립니다.

현재 하늘에서 전 대륙을 습격하는 정체불명의 세력과 관련해 중대

한 정보가 밝혀졌습니다.

이들은 대천사라고 불리는 세력이라고 합니다.

이미 아는 분도 계시겠지만, 대천사는 대륙 각국의 문헌에서 인류의 적으로 기록된 존재입니다.

이 대천사는 오래전부터 이 대륙에 사는 모든 자들을 습격해 왔습니다.

그 결과, 과도하게 성장한 대천사들은 더 이상 퇴치할 수 없을 만큼 강대한 세력이 되었습니다.

이대로 가면 대륙에 사는 모든 생물은 물론이고, 플레이어 여러분께도 큰 영향을 끼치게 됩니다.

하지만 안심해 주십시오.

한때 이 땅에 존재한 위대한 크리에이터의 유산, 비유물 혹은 아티팩트라고 불리는 특별한 아이템 하나가 어느 용병들의 활약으로 발견됐습니다.

그 아이템이 가진 힘은 바로 「과거로 이동하는 힘」입니다.

타임 패러독스를 방지하기 위해서 제작자인 크리에이터가 살아 있던 시대까지 거슬러 오를 수는 없으나, 터닝 포인트가 될 수 있는 사건이 집중된 특정 타이밍에 개입할 수 있습니다.

또한, 시공 왜곡을 최소한으로 억제하기 위해서 한 번 이동할 곳을 설정하면 변경할 수 없습니다.

현재 아티팩트는 대천사 탄생 직후로 이동하도록 설정되어 있습니다.

이 아티팩트를 사용해 과거로 돌아가 강대해지기 전의 대천사를 퇴치해 주십시오.

과거에서 대천사를 퇴치해도 현대의 대천사가 바로 사라지지는 않지만, 인과는 대천사가 소멸하는 방향으로 수렴하여 현대의 대천사에게도 이길 수 있게 됩니다.

아티팩트는 대륙의 중심지인 휴겔컵, 그 중앙에 세워진 휴겔컵 성 지하에 안치되어 있습니다.

플레이어 여러분의 힘을 모아 대재앙을 타도하십시오.

· 아티팩트 기동 준비가 완료되는 시기는 현실 시간으로 오늘 19시 이후입니다.

· 현실 시간으로 오늘 19시 이후, 어느 도시에서든 하루에 한 번 오랄 왕국 휴겔컵으로 전이할 수 있습니다.

· 이벤트가 종료될 때까지 대천사 퇴치 총횟수가 일정치를 넘을 때마다 플레이어 여러분 모두에게 보너스 보수가 지급됩니다.

· 아티팩트를 기동하려면 아티팩트 에너지(이하 AEN) 100포인트가 필요합니다. AEN은 이 아티팩트의 부속 기능으로 아이템을 승화하면 얻을 수 있습니다. AEN 획득량은 아이템에 따라서 변동합니다. 그리고 승화한 아이템은 소멸합니다.

· 과거 세계는 모두 인스턴스 필드로, 아티팩트를 기동할 때 범위 안에 있는 모든 캐릭터가 같은 필드로 전이됩니다.

· 대천사 퇴치의 난이도는 ☆5 이상으로 설정됐습니다. 충분히 준비하고 동료를 모아서 도전하시길 권장합니다. 이 전투는 참가 인원 수 제한이 없습니다.

· 대천사 퇴치 횟수를 랭킹으로 집계합니다. 또한, 이벤트를 시작

할 때 익명을 희망한 플레이어 여러분은 익명으로 표시됩니다.

※현대의 대천사가 소멸한 뒤에도 과거 세계로 가면 누구든지 재도전할 수 있습니다. 아티팩트로 이동하는 시기는 항상 대천사가 탄생한 직후입니다.

※과거 세계에서는 대천사용 전투 필드를 제외한 곳으로 갈 수 없습니다.

※과거 세계에서 사망했을 경우, 리스폰 장소는 현대 세계의 휴겔컵 성으로 고정됩니다.

※아티팩트 주변에서 혼잡이 예상됩니다. 질서를 지키며 이용해 주시기 바랍니다.

※휴겔컵에서 물의를 일으킬 경우, 휴겔컵 기사단에 구속될 수 있습니다.

※아티팩트가 있는 지하실은 도시에서 입장할 수 없습니다. 휴겔컵 교외에 있는 계단을 찾아 지하도로 내려가야 합니다.

※어느 종족이나 참가할 수 있습니다. 해당 이벤트 중에는 휴겔컵 주변에서 종족을 이유로 기사단에게 공격받지 않습니다. 단, 민폐 행위, 불법 행위를 할 경우는 예외입니다.

※해당 이벤트 중, 휴겔컵 주변에서도 PvP 행위는 가능하나, 동의가 없거나 신고가 있을 경우에는 향후 조치를 취할 수 있습니다.

※대천사 퇴치 수의 그랜드 보수는 이벤트 종료 후 점검 후 배포됩니다.

앞으로도 『Boot hour, shoot curse』를 즐겨 주시기 바랍니다.》

◆◆◆

《플레이어 이름【라일라】님께.

항상 본사의 『Boot hour, shoot curse』를 플레이해 주셔서 진심으로 감사합니다.

이번 이벤트와 관련된 많은 협조에 감사드립니다.

라일라 님의 지배 지역인 휴겔컵에서 물의를 빚는 플레이어분이 있을 경우, 해당 조치는 라일라 님께 일임하겠습니다.

그리고 휴겔컵 주변에서 동의 없는 PvP 행위(소위 PK 행위)나 범죄 신고가 있을 시, 현지 NPC에게 별도로 협력을 요청할 수 있습니다.

라일라 님께서 지배하는 NPC에게 이와 같은 내용을 미리 전달해 주시면 감사하겠습니다.

모든 플레이어분께 시스템 메시지를 보낸 후, 이번 협조에 관한 비밀 준수 의무가 일부 해제됩니다. 또한, 이벤트 몬스터 「대천사」가 퇴치될 경우에는 전부 해제됩니다.

협조에 대한 특별 보수는 이벤트 종료 후 점검이 끝나고 보내드리겠습니다.

『Boot hour, shoot curse』 개발 · 운영진 일동》

◆◆◆

"강하고, 너는 안 갈래?"

"난 됐어. 아직 대천사와 제7 재앙의 매치를 포기하지 않았으니까!"

"그래도 이 시대의 대천사는 퇴치 불가능할 정도로 강한 세력이라고 공지에 나왔잖아. 플레이어든 NPC든 이길 수 없다는 거 아냐? 제7 재앙이라도 그런 상대한테 싸움을 걸기야 하겠어?"

"그래. 안 벗겨짐도 포기하고 대천사 퇴치 레이드 파티에 껴."

"안 한다니까! 그리고 내 이름을 줄여 부르는 건 좋지만, 통일 좀 해!"

운영진의 시스템 메시지가 플레이어들에게 안겨 준 것은 놀라움과 어떤 납득이었다.

우선 이렇게 꼼꼼하게 세계관을 형성해 놓고 갑자기 타임머신이라는 어이없는 아이템을 던져 줬다는 놀라움.

하지만 그 아이템은 한 번 설정하면 재설정이 불가능하며, 이미 대천사 탄생 직후로 시기가 설정된 관계로 다른 용도로는 사용할 수 없다.

적나라하게 말하면 실제 재앙보다 약한 이벤트 보스가 있는 인스턴스 필드로 플레이어를 유도하는 이벤트 소품이다.

그리고 과거 세계에서 대천사를 퇴치해도 현대의 대천사는 바로 소멸하지 않는다.

몇 번이고 과거에서 대천사를 퇴치하면 인과인지 뭔지의 영향으로 현대의 대천사도 언젠가 퇴치당하는 미래가 온다나 뭐라나.

무슨 이야기인지 잘 모르겠지만, 운영진이 뭘 하고 싶은지는 알았다.

요컨대 모든 플레이어에게 한 레이드 보스와 싸울 기회를 주려는 것이다.

보통 NPC인 이벤트 몬스터는 사망하면 부활하지 않는다. 아무리 강한 레이드 보스라도 누가 퇴치해 버리면 그걸로 끝이다.

몇 번이든 해치울 수 있는 보스.

누구든 도전할 수 있는 보스.

이 두 가지 조건을 만족하기 위한 설정이 이 타임머신— 아티팩트다.

게다가 횟수를 거듭할수록 현대에도 영향을 끼칠지 모른다는 설정도 좋다.

그저 보스를 인스턴스 던전에 배치하고 플레이어들이 각자 도전하게 할 뿐이라면 구세대 게임과 다를 바 없고, 무엇보다 세계를 구한다는 몰입감을 줄 수 없다.

하지만 이 이벤트 설정이라면 몰입을 해치지 않은 채 보스에게 여러 번 도전할 수 있고, 반복 사냥으로 인한 의욕 저하도 완화할 수 있다. 횟수를 거듭할수록 현대의 대천사도 약해질지 모르기 때문이다.

모든 보스에게 이 시스템을 도입하면 솔직히 질리겠지만, 몇 마리 정도라면 이런 이벤트성 보스 몬스터도 나쁘지 않다.

어차피 월드 보스인 재앙은 여섯 마리, 아니, 일곱 마리나 더 있으니까.

“그럼 우리는 휴겔컵으로 이동할까. 사람 많겠지?”

“아마 플레이어 대부분이 가지 않을까? 못 먹는 감 찔러나 본다고, 승산을 떠나서 대천사를 구경하려는 사람도 많을 테니까.”

"일개 지방 도시가 그걸 수용할 수 있나?"

"이미 도착한 플레이어 말로는 도시 밖에 가설 주택을 세우고 플레이어를 그쪽으로 보낸다나 봐. 거기서 성 지하로 통하는 지하도로 간다니까 생각보다 혼잡하지는 않을 거래."

"아티팩트에 사람이 몰려서 난리일 거 같은데."

"발동하면 전부 인스턴스 필드로 날아가니까 그렇지도 않을걸? 어차피 아직은 전부 죽어서 리스폰하니까 아티팩트 쪽으로 돌아오는 사람도 없겠지."

그런 이야기를 나누며 웨인 파티는 전이하기 위해 리플레로 떠났다.

마차를 몇 대나 빌렸다고 한다. 이 세계의 말은 현실 말과 비교가 되지 않게 빠르다. 그리 오래 걸리지는 않으리라.

과거의 제7 재앙 퇴치 레이드를 재결성해서 도전한다고 했으나, 강하고 안 벗겨짐은 이번 참가를 보류했기 때문에 최근 친해진 쿠라아쿠라는 플레이어가 그 빈자리를 메워줬다. 그는 원래 검증팀이지만, 싸움에도 약하지 않았다.

그가 떠났으니까 당분간은 다시 혼자다.

"인과가 수렴해서 대천사가 소멸한다고 해도 설마 심장 마비로 급사할 리는 없겠지. 아마도, 아니, 반드시 누군가가 싸워서 해치울 거야. 그 누군가가 제7 재앙일 가능성이 남아 있는 한, 나는 그 가능성을 믿겠어……."

혹은 새롭게 탄생한 제8일지도 모르지만, 그건 어느 쪽이건 상관없었다.

강하고 안 벗겨짐이 보고 싶은 것은 단지 스케일이 큰 전투였다.

플레이어들이 협력해 지혜를 짜내어 강대한 적에게 맞서는 것도 즐겁지만, 강대한 존재가 다른 강대한 존재와 순수한 폭력을 주고받는 가슴 웅장해지는 배틀도 보고 싶었다.

괴수 영화와 마찬가지다.

군대가 괴수에 대항하는 시나리오도 나쁘지 않지만, 역시 괴수 영화의 꽃은 괴수 VS 괴수 아니겠는가.

하늘을 올려다봤다. 조금 전까지 맑던 하늘이 지금은 두꺼운 구름에 덮여 있었다.

구름은 아마 남쪽에서 흘러온 것 같았다.

"검증팀 장로, 모리에티 교수가 계산한 천공성 예측 경로가 맞다면 잠시 뒤에 이 위를 지나간다고 했나. 그러면 지금은 딱…… 저 두꺼운 구름 위인가. 제7 형님, 천공성이 영공 침범했습니다! 밟아버리죠!"

운영진이 공지 사항을 보낸 타이밍도 안 좋았다.

제7 재앙과 대천사가 충돌한다면 천공성이 힐루스 상공을 지날 때가 가장 가능성이 컸다.

즉, 오늘이다.

이 타이밍만 아니면 강하고 안 벗겨짐도 레이드에 참가했을지 모른다.

"그나저나 힐루스 상공에 있는 천공성은 어느 나라 영토지? 현실의 대사관은 파견국의 영토처럼 취급하던데 천공성은…… 굳이 비유하면 여객기인가? 여객기는 케이스 바이 케이스라고 들었는데."

대사관이 보호받는 것은 어디까지나 국교를 맺은 나라이기 때문이고, 여객기는 경우가 다양하여 상황에 따라서 대응이 달라진다. 이번처럼 국교를 맺지 않은 나라에서 통보 없이 영공을 침범하면 격추당해도 할 말이 없다.

그런 의미 없는 생각을 하면서 멍하니 하늘을 보는데 난데없이 구름 커튼을 찢으며 거대한 바위가 나타났다.

"—엥? 뭔, 어?"

굉장히 느리지만, 스케일이 너무 커서 그렇게 보일 뿐이었다.

그 바위는 추락하고 있었다.

"세상에! 뭐야, 저건?!"

하지만 낙하 속도를 보면 운석처럼 우주에서 떨어진 것 같지는 않았다. 그런 것치고는 너무 느렸다.

아직 충분히 가속하지 않았다면 바로 위에서 떨어지기 시작했을 것이다.

보통은 구름 바로 위에 저런 거대한 바위가 있을 리 없었다.

있다고 한다면 저건.

"설마 저게 천공성?! 왜 떨어져?! 아냐, 지금 이유가 중요한 게 아니지!"

서둘러 가야 한다.

천공성이 떨어진다.

그건 화제의 대천사가 멸망한다는 뜻이다.

타이밍으로 보아 플레이어가 과거 세계로 간 것과 무관하지 않을 것이다.

지금은 아무도 이기지 못했다고 들었지만, 그것도 시간문제다.

과거로 가서 인과가 바뀌니 뭐니 했으니까 과거 대천사 퇴치와 현대 대천사 멸망 중 어느 쪽이 먼저인지는 사실상 의미가 없는지도 모른다.

플레이어가 일정 횟수 퇴치한다는 결과가 시나리오에 이미 포함되어 있고, 이벤트가 후반부로 돌입하면서 대천사 멸망 시나리오가 시작되었을 수도 있다.

"그렇다면 저기서 대천사와 누가 싸우고 있을 수도 있다는 말이지!"

이미 천공성은 떨어지기 시작했다.

대천사가 열세인 것은 확실했다.

아니, 이미 당했는지도 모른다.

"빨리 가야 해, 빨리……!"

이 순간만큼 자신이 스피드형 근접 어태커라는 사실에 고마운 적이 없었다.

『곡예』 트리의 『날렵함』, 그리고 최근 이벤트에서 번 경험치로 겨우 습득한 『축지』를 구사해 그야말로 쏜살같이 천공성으로 달렸다.

패시브 스킬 『날렵함』은 괜찮지만, 『축지』는 발동 직후 짧은 경직이 존재한다.

그래서 아무 생각 없이 연발해도 이동 속도가 극적으로 빨라지지 않는다.

하지만 사실 이 스킬은 경직 직전에 몸을 살짝 비틀면 경직을 캔슬할 수 있다.

이건 『축지』 발동 후 딜레이 없이 공격으로 연계하기 위한 시스템으로 생각된다. 『축지』만 단발로 사용하면 이동 후에도 경직이 생기지만, 그대로 공격으로 이어가면 물 흐르듯 자연스럽게 고속 기습 공격이 가능하다.

원래 이 경직은 지금처럼 이동 수단으로 『축지』를 쓰지 못하게 막으려고 설정됐겠지만, 캔슬 가능한 조건이 판명되면 쓰지 않을 이유가 없다.

"『축지』! 헙! 『축지』! 훅!"

그 결과 태어난 것이 『축지』를 발동하며 허리를 비틀고, 착지와 동시에 다시 『축지』를 발동해 허리를 비트는 해괴한 동작이었다.

『축지』 발동에도 코스트가 필요해서 초장거리 이동은 할 수 없었다.

게다가 이게 가능한 사람은 『축지』를 배우는 스피드 파이터뿐이며, 보통 다양한 직업이 섞여서 단체로 이동할 때도 쓸 기회가 없다.

강하고 안 벗겨짐도 배운 뒤 일단 연습은 했지만, 실제로 써먹은 건 이게 처음이었다.

연습했을 때는 쓸 일도 없는 잡기술에 시간만 낭비했다고 생각했지만, 설마 그 성과가 빛을 발할 날이 올 줄은 몰랐다.

"『축지』! 핫! 『축지』! 추왁!"

강하고 안 벗겨짐은 지금 노력은 배신하지 않는다는 말을 곱씹고 있었다.

하지만 역시 천공성이 땅에 떨어지기 전까지 현지에 도착할 수는 없었다.

천공성에 우뚝 솟은 검고 멋진 신전이 보이는 곳까지는 왔지만, 그쯤에서 천공성이 대지에 접촉하고 말았다.

"아…… 망했네. 늦었—『패리』!"

천공성이 땅에 추락하면서 무시무시한 충격파가 발생했고, 그 충격이 벽처럼 강하고 안 벗겨짐을 덮쳤다.

퍼뜩 검을 뽑아 충격파를 막았다.

본래 『패리』는 무기나 방패로 적의 공격을 받아넘기는 스킬이다.

그래서 이 충격파처럼 벗어날 곳 없는 범위 공격에는 무력하다. 『패리』는 반드시 실패한다.

하지만 이 스킬에는 받아넘기기에 실패해도 무기 공격력에 비례해 대미지를 일정 비율 줄이는 효과가 있다.

충격파를 직격으로 맞고 LP가 80퍼센트 정도 빠져나갔지만, 강하고 안 벗겨짐이 어떻게든 버텼다.

"아야야. 우와…… 엥? 어느 쪽이었지? 으엑, 퉷퉷퉷! 이게 흙먼지야 모래폭풍이야……."

천공성이 추락해 일어난 흙먼지로 주변이 하나도 안 보였다.

대지도 아직 흔들리고 있었다. 추락의 충격으로 국지적 지진이 일어났나 보다. 그 여파가 아직 이어졌다.

"땅이 이렇게 흔들리면 『축지』(골든 러닝) 고속 이동은 못 써……. 어쩔 수 없지. 다행히 고막…… 청각은 무사해. 그럼 이걸 믿어 보는 수밖에."

이벤트에서 얻은 경험치는 비상시를 위해서 일부 남겨 뒀다. 이벤트 기간 외에는 사망 페널티용이지만—.

"……지금 안 쓰면 언제 쓰겠어!"

강하고 안 벗겨짐은 『청각 강화』를 습득했다.

그리고 귀를 기울여 뭔가 소리가 나는 방향으로 걸어갔다.

땅과 가까운 곳에는 아직 흙먼지가 남아 있지만, 하늘에는 일부 걷힌 곳도 있었다.

이러면 하늘에서 무슨 일이 있을 때 보일지도 모른다고 생각하던 차에 주위에서 쿵쿵 소리가 울렸다. 무거운 물체가 떨어진 것 같은, 아니, 착지라도 한 것 같은 소리였다.

무슨 일인가 싶어 올려다보자 흙먼지 사이로 잠깐씩 푸른 하늘이 보였다.

강하고 안 벗겨짐의 눈은 거기서 대치하는 하얀 그림자 두 개를 발견했다.

그리고 한쪽은 날개와 뿔이 검은색이었다.

"좋았어! 『시각 강화』 습득!"

흔들림이 멎은 대지를 박차며 골든 러닝으로 더 가까이 접근했다.

"—없어. 이만 죽어. 「쓸데없이 저항하지 마」. 『공포』, 『이블 스마이트』, 『다크 임플로전』, 『해방: 실』, 『참사』, 『페더 개틀링』."

희미하게 목소리가 들렸다.

그 순간, 검은 날개 쪽이 무슨 마법인지 스킬인지를 발동했다. 흰 날개는 칠흑의 단검에 꿰뚫리고, 암흑에 뭉개지고, 갑자기 온몸에 벤상처가 나더니 마지막에는 구멍투성이가 되어 사라졌다.

"……죽……었어……? 어라, 저 검은 날개…… 제7이야? 왜 날개가 검게 변했지? 아니, 그보다 역시 제7이 이긴 거야? 나, 설마 그 순간을 목격한 거야? 우오오오오오오오오오오!"

끝내준다.

포기하지 않길 잘했다.

전투 규모가 얼마나 컸는지는 대지의 참상을 보면 바로 알 수 있었다.

섬 하나가 통째로 땅바닥에 꽂혀 있고 주위는 황무지로 변했다.

아쉽게도 강하고 안 벗겨짐은 그 전투를 처음부터 보지 못했지만, 마지막 순간을 볼 수 있었다.

많은 플레이어가 휴겔컵으로 이동하는 지금, 이 광경을 본 사람은 자신뿐일 것이다.

이 감동을 꼭 다른 이들에게도 전하고 싶다.

하지만 그 전에 도시로 돌아가는 게 먼저다.

돌아가는 길은 서두를 필요 없이 여운을 음미하며 천천히 걸어가도 되겠지만, 그러려면 시간이 굉장히 오래 걸릴 것이다.

게다가 지금은 한시라도 빨리 안전한 곳으로 가서 SNS에 글을―.

"―우오오?! 뭔가 나왔다! 이쪽으로 와?! 그 녀석인가! 하필이면!"

올려다본 곳, 제7 재앙으로 추정되는 자 옆에 머리 둘 달린 검붉은 드래곤이 나타났다.

저 드래곤은 본 적이 있다. 전에 웨인 파티와 힐루스 왕도를 공략하던 때, 제7과 함께 나타난 몬스터다.

그 녀석은 일직선으로 강하고 안 벗겨짐에게 돌진해 왔다.

다가오는 네 개의 눈에는 살기가 등등했다. 도망갈 곳은 없다.

"……돌아가는 티켓까지 준비해 주네. 친절하다, 친절해. 나, 제7 형님의 팬이 될 거 같아."

그렇게 강하고 안 벗겨짐은 힐루스 왕도에서 가장 가까운 역참마을에서 눈을 떴다.

제5장 과거 회귀

토레 숲으로 귀환한 레아는 울루루를 『소환』하고 부쩍 줄어든 LP를 회복했다.

그곳에는 이미 라일라가 와서 레아를 기다리고 있었다.

"—어서 와, 레아. 정말 대천사를 잡을 줄은 몰랐어. 와, LP 엄청 줄었네!"

"다녀왔어. 근데 어떻게 알았…… 아, 『진안』인가. 블랑은?"

"잠깐만 자리를 비워 달라고 했어. 딱히 있어도 상관은 없는데 혹시 몰라서."

그렇다면 운영진과 대천사에 관한 내용일 것이다.

"그래서 무슨 이야기야? 시스템 메시지가 어쩌니 했었지?"

"응. 봤어?"

"아직. 그럼 그거부터 볼게. 아, 그 전에. 스가루."

〈예, 여기 있습니다.〉

천공성 낙하지점 주변을 벌레들로 무력 봉쇄하라고 지시했다.

현재 그 주변에는 베스파들이 드롭 아이템을 찾아 날아다니고 메가네우론들도 있다.

플레이어는 발견하는 즉시 처리하라고 명령했으니까 어지간한 일이 없는 한 괜찮겠지만, 전투는 최소화하고 싶었다.

손에 넣진 못했어도 천공성은 그 자체가 중요한 아이템이다. 부서

졌어도 어딘가에 쓸 방법이 있을지도 모른다.

◆◆◆

"……아아, 그렇게 된 건가."

"그래. 그렇게 된 거야."

태어나고 시간이 조금 지난 마왕보다 강한 수준. 다시 말해 이전 이벤트에서 힐루스를 멸망시킨 재앙보다 강한 보스가 56명이었다.

싸울 때는 그것까지 의식할 여유가 없었지만, 차분하게 생각해 보면 플레이어가 평범하게 싸워서 이길 수 있는 상대가 아니었다.

레아조차 정공법으로는 엄두가 나지 않았다.

그러니까 그건 처음부터 이길 수 없게 설정된 보스, 흔히 말하는 강제 패배 이벤트였나 보다.

"그런데 그걸 이기네. 어떻게 했어?"

"그건 비밀. 그보다 라일라가 운영진한테 받은 제안인지 협력 요청인지는 휴겔컵에 관한 거야?"

"맞아. 그래서 시스템 메시지로 공지가 있을 때까지 원칙적으로 발설 금지, 대천사가 누군가에게 한 번이라도 퇴치당하면 그 뒤로는 올 오케이라는 이야기였어. 뭐, 그래도 내가 휴겔컵을 지배한다는 사실을 공공연히 드러내지 않는다는 걸 알고 제안했겠지. 어차피 이야기할 수 있는 상대도, 이야기할 수 있는 내용도 거의 없으니까."

"구체적으로는 어떤 협력이야?"

"공지에 적힌 대로 기사들의 행동을 제한하거나 뭐 그런 거. 마물 플레이어도 올 수 있으니까 마물을 선불리 공격하지 말라고 교육해야지. 다행히 성 지하는 도시에 들어오지 않아도 입장할 수 있으니까 도시 안에서 뭘 할 필요가 없어서 다행이야. 그것 말고는 기사들에게 아이템을 쥐여 주고 지하도 청소를 시키거나, 입구 부근에 텐트를 설치하거나, 기사단 막사에서 하던 술집을 노점으로 바꿔서 출장 보내거나."

"운영진의 보수는? 뭐 받은 거 있지?"

"그건 비밀. 대천사 퇴치의 비결을 알려 주면 나도 말할게."

"그럼 됐어."

"아, 그래……."

SNS에서는 바로 화제가 되었다.

그 과거 세계에서는 아직 아무도 대천사를 격파하지 못했나 보지만, 현대에서 이미 대천사가 사라졌다는 소식은 강하고 안 벗겨짐이라는 플레이어가 소란스럽게 퍼뜨리고 있었다.

왠지 이상할 정도로 레아— 제7 재앙이 멋있게 묘사되어 낯간지러웠다. 필사적으로 싸우느라 깨닫지 못했지만, 옆에서 보면 이렇게 멋있었는지도 모르겠다.

"뭘 그렇게 히죽거려?"

"안 했어. 그보다 아직 과거에서는 한 번도 대천사를 해치우지 못했나 본데, 나한테 정보를 공개해도 돼?"

"내가 받은 지시에서는 대천사가 퇴치되면 정보 공개 오케이였어. 현대 대천사가 퇴치됐으니까 된 거 아니야?"

운영진이 하고 싶었던 말은 그게 아니다.

그들은 과거 세계로 전이하는 시스템에 대해 숨기고 싶었던 것이지, 현대 대천사는 아무 관계도 없다.

"어떤 방식으로 할 생각이었을까. 과거에서 일정 수의 대천사를 퇴치하면 현대의 대천사가 약해지나?"

"글쎄? 어차피 무슨 일이 생기기 전에 레아가 해치웠으니까 앞으로도 밝혀지지 않겠지. 이제 와서 알아 봤자 무슨 소용이야?"

"그것도 그런가."

그 대천사는 약화하면 어떻게 될까.

수가 줄어들까?

"그러고 보니 대천사 드롭 아이템은 뭐였어?"

"아, 맞아."

드롭 아이템 회수를 맡은 위벨을 『소환』해 보석을 『감정』해 봤다.

"이름은 자그레우스의 심장……? 타로 카드? 그리스 신화인가. 왜 대천사의 심장에 그리스 신의 자식 이름이 붙었지? 자그레우스라면…… 제우스와 페르세포네의 아이고 한 번 죽지만 다시 태어나는…… 설마."

설명에는 「죽은 자의 육체를 치유하고 혼을 불러들이는 효과가 있다」라고 적혀 있었다.

"……이거, 의심의 여지 없는 소생 아이템 아니야?"

"……그러게."

단순하게 그런 아이템이라서 이름을 따왔을 뿐인 듯했다. 패닉이나 나르시시스트 등 신화에서 유래한 이름은 현대까지도 많이 전해진다. 특이한 경우로는 헤베레케[#3]도 그리스 신화가 어원이라는 설

#3 헤베레케 고주망태를 의미하는 일본어.

도 있다. 게임에서는 이 이름도 그런 부류일 것이다.

그나저나 기대도 하지 않은 소생 아이템이 손에 들어오고 말았다.

게다가 앞으로는 마음만 먹으면 얼마든지 구할 수 있다.

시스템 메시지를 읽어 보니 적당한 아이템을 소비해서 대천사에게 도전할 수 있다고 한다.

퇴치에 성공한 자가 아직 없어서 자세한 사항은 불명이지만, 과거 세계의 대천사를 퇴치해도 이 자그레우스의 심장이 드롭된다면 실질적으로 필요 없는 아이템을 소생 아이템으로 바꾸는 이벤트라고도 할 수 있다.

"관련 스레드를 보니까 가장 변환 효율이 좋은 건 맑은 심장 같아. 특별한 사용처가 없는데 10AEN이나 한 대. 즉, 맑은 심장 열 개로 대천사에게 도전할 수 있다는 말이야."

저랭크 소재는 소수점 이하의 수치밖에 채워주지 않는다. 구리 광석을 열 개 넣어야 겨우 10AEN이 됐다는 보고도 있었다.

다행히 라일라와 레아는 맑은 심장을 산더미처럼 모아 뒀다. 최근에는 웰스 성교회에도 같은 지시를 내렸으니까 그쪽에도 꽤 모였을 것이다.

"요약하면 맑은 심장 열 개를 소생 아이템으로 교환하는 아티팩트구나. 교환비가 나쁘지 않은데?"

"아니, 너무 요약했잖아. 그것도 대천사한테 이겼을 때나 그렇지. 지금까지 나온 후기를 보면 이걸 어떻게 깨냐는 분위기야."

이길 수 있을지 어떨지는 플레이어 하기 나름이다.

그리고 단순히 데이터가 덜 쌓였기 때문이지 않을까.

이 메시지를 보는 한 전이 시기는 반드시 대천사 탄생 직후로 고정된다.

그럼 플레이어들이 아무리 싸워도 대천사의 AI에게는 전투 경험이 축적되지 않는다.

상대의 경험이 매번 초기화된다면 상대의 패턴도 어느 정도 해석할 수 있다.

계속 도전해서 상대의 정보를 낱낱이 밝혀내면 언젠가 누군가는 이길 것이다.

"아무래도 대천사는 소생이나 부활, 회복 같은 쪽으로 적성이 높은 종족인 모양이야."

"드롭 아이템을 보면 그런가?"

라일라는 모르겠지만, 그게 다가 아니었다.

쉰 명이 넘는 대천사가 모두 『회복 마법』과 정체 모를 소생 스킬을 배운 것만 봐도 그건 명백했다.

"『부활』인가. 습득 조건이 뭘까."

지금까지 레아는 소생을 그다지 중요하게 생각하지 않았다.

레아 진영에서 사망했을 때 가장 피해가 큰 건 당연히 레아 본인이었다.

만약 그때 레아가 소생해도 어차피 권속들이 리스폰하려면 한 시간이 걸린다.

즉, 사망한 시점에서 손해가 막심하다.

하지만 대천사들과 싸우고 생각이 바뀌었다.

사망한 권속을 즉석에서 부활시키는 전술은 생각 이상으로 강력했다. 당하는 입장에서는 몹시 귀찮고 짜증 난다. 자신이 당해서 싫은 일은 적이 당해도 싫을 것이다.

생각해 보면 당연한 일이지만, 자기 자신이 사망했을 때의 손해만 신경 쓰느라 미처 고려하지 못했다.

"응?『부활』이 뭐야? 그런 걸 쓰는 녀석이 있었어?"

"응, 대천사가. 그거 때문에 난리였어. 자세하게 관찰할 시간이 없어서 습득 조건은 모르겠지만."

"하기야 자기보다 강한 적과 싸우는데 그럴 여유는 없겠지."

1대1로는 딱히 레아보다 강하지 않지만, 그걸 굳이 말할 필요는 없으리라.

"앗, 그래도 아티팩트를 써서 과거로 가면 막 태어난 대천사가 있는 거지? 만약 그 시점부터『부활』스킬이 있다면 조사할 수 있지 않아?"

나쁘지 않은 제안이었다.

솔직히 당분간 대천사는 쳐다보고 싶지도 않지만, 그런 목적이라면 가 볼 만하다.

"현대의 대천사를 약화하거나 소멸시킨다는 명목으로 과거로 넘어갈 정도니까 현대보다 강할 리는 없어. 그러면 주객전도니까. 현대에서 이긴 레아라면 누워서 떡 먹기지."

SNS에 올라온 내용을 보면 대천사는 한 명뿐인 듯했다.

게다가 현대에서 싸운 개체보다 약하다면 확실히 적수가 못 된다.

모르면 당할 수밖에 없는 각종 활 스킬도 더 이상 정면에서 맞을 리 없다. 집중하면 노 미스 클리어도 가능할지 모른다.

"기왕이면 언니랑 같이 가자. 블랑도 불러서. 응?"

"……그것도 괜찮겠네."

모든 특성을 비활성화하고 마스크로 입이나 눈을 가리면 알아볼 사람도 없을 것이다.

게다가 라일라, 블랑과 파티를 맺고 보스에게 도전하는 것도 재미있겠다.

하지만 3인 파티로 클리어했다고 들키면 귀찮아지니까 가능하면 아무에게도 보이지 않는 편이 바람직하다.

"그럼 블랑한테는 아무 데서나 변신하지 말라고 신신당부해야겠네. 말해 놓지 않으면 무조건 변신할 거 아니야, 그 애. 그나저나 발동어 바꾸는 법은 알았으려나."

"그건 알려줬어. 계속 변태! 라고 외치는 것도 불쌍하니까."

"함부로 『변태』하는 걸 억제하는 의미로는 나쁘지 않다고 생각하는데."

◆◆◆

다음 날, 라일라와 블랑을 데리고 휴겔컵 교외로 향했다.

하루 미룬 이유는 블랑이 침략한 도시가 안정될 때까지 기다렸기 때문이었다.

중요한 상업 거점을 제압했으니까 국가나 주변 도시가 기사단을 보내도 이상하지 않았다.

하지만 지금은 천사 대비가 우선인지 그런 이야기는 들리지 않았다.

아무리 경계해 봤자 천사는 더 이상 나타나지 않는다.

플레이어들은 그 사실을 잘 알겠지만, NPC는 별개였다.

지금까지 몇 시간 간격으로 일어나던 천사 습격이 단 하루 멈췄다고 즉시 경계를 풀 수는 없으리라.

아마 이 이벤트 기간이 끝날 때까지 각국은 경계 태세를 유지할 것이다.

"일단 아잘레아네는 도시에 두고 왔으니까 괜찮아, 괜찮아! 그런데 그 인스턴트 필드? 로 전이한 다음에는 변신해도 되지?"

"인스턴스 필드. 우리밖에 없으면 괜찮기야 하지만, 옷은 어쩌고?"

"걱정하지 마시라! 항상 같은 옷을 몇 벌 챙겨 두기로 했어!"

여벌이 있냐는 말이 아니라 어디서 갈아입을 거냐는 말이었지만, 블랑이 괜찮다면 괜찮겠지.

"라일라, 저 텐트촌이 입구야?"

"맞아. 저기 우리 기사들이 있으니까 깜빡하고 준비하지 못한 물건이 있으면 어느 정도 사 갈 수 있어."

그래도 여기서 파는 물건이라면 리플레에서도 살 수 있을 테고, 리플레에서 파는 물건 중 전투에 도움이 될 만한 것은 대부분 인벤토리에 있었다.

"그런데 왜 이런 곳에서 가게를 열어요? 아티팩트는 지하도를 따라서 성 지하까지 가야 있다면서요?"

"현지에 모여 있으면 아티팩트에 휘말려 버리니까. 어차피 이 긴 지하도 자체가 대기열이야. 그래도 지금은 바깥까지 줄을 서지 않았으니까 한산한 편인가? 도전해도 안 되는 사람들은 다른 공략법이 떠오를 때까지 쓸데없이 재도전하지 않나 봐."

"흐음, 내가 아는 대천사와 같은 녀석이라면 공략법을 찾기보다 전부 피할 수 있을 때까지 몸으로 기억하는 수밖에 없다고 생각하는데."

"그 즉사 공격이라는 거? 플레이어 사이에서 화제야."

"보지 않으면 뭘 말하는지 모르겠지만, 적어도 제일 위험한 공격이면 블랑이 빛의 속도로 빈사가 돼. 거대화해서 LP가 늘어나도 다단 히트로 들어오니까 아마 결과는 똑같을 거야."

"그 정도야?! 깨게 할 생각이 없나?"

"변신해도?"

"변신해도. 물론 막 태어난 상태라면 그 정도는 아닐지 모르지만…… 혹시 모르니까 변신해서 날뛰는 건 다음으로 미뤄 둬. 일단 오늘은 견실하게 패턴부터 확인하자. 블랑은 원래 마법이 메인이었지? 그걸로 싸워 봐."

"그렇구나. 으음, 그래…… 파티 플레이니까. 알았어! 특촬물 놀이는 다음에 하자!"

그때, 라일라가 무슨 생각을 하듯 턱을 잡고 이야기했다.

"아니…… 이거 뭔가 실수가 있었던 거 아니야? 지금 블랑이 몇 발만 맞아도 죽는다는 소리잖아. 이 밸런스가 말이 돼? 원래 2차나 3차 천사 습격 이벤트에서 이 과거 세계 이벤트가 발생할 예정 아니었을까? 그게 무슨 실수로 해금되어 버려서 상황이 이렇게 된 거지."

"그거 레아가 대천사를 해치워 버려서 그런 거 아니야?"

블랑의 말에 레아는 고개를 저었다.

"시스템 메시지는 내가 대천사와 싸우던 도중에 왔으니까 그건 아닐 거야…… 아마도. 그 시점에는 아직 하나도 못 쓰러뜨렸어."

"……하나도?"

"어, 음, 아무것도 아니야. 아무튼 현대 대천사 퇴치가 이 이벤트의 발생 조건이 아니라는 건 확실해."

"……아, 그래. 그리고 하나 더 말하자면 운영진이 나한테 협력을 요청한 건 더 전이야. 운영진이 나한테 연락한 타이밍이 이 상황의 시발점이라면 우리 행동은 전혀 관계없었다고 봐도 무방해. 그때는 토레 숲에서 변태 실험을 하며 놀고 있었을 뿐이니까."

알켐 익스트럭트와 관련됐을 가능성도 없지 않지만, 그건 훨씬 전부터 셰이프의 NPC 스타니슬라프가 기동했었고 플레이어도 연관되어 있었다. 만약 그게 조건이라면 더 일찍 발생했을 것이다.

"우리 같은 특수한 플레이어도 있으니까 의도치 않게 특수한 행동을 저지른 다른 플레이어가 있다고 해도 이상하진 않아. 그런 플레이어 때문이지 않을까?"

"그것도 그런가. 그 덕분에 내가 대천사를 퇴치해도 이벤트가 자연스럽게 진행된 셈이니까 그 사람한테 고마워해야겠어."

어쨌거나 지금 이 놀이기구가 비어 있다면 잘됐다.

지하도로 이어진 계단 부근에는 플레이어가 보이지 않았다.

하지만 그 대신 계단이나 노점, 텐트에서도 조금 떨어진 초원에 많은 플레이어가 모여 있었다.

눈에 보이는 사람만 100명은 될 듯했다.

그들이 뭘 하는지는 모르겠지만, 한곳에 뭉쳐 있다면 좋은 기회다.

얼굴을 감췄어도 일행에게 관심을 가지면 귀찮아진다.

레아는 지금 초미형과 마안을 뺀 모든 특성이 비활성화 상태였다.

복장은 아라크네아가 새로 만든 로브를 입었다. 후드를 깊이 눌러 쓰고 코 아래로 천을 감아 얼굴을 가리고 있었다.

라일라도 같은 복장이었다. 단, 레아의 로브가 소재의 색 그대로 흰색인 데 비해 라일라는 검게 염색했다. 검은 염료에는 아다마스 가루를 썼다고 한다.

직물 염색은 기본적으로 『재봉』에서 파생한 『염색』 스킬이 필요하고, 금속 가루를 이용하려면 『대장일』이, 용제(溶劑)를 만들기 위해서는 『연금』이 필요한 초복합 기술이다.

하지만 그럴 만한 가치는 있었는지, 색만 검게 변했을 뿐 아니라 각종 내성도 향상되는 모양이었다.

한편, 블랑은 빨간 로브를 입고 마찬가지로 입을 가렸지만, 그건 변신할 때 찢어질까 봐 가게에서 산 싸구려 로브였다. 빨강은 비교적 누구에게나 어울리는 색이라서 대개 어느 가게에나 놓여 있으니까 골랐을 것이다. 레드가 어쩌고 했지만, 자세하게는 듣지 않았다.

전체적으로 보면 흑백적의 수상한 3인조였다.

"그럼 부탁할게."

플레이어들이 관심을 가지기 전, 아직 목적지에서 꽤 떨어진 위치에서 라일라가 어딘가로 지시를 보냈다.

지시를 받은 상대도 멀리 있으니까 친구 채팅을 이용한 거겠지만, 굳이 소리 내어 말한 까닭은 레아와 블랑에게도 들려주기 위함이었다.

얼마 지나지 않아 동쪽 하늘에서 무언가가 다가왔다.

가르구이유인 아비고르였다. 라일라가 지시한 상대가 바로 그였다.

아비고르는 서서히 고도와 속도를 낮추고 천연덕스럽게 포효했다. 스킬도 발동하지 않은 단순한 울음소리라서 아무 일도 일어나지 않지만, 적어도 초원에 모인 플레이어들의 주의를 끄는 데는 충분했다.

"저, 저건 뭐야! 드래곤?!"

"야, 드래곤이 날아와! 이게 말이 되냐!"

많은 플레이어가 소란을 피우는 소리에 이제 막 깨달은 척하며 아비고르가 다가왔다.

그것을 보고 플레이어들은 더욱 소란스러워졌다.

"—자, 이 틈에 가자."

"그래."

플레이어들을 곁눈질하며 레아, 라일라, 블랑은 살금살금 계단을 내려가 지하도로 나아갔다.

모습을 숨길 뿐이라면 꼭 마법이나 스킬을 쓸 필요는 없다.

그저 주의만 끌면 된다.

플레이어들의 판타지에 대한 이미지와 하늘을 산책하다가 우연히 지나쳐도 부자연스럽지 않은 몬스터라는 이유로 비주얼이 드래곤과 가까운 아비고르가 선택되었다.

아비고르는 하늘에서 플레이어들을 한바탕 놀라게 한 후 서쪽으로 날아가고, 멀리 돌아서 다시 토레 숲으로 돌아가도록 라일라에게 지시받았다.

처음에 레아는 다 같이 『위장』을 사용해 몰래 숨어들면 된다고 생각했다.

하지만 그건 『빛 마법』 트리에 있어서 당연히 『빛 마법』 트리가 해금되지 않는 한 배울 수 없었다.

레아는 마왕이 되기 전부터 배웠고, 라일라도 노블 휴먼이었을 적에 『신성 마법』까지 배웠다.

하지만 블랑은 처음부터 스켈레톤이어서 『빛 마법』을 배울 수 없었다.

그런 블랑이 「모습을 숨길 뿐인데 사라질 필요까지 있어?」라고 지적해서 작전을 변경했다.

그러고 보니 『위장』으로는 『진안』이나 『마안』을 가진 캐릭터의 눈을 완벽하게 속일 수 없었다.

그곳에 있는 모든 사람의 의식을 돌릴 수 있으면 그쪽이 싸게 먹히고 합리적이다.

지하도에는 레아 일행 말고 아무도 없었다.

얼마간 계단을 내려가는 플레이어가 없는지 확인했고, 그전에 지하도에 들어온 팀은 이미 아티팩트를 기동했을 것이다.

대천사와의 전투에 승리한 자가 있으면 이 길로 돌아올지 모르지만, SNS를 보아 당분간 그럴 일은 없을 듯했다.

"아. 방금 거기 모여 있던 사람들, 뭔가 했더니. 어떻게 해도 이길 수 없으니까 모을 수 있는 인원을 죄다 긁어모았나 봐. 계단을 내려오는 플레이어가 없는 이유는 거기서 권유받느라 그런 거고. 우리도 조금만 더 다가갔으면 말을 걸었을지 몰라."

SNS에 승리 선언이 없는지 확인하던 라일라가 방금 본 플레이어 집단이 만든 스레드를 찾은 것 같았다.

"아비고르에게 협력받은 게 정답이었어. 블랑이 한 건 했네."

"뭘 이런 걸 가지고! 한 번 해 보고 싶었거든. 앗, UFO! 같은 거."

잡담을 나누며 지하도를 걸었다.

꽤 거리가 있었지만, 교외 초원에서 도시 중심부까지 걷는다고 생각하면 당연한 거리였다.

"생각보다 깨끗하네. 더 더럽고 냄새날 줄 알았는데."

"더 더럽고 냄새났어. 이건 우리 기사들이 청소한 거야. 『세정』을 발동하는 일회용 매직 아이템을 산더미처럼 들고 와서. 돈도 무지막지하게 들었어. 그리고 저 조명도."

"어차피 운영진이 보상해 주지 않아? 웬 생색이야."

"아, 저거 아니야? 길 앞쪽이 희미하게 빛나!"

그 말대로 앞쪽에서 희미한 빛이 보였다. 급히 설치한 싸구려 마법 조명과는 다른 빛이었다.

그건 『마안』으로도 알 수 있었다. 그렇다면 저건 마력을 가진 무언가가 뿜는 빛이다.

레아 일행은 다른 사람이 없는지 확인하고 그 빛이 나오는 방으로 들어갔다.

어둑어둑한 지하도에서 빠져나온 곳, 아티팩트가 있는 방은 지하라고 생각하기 어려울 만큼 넓었다. 남의 일이지만 밖에 있던 100

명 이상을 수용할 수 있을지 걱정했는데 전혀 문제없어 보였다.

방 중심에는 거대한 나침반 같은 아티팩트가 자리 잡고 있었다.

무지개색으로 빛나는 수정으로 구성됐는지, 구체는 반짝이는 빛을 흩뿌리며 천천히 회전했다.

아티팩트 앞에는 마찬가지로 수정처럼 투명한 재질의 관이 있고, 그 안에 아이템을 넣으면 에너지로 변환되는 듯했다.

사람이 들어갈 수 없는 크기지만, 큰 아이템을 변환하고 싶을 때는 어떻게 해야 할까?

혹은 저 안에 들어갈 크기의 생물을 넣으면 어떻게 될까?

"우와…… 멋있다. 엄청 비싸게 생긴 지구본이 떠 있어."

"우선 이 세계는 지구가 아니고, 이것도 아마 지구본 역할을 하는 물체가 아닐 거야. 나침반을 닮았는데 세련된 해시계처럼 보이기도 해."

"일단 아티팩트 에너지라는 걸 충전하자. 서두르지 않으면 밖에 있던 사람들이 올지도 몰라. 맑은 심장 열 개면 된다고 했나?"

"앗, 저요저요! 제가 낼게요! 우리 애들이 주웠다고 건네줬는데 사용법도 모르겠고 많이 있어요!"

"그럼 맡길게. 그런데 괜찮겠어? 아마 이건 다시 구할 수 없을 거야. 천사 습격이 다시는 안 일어나니까."

"천사는 솔직히 기분 나쁘니까 다시 보고 싶지도 않아요."

"블랑이 그렇게 말한다면야. 게다가 나나 레아한테도 썩어 넘칠 만큼 있으니까."

◆◆◆

아티팩트가 기동하자 주변 경치가 한순간 일그러졌고, 그게 정상으로 돌아왔을 때는 어떤 건물의 홀에 있었다.

굉장히 넓은 방이었다. 이곳이라면 플레이어가 몇 명이나 날뛰든 문제없으리라.

천장도 높았다. 그렇다고 레아 일행이 거대화해서 싸울 정도는 아니었다.

"……뭐냐, 네놈들은. 아니, 애초에 이곳은 어디냐……. 나는…… 나는 뭐지? 나는…… 이 모습은? 왜 이런 모습으로?"

레아에게는 익숙한 대천사가 방 중앙에 서 있었다.

정말로 태어난 직후 같았다.

기억이 혼란스러운지 『청각 강화』가 없으면 듣지 못했을 소리로 중얼거렸다.

"……백작 선배는 대천사가 태어난 건 정령왕이 죽었을 무렵이라고 했지? 그럼 지금쯤 정령왕은 어딘가에서 죽어가고 있나?"

"아니, 저 아티팩트를 만든 사람은 정령왕이야. 운영진은 정령왕이 죽기 전으로 시간을 거슬러 오를 수 없다고 했으니까 이미 죽었겠지."

눈앞의 대천사는 잠시 머리를 흔들거나 주변을 돌아보고 있었지만, 곧 정신을 차렸는지 일행을 노려보면서 소리쳤다.

"……그렇군. 네놈들 소행인가! 결코 용서하지 않겠다! 찢어 죽여주마! 아니, 그냥 죽이는 것만으로는 부족해! 앞으로 영원토록, 네

놈들의 자손까지도 내 양분이 될 가축으로 삼겠다!"

왠지 갑자기 혼났다.

만약 대천사가 호문쿨루스에서 전생한 존재라면 그 호문쿨루스를 만든 자가 있을 것이다. 그리고 그러기 위해서는『연금』트리를『위대한 작업』까지 마스터해야 한다.

이 대륙에서 호문쿨루스의 부모가 될 가능성이 가장 높은 인물은 정령왕일 것이다.

일단 그의 부모를 정령왕이라고 가정하고 그가 분노한 이유를 생각해 봤다.

백작의 이야기가 사실이라면 정령왕을 해친 것은 그의 부하들이다. 그리고 그 자손은 현대 인류 국가의 우두머리들이다.

배신당해 죽은 것을 안다면 얼굴도 모를 주모자와 공범들을 원망할 것이다.

"왠지 알 거 같아, 어디까지나 가설이지만. 애초에 저 대천사는 어떻게 대천사로 전생했을까? 전생 조건은 넘어가더라도 경험치가 최소 3천은 필요했을 거야. 그게 어디서 나왔을까?"

라일라의 그 말에 머리를 굴려봤다.

경험치를 얻는 가장 효율적인 수단은 더 강한 자와 싸워서 이기는 것이다. 꼭 죽일 필요는 없지만, 죽이는 편이 얻는 것도 많다.

그리고 이 시간대에서 최근 사망했고, 그런 막대한 경험치를 얻을 수 있는 존재라면…….

"……설마, 정령왕?"

"……그렇게 생각하면 일단 앞뒤가 맞아. 주모자, 임금님들의 조상님에게 모종의 수단으로 『지배』당한 그가 직접 정령왕을 죽인 거야. 그렇게 전생 조건을 채우고 경험치도 얻어서 대천사로 전생했겠지. 대천사의 머리에 있는 저거, 광륜이라고 하나? 저거의 효과가 우리 뿔과 같다면 전생한 순간 주모자의 『지배』에서 벗어났을지도 몰라. 그리고 그 타이밍이 『지금』 아닐까?"

그렇다면 대천사의 이 열화같은 분노도 이해할 수 있다.

눈앞의 그는 살기등등했고, 마음을 파고드는 박력이 있었다.

이곳이 정말로 과거 세계일 리는 없다. 다른 서버라도 써서 만든 격리 공간일 것이다.

하지만 게임 세계 안에서 시간이 흐르고 역사가 만들어진 것은 확실했다.

그렇다면 그는 혹시 정말로 수백 년 전 죄를 저지른 직후의 대천사, 그 AI와 아바타의 복제일지도 모른다.

"—오로지 플레이어에게 퇴치당하려고 보존된 복제 AI라……."

그리고 이곳에 플레이어가 방문할 때마다 깨어나는 부분부터 반복 재생이다. 조금이지만 불쌍하다는 생각도 들었다.

"……그 불쌍한 대천사를 레아가 없애 버린 거구나?"

"나쁜 뜻은 없었어."

"음, 그래도 정령왕 씨가 만약 살아 있었으면 이런 대천사 씨를 막았을 테니까 어쩔 수 없지 않을까……."

"그래, 블랑 말대로 나는 가엾은 대천사를 막아 준 거야."

먼저 이 이벤트를 봤다면 어떻게 했을지 모르겠다.

하지만 결국 같은 결과가 될 것 같기도 하다.

그때, 현대의 천공성에서 만난 대천사는 말이 통할 상대가 아니었다. 레아가 도발한 탓도 있지만, 보자마자 한다는 소리가 축생이었다. 아마 그는 처음부터, 다시는 자신 외의 다른 이를 믿을 생각이 없지 않았을까.

자신과 같은 모습을 한 권속들을 거느린 것도 그런 감정의 발로였을지 모른다.

"—인류 가축화 전에 우선 네놈들부터 처리하겠다!"

대천사가 일행을 노려보더니 그 손에 빛나는 활이 나타났다.

물 흐르듯 자연스럽게 화살을 시위에 매긴다. 몇 번이나 본 동작이었다.

고찰할 시간은 끝났나 보다. 전투 개시다.

"아, 이거 『디스트럭트』네. 이게 나오면 무조건 사선에서 벗어나. 안 그러면 죽어."

대천사의 새끼손가락이 서 있었다.

『디스트럭트 애로』는 분명히 위협적이지만, 익숙해지면 피하지 못할 정도도 아니었다.

그건 레아가 아니어도, 예를 들어 영 점 몇 초, 오래된 표현으로는 프레임 단위로 회피하지 않으면 즉사하는 VR 액션 게임을 플레이한 사람이라면 가능하다. 아마 전에 본 뱀부라는 데오보르 드라우그르도 할 수 있을 것이다.

새끼손가락이 서는 이유도 분명 그 때문이다.

이 기술만은 발사 후에 회피하기 어렵기 때문에 밸런스 조절 차원에서 특수한 모션이 쓰인 것이다.

이번 공격의 표적은 레아 같았다. 대천사의 시선과 화살이 향한 방향으로 그것을 알아차린 레아는 거의 반사적으로 화살을 피했다.

하지만 현대에서 싸웠을 때보다 속도가 조금 느린 느낌이었다.

과거의 대천사가 현대 대천사보다 약하다는 것도 확실해 보였다.

화살은 그대로 직진해 홀의 벽에 꽂혀 사라졌다.

"어? ……그거 피하는 게 전제야?"

"맞아. 이걸 피해야 비로소 대천사 앞에 설 권리가 생겨."

"갑자기 인권 박탈당했어!"

이 반응을 보아 블랑은 물론이고 라일라도 익숙해질 때까지 완벽하게 피하기는 어려울 듯했다.

레아는 어떻게든 공격을 자신에게 유도해야겠다고 생각하면서 상대방의 움직임을 살피는데 대천사는 말 그대로 줄줄이 『디스트럭트 애로』를 연발했다. 레아를 향해서.

역시 저 스킬은 연사가 가능했다.

좀 치사하다고 생각하는데 다음은 『페네트레이트 애로』 연사였다. 『디스트럭트』조차 맞지 않는데 더 느린 『페네트레이트』에 맞을 리 없었다.

이것도 왠지 레아에게 연속으로 쏴댔지만 전부 피했다.

왜 아까처럼 『디스트럭트』를 연사하지 않을까. 쏘지 못할 이유라도 있는 걸까.

그리고 『페네트레이트』도 얼마 안 있어 끊겼다. 여기서 또 스킬이 변한다면…….

"혹시 다음은 『익스플로드』인가? 그건 귀찮으니까 방해 좀 할게.

『해방: 날개』, 『해방: 금강강』, 『해방: 검』."

레아의 허리에서 검은 날개가 나타나 로브를 거세게 들춰 올렸다.

로브는 앞을 잠그지 않지만, 팔은 넣어 뒀다. 그래서 등부터 아래쪽이 부풀어 올라 마치 꽁지깃을 펼친 공작처럼 됐다.

"『익스플로드 애로』!"

선언과 함께 화살이 발사됐다. 정말로 『익스플로드 애로』였다. 뭔가 의미가 있어서 스킬을 순서대로 돌려쓰는 것일까?

그 이유가 뭐든 이 공격은 피해도 근처에 명중하면 대미지를 받는다. 그건 사양하고 싶다.

"『페더 개틀링』."

대천사의 선언보다 한순간 늦게, 레아도 스킬을 발동했다.

목적은 저격. 『익스플로드 애로』 격추였다.

재앙급 마물의 액티브 스킬로 날아든 화살을 『페더 개틀링』으로 격추할 수 있을지는 모르겠지만, 접촉해서 폭발한다면 결과는 매한가지다.

어제 대천사와 싸울 때는 그럴 여유가 없어서 시험조차 못 했지만, 지금이라면 문제없었다.

발사된 대량의 단검이 『익스플로드 애로』에 스치자 그곳에서 폭발이 일어나 단검 몇 자루가 튕겨 날아가 버렸다.

"으악!"

그중 하나가 블랑 쪽으로 튀었나 보다.

목소리가 들린 쪽을 보자 어느샌가 대천사의 뒤로 돌아간 블랑과 라일라가 있었다.

블랑의 목소리는 대천사 맞은편에 있는 이쪽에도 들릴 정도였고, 당연히 대천사에게도 들린 것 같았다. 하지만 그쪽을 힐끔 봤을 뿐, 금방 시선을 레아에게 고정했다.

"뭐야? 그렇게 내가 좋아? 뭐, 저쪽이 공격받는 것보다는 낫지만."

그 다음은 역시나 『클라우드 버스트 애로』였다.

이것도 대처법은 정해져 있었다. 하지만 이번에는 조금 다른 방법을 시도했다.

"『해방: 실』, 『참사』."

양손 손가락에서 아다마스 실을 뽑아 화살을 가르듯 휘둘렀다.

『클라우드 버스트』는 화살 하나하나에 액티브 스킬의 위력이 실리지는 않았다. 그래서 능력치와 무기 성능에 따라서 받아칠 수 있다는 것은 이미 알고 있었다.

노림수대로 화살은 찢어졌고 레아 주위에 빛의 잔해가 흩어졌다. 그것도 금방 녹아 버리듯 사라졌다.

이 스킬은 MP 최대치가 줄어들지도 않고 LP를 소비하지도 않아서 단순한 요격 목적으로는 『마의 검』보다 가성비가 좋았다.

〈레아, 이 녀석 스킬 말인데, 혹시 일정 시간 안에 쏠 수 있는 횟수가 정해져 있는 거 아니야? 예를 들면 처음 디스트럭트 어쩌고는 30초에 다섯 발까지밖에 못 쏜다거나.〉

〈……그러니까 다섯 발마다 쿨타임이 발생하고, 쿨타임이 끝나면 또 다섯 발이 장전된다고?〉

〈아, 그게 더 알아듣기 쉽나. 아마 그렇지 않을까?〉

현재 플레이어들이 습득하는 활 액티브 스킬은 개별적으로 쿨타임이 설정된 것으로 안다. 그것도 한 발마다 매우 짧은 쿨타임이 발생하는 방식이다.

레아 본인은 활 스킬을 배우지 않아서 자세히 모르지만, 몇 발마다 쿨타임이 발생하는 특수한 스킬이라면 SNS에서 이야기가 나왔을 것이다.

어제 대천사와 싸웠을 때는 어느 공격을 누가 쏘는지 정확하게 파악하기 어려워서 거기까지 생각하지 못했다.

〈아, 혹시 이건가? 『연격』이라는 스킬이 있어. 이걸 써서 연사하는 거 아닐까? 쿨타임이 합쳐져서 나중에 발생하나 봐.〉

〈……어떻게 알았어?〉

〈지금 『감정』으로 보고 있으니까. 대천사도 레아도 안 놀아주니까 심심해서.〉

〈심심하면 뭐라도 거들어!〉

〈너무해. 레아가 바빠 보여서 대신 『감정』해 준 건데.〉

그러고 보니 원래 그럴 목적으로 왔다.

대천사가 왠지 레아를 눈엣가시로 여기는 탓에 그만 전투에 열이 올라서 깜빡했다.

〈참고로 왜 레아만 노리냐면 아마 『진안』 때문일 거야. 나도 있어서 아는 건데, 이걸로 보면 레아 LP가 엄청 화려한 색이거든.〉

의문이 풀렸다.

웰스 왕도에서 레아만 노리던 잡몹 천사와 같았다.

이 대천사는 아직 전투 경험이 부족했다.

그때 천사들처럼 일단 가장 위험해 보이는 레아부터 노리는 것이다.

자기 LP가 높은 줄은 알아도 색까지 신경 쓰지는 않아서 미처 몰랐다.

〈그럼 어쩔 수 없지. 내가 계속 탱킹할 테니까 라일라랑 블랑이 공격해. 아마 필요 없겠지만, 내가 대미지를 받으면 회복도 부탁해.〉

〈네, 네.〉

〈오케이~!〉

『연격』으로 발생한 쿨타임이 끝났는지, 다시 『디스트럭트 애로』를 쏘려던 대천사가 갑자기 멈췄다.

아마 라일라의 『사안』 효과일 것이다.

무슨 상태 이상을 걸었는지 몰라도 대천사는 몇 초 동안 멈췄고 『진안』으로 보이는 빛이 살며시 흔들렸다. 마비와 지속 대미지, 아마 맹독일까.

"『어둠의 장막』! 『마의 안개』!"

블랑의 목소리와 함께 홀이 안개와 어둠으로 휩싸였다. 삽시간에 시야가 악화됐다.

『어듬의 장막』은 주변의 빛을 빼앗는 마법이라서 『마안』에는 영향이 없지만, 『마의 안개』는 안개 자체가 희미한 마력을 띠었다. 그래서 『마안』으로도 안개가 낀 것처럼 뿌옇게 보였다.

하지만 전투에 바로 지장이 나올 정도도 아니었다. 『진안』도 함께 사용해서 적어도 주변 캐릭터의 위치는 확실하게 알 수 있었다.

『디스트럭트 애로』에 대처하기는 어렵지만, 이 어둠 속이라면 눈을 떠도 문제없다. 육안, 『마안』, 『진안』을 전부 이용하면 지금까지 하던 대로 피할 수 있다.

“『섀도 랜스』!”

준비가 끝난 블랑이 공격 마법을 사용했다.

『어둠 마법』 중에서 높은 공격력을 가진 단일 대상 마법이었다.

이 마법의 무서운 점은 대상에게 명중할 때까지 궤도가 보이지 않는다는 것이었다.

그 이름대로 그림자 창이 적을 덮치는 마법이라서 날아오는 것은 땅을 기는 그림자였다. 그래서 사실상 상쇄를 노릴 수도 없다.

“쳇! 이것들이!”

대천사가 뒤를 돌아보며 블랑과 라일라를 번갈아 노려봤다.

LP가 많은 레아에게만 정신이 팔렸다가 예상 밖의 대미지를 받고 겨우 뒤에 있는 둘을 적으로 인식했나 보다.

하지만 직전까지 경계하던 상대에게서 눈을 떼는 것은 좋지 않다.

어차피 탱커라면 굳이 원거리에서 상대해 줄 필요가 없다.

접근해서 활 사정거리 안까지 파고드는 편이 낫다.

레아는 대천사가 한눈을 파는 사이에 그를 향해 달려갔다.

“이 자식?! 다가오지 마라! 『익스플로드 애로』!”

날아오는 화살은 몸을 비틀어 피했다.

뒤쪽 멀리서 폭발음이 들렸지만, 폭발은 레아에게 닿지 않았다.

“디스트러—.”

“흡!”

“커흑!”

대천사 코앞까지 다가온 레아는 대천사가 활을 쥔 손을 오른손으로 붙잡고 텅 빈 턱을 왼손 장타로 쳐올렸다.

이 거리까지 다가오면 활은 무용지물이다.

"윽, 네놈, 네놈이 감히……!"

대천사는 빛나는 활을 없애고 주먹으로 덤벼들었다.

맨손 격투의 거리였다. 대천사는 『맨손』을 가졌는지, 매서운 지르기였다.

레아와 대천사는 키와 리치에 차이가 있어서 상식적으로 생각하면 불리한 상황이었다.

그런 경우도 상정한 것이 가문의 유파지만, 이왕이면 평소와 다른 것도 시험해 보고 싶었다.

"『패리』."

양손 손가락에서 아다마스 실을 뽑고 대천사의 주먹을 받아넘겼다.

닿으면 베이는 실로 어떻게 맨주먹을 받아넘기는지 알 수 없으나, 아무튼 스킬 효과로 대미지는 받지 않았다.

그러나 대천사의 주먹에도 딱히 상처는 없었다.

『패리』로 상대 무기를 파괴하려면 전용 스킬이 필요하므로 여기에도 아직 공격 판정이 생기지 않는지도 모르겠다.

"성공해서 다행이야. 역시 실은 생체 무기로 취급하나."

"네놈, 정신 사납게—."

"『섀도 랜스』!"

"『이블 스마이트』."

다시 블랑의 공격, 그리고 라일라의 『암흑 마법』이었다. 라일라는 이것도 당연하다는 듯이 배우고 있었다.

"네 이놈! 거슬린다!"

“『참사』.”

돌아보려는 대천사의 몸을 실로 베어 어그로를 관리했다.

이럴 줄 알았으면 『도발』이라도 배워 뒀으면 좋았겠지만, 가장 죽으면 안 되는 레아가 배워 봤자 앞으로 쓸 기회도 거의 없으리라.

“주의력이 산만해.”

“으아아아아아아아아!”

대천사가 다시 레아에게 주먹을 날렸다. 물론 『패리』한다.

그 등에 다시 블랑이 마법을 날린다.

“『섀도 랜스』! 레아, 회복 필요해~?!”

“없어도 돼. 공격은 한 방도 안 맞았고, 앞으로도 안 맞아.”

“네놈이 감히이이, 날 능멸해!”

아무리 봐도 레아에게 대미지는 들어오지 않았다. 지금 그건 레아가 도발하도록 판을 깔아 준 것이다.

그 덕분에 대천사는 격분해 더욱 레아에게 공격을 집중했다. 나쁘지 않은 어시스트였다.

“『섀도 랜스』!”

“젠장! 『대회복』!”

“아~! 또 회복했어!”

“괜찮아. 이제 MP도 얼마 안 남았어. 아마 지금 게 마지막일 거야.”

“그거 희소식이네. 『이블 스마이트』.”

회복해 광택이 돌아온 날개에 라일라의 암흑 창이 꽂혔다.

“이 자식……!”

"어허, 『참사』."

뒤쪽을 신경 쓰는 대천사의 코앞을 아다마스 실로 가볍게 쓰다듬어줬다.

이것만으로 레아에 대한 적대심이 폭발해 바로 공격을 재개해 줬다.

원래 상대보다 많은 LP를 가졌고 가끔 던지는 도발도 먹혀들었기 때문일까.

그리고 초근거리까지 붙어 가장 회피하기 어려운 『디스트럭트 애로』를 봉인한 것도 주효했다.

상대가 대군이라면 불가능하지만, 한 명밖에 없다면 이게 가장 효율적이었다.

대천사 입장에서는 모든 것이 뜻대로 되지 않아 짜증이 머리끝까지 났을 것이다.

"『섀도 랜스』!"

블랑은 레아만큼 INT나 마법 공격력이 높지 않지만, 원래 마법을 주력으로 하는 플레이어였다.

무방비한 등에 약점 속성 마법을 꽂기만 할 뿐이라면 상당한 DPS를 자랑했다.

"이 찢어 죽일 놈들이이이이!"

MP가 고갈되고 LP도 바닥을 보이기 시작하자 더욱 초조해진 대천사는 레아에게 무작정 주먹을 휘둘러 댔다.

첫 번째 대천사와 싸웠을 때의 스킬 난사가 생각났다.

초조함이나 분노로 공격이 난잡해지는 것은 이때부터인가 보다.

그 대천사는 「본체」가 아니니까 이 개체와 다른 생물이겠지만, 행동 패턴은 거의 같았다.

레아는 그것을 전부 『패리』했다.

"—이제 슬슬 끝인가."

외형에서 오는 인상 때문에 대천사가 『맨손』을 가진 것은 의외였다.

아니, 생각해 보면 『회복 마법』을 가진 대천사가 『맨손』을 가진 것은 당연한지도 모르겠다.

하지만 활만큼 숙련도가 높지는 않았다.

"슬슬 적의 LP도 레드존이야. 블랑, 쿨타임은 무시하고 전부 쏟아부어도 돼."

"오케이! 『섀도 랜스』! 『블레이즈 랜스』! 『아이시클 랜스』—!"

"나도 써 둬야지. 『이블 스마이트』, 그리고 『섀도 랜스』, 음, 『아이시클 랜스』—."

등 뒤에서 두 사람이 마법을 연속으로 퍼부어 대천사의 남은 LP마저 빠져나간다.

"크으! 크아아아아아아아아아아아아아아—!"

마법끼리 간섭하지 않게 교묘하게 맞추고 있지만, 아마 라일라가 일방적으로 맞춰 주고 있을 것이다. 블랑은 아무 생각 없이 전부 쏟아붓고 있을 뿐이리라.

"—아아아아…… 네 이놈…… 네 이놈들…… 아버지……."

그렇게 대천사는 쓰러져 보석만 남긴 채 사라졌다.

현대에서는 『지배』하고 쓰러뜨려서 듣지 못한 마지막 말을 남기고.

"……아버지라면 정령왕인가?"

"……이거 뒷맛이 좀 찜찜하지 않아? 왠지 우리가 악역 같잖아!"

"이건 어떤 플레이어가 해도 같은 결말 아닐까? 그리고 그것과는 별개로 우리는 처음부터 악역이야, 블랑."

휑뎅그렁한 홀에 덩그러니 놓인 보석을 주웠다.

자그레우스의 심장이었다.

역시 과거의 대천사를 해치워도 도롭 아이템은 똑같은 소생 아이템이었다.

"—아! 방구석에 마법진이 나왔어! 저걸 타고 돌아가는 건가?"

"스톱! 블랑! 그걸 타면 아마 그 아티팩트 앞으로 나가지 않을까? 만약 우연히 누가 있으면 귀찮아져."

"아, 그런가? 어쩌지. 이대로 수백 년 기다리면 원래 시대로 돌아갈 수 있나?"

어쩜 이렇게 순박할까.

"……딱히 진짜 과거로 온 건 아니야. 이곳은 단순한 격리 필드니까 기다려도 못 돌아가. 여기서 『소환』으로 이동할 수 있으면 편하겠지만— 역시 안 되네. 『소환』 계열 스킬은 전부 잠겼어."

『캐슬링』은 가능하지만, 선택할 수 있는 권속이 전부 회색으로 표시됐다.

"이러면 전이 스킬이나 마법이 있어도 못 쓰겠네."

"그럼 역시 마법진을 탈 수밖에 없나?"

"그러네. 그럼 이렇게 하자. 마법진으로 귀환하자마자 다른 곳으로 날아가는 거야. 그럼 누구에게 들키더라도 최소한으로 끝나."

"한순간만 보이는 게 더 위험하지 않아? 변명할 여지도 없잖아."

결국 라일라의 권속 기사에게 은근슬쩍 순찰을 돌게 해서 밖에 아무도 없을 때 전이하기로 했다.

이 격리 필드에서도 친구 채팅이 가능한 덕분이었다.

친구 채팅까지 막으면 플레이어들의 커뮤니케이션에 지장을 주기 때문에 어쩔 수 없는 조치였을 것이다.

"라일라 씨, 친구가 더 있었네요!"

"응, 그러게."

그러고 보니 블랑에게는 NPC가 인벤토리를 쓸 수 있다고 알려 주지 않았다.

◆◆◆

과거 세계라는 이름의 격리 필드에서 나온 레아 일행은 바로 조용한 곳으로 전이했다.

전이한 곳은 리플레였다.

이곳이라면 라일라와 블랑의 권속이 상주한다. 레아는 말할 필요도 없다.

"일단 수고했어."

"그나저나 레아 멋있었어! 강캐 느낌이 풀풀 나!『공격은 한 방도 안 맞았고, 앞으로도 안 맞아』! 꺄~!"

"……사과할 테니까 그만해 주면 안 될까?"

"아니, 실제로 멋있었어. 데모 무비에 써도 될 수준이야."

"시끄러워, 닥쳐."

아무튼 대천사의 탄생 비화를 비롯해 많은 정보를 얻었다.

하지만 그것들은 백작과 지기인 레아 일행이니까 알 수 있는 내용이고, 다른 플레이어는 대천사와 싸워도 감이 오지 않을 것이다.

SNS 고찰 스레드에도 그런 내용의 글이 있었다. 더 많은 이벤트를 진행하면 차츰 밝혀질 것이라는 추측이었다.

"원래 더 나중에 싸울 상대였을 테니까 지금은 모를 만도 해."

"그보다 그걸 잡을 수나 있나? 적어도 나 혼자서는 절대로 못 이겼을 텐데."

"걱정하지 않아도 그건 이벤트 레이드 보스야. 처음부터 솔로 플레이는 상정하지 않았을 거야."

"나는 혼자 싸웠는데?"

"……이벤트 레이드 보스잖아, 레아도."

그렇게 말한 라일라도 플레이어가 보면 이벤트 보스 수준이었다.

오히려 뜬금없이 출현한 레아보다 「옛 도읍지를 지배하던 영주가 실은……!」이라는 스토리가 있는 라일라 쪽이 보스다웠다.

"그래도 스킬은 대충 알았으니까 아마 나도 다음부터는 솔로로 가능할 것 같아."

"으엑…… 뭐야, 이 자매……."

고난이도 보스 1인 클리어는 제약 플레이의 기본이었다.

그건 그렇고 아직은 과거 대천사에게 이겼다는 글이 보이지 않았다.

또한, 레아 일행이 그것을 달성했다는 이야기도 없었다. 아마 전체 퇴치 횟수는 이벤트가 끝나지 않으면 알 수 없나 보다.

이대로 이벤트가 끝나면 퇴치 횟수가 1인데도 현대 대천사가 약해져 파멸했다는 이상한 시나리오가 된다.

이야기의 아귀를 맞추기 위해서라도 이벤트가 끝나기 전에 몇 번 더 해치워 둬야겠다.

“그보다 라일라, 『감정』으로 대천사를 살펴봤지? 『부활』에 관해서 알게 된 점 없어?”

“아, 맞아. 처음에는 『회복 마법』인 줄 알고 찾았는데 없더라고. 그래서 어쩔 수 없이 모든 스킬을 뒤져 봤더니 왠지 『신성 마법』 트리에 있었어.”

『신성 마법』이라고 하면 레아에게는 언데드나 사악한 캐릭터에 잘 통하는 공격 마법이라는 이미지밖에 없었다.

“……내 『신성 마법』 트리에는 없는데. 그래도 그쪽에 있었다면 습득할 수 있는 종족이 제한되는지도 몰라.”

예를 들어 지크나 리치들이 『부활』을 배우고 부하를 무한히 소생하는 역한 전술을 썼다면 힐루스 왕도는 더욱 즐거운 곳이 됐으리라. 하지만 『신성 마법』 트리에 있다면 언데드인 그들은 배울 수 없다.

“참고로 내 트리에도 없어. 다른 스킬도 일단 전부 봤지만, 관계 있어 보이는 것 중에 레아가 배우지 않은 스킬은 없었어. 아까도 말했던 『연격』이나 활 스킬은 안 배웠겠지만, 아마 관계없을 테고. 그렇다면—.”

“대천사 종족 특성으로 처음부터 가지고 있었거나 어떤 행동이 조건이 되었거나, 아니면 둘 다인가.”

“행동이 조건……?”

블랑이 이야기에 따라오지 못했다.

“으음, 예를 들어 캐릭터 생성 시에 고를 수 있는 종족에게는 많은 전생 후보가 있어. 엘프의 하이 엘프와 다크 엘프처럼."

"아! 지금까지 한 행동에 따라서 전생 후보가 갈린다는 얘기?"

"그래, 그거. 그 기본 종족의 분기 조건은 아마 동종 캐릭터 살해 횟수라고 생각하는데, 아마 그것과 비슷한 방식 아닐까."

"그럼 반대로 다른 종족을 마구 죽이면 해금될지도 모른다는 말이구나!"

"너무 폭력적인 『신성 마법』이잖아! 아무리 그래도 그건 아니겠지. 만약 그거라면 레아는 진작 채웠을 거야."

"그것도 그런가."

"그렇기는 뭐가 그래. 그리고 조건은 오히려 그 반대, 다른 캐릭터를 많이 치유하면 해방되는 이미지에 가깝지. 아니—."

웰스에 출장 중인 마레를 생각했다.

그녀는 표면적으로「성녀」로 활동하며 평소에도 도시 주민을 치유하는 이벤트도 연다.

천사와 싸우다 다친 많은 NPC와 플레이어를 치유했을 것이다.

그런 마레도 아직 해금되지 않았다면 조건은 그게 아니다.

"—타인 회복도 아닐 거야. 아니면 그것만으로는 부족하거나."

"아하, 복합 조건인가. 그래도 달리 관련 있는 행동이 있나."

"누군가를 소생시키는 거 아닐까요? 이거면 지금까지 아무도 하지 못했으니까 스킬 트리에 나오지 않아도 이상하지 않은데."

"아니, 소생 마법을 배우는데 누굴 소생시켜야 한다면 절대로 해금할 수 없……진 않나."

"……아하. 자그레우스의 심장."

그러면 블랑 말대로 지금까지 아무도 해금하지 못한 이유를 이해할 수 있다.

그리고 정작 그 아이템이 대천사의 드롭 아이템인 점을 생각하면 대천사만 처음부터『부활』을 갖고 있는 것도 납득할 수 있는 설정이다.

“블랑은 가끔 날카로울 때가 있어.”

“에이, 뭘 이런 거로. 헤헤헤!”

“엄청 쓰다듬어 준 강아지 같은 얼굴이야, 블랑…….”

이게 정답인지 아닌지는 아직 알 수 없지만, 시험해 볼 가치는 있었다.

“일단 소생이 열쇠라면 우선 아이템을 써서 한 번 누군가를 소생시켜 보자.”

“소생시키려면 일단 누가 죽어야 하는데 누굴 죽이게? 이 도시 사람이라도 괜찮아?”

“안 괜찮아. 어떡하지.”

적당한 권속으로 시험해도 되지만, 가능하면 자연스러운 상황에서 쓰고 싶었다. 자작극을 인정해 주지 않으면 아까운 아이템만 날아간다.

레아나 라일라와 전혀 관계없는 캐릭터를 죽이고 그 시체에 자그레우스의 심장을 사용하는 편이 낫다.

그렇지만 이 도시는 레아가 지배하는 땅이었다. 지배하는 도시의 무관한 NPC를 난데없이 죽이기는 꺼려졌다. 만약 자신과 관계없는 도시였다면 아무 망설임도 없었을 텐데, 참 신기한 감정이었다.

그렇다면 자신들에게 관련 없는 도시, 예를 들어 페아레의 적당한 도시나 던전에서 적당한 NPC를 골라 실험해야 할까.

그러고 보니 꽤 예전 일이지만, 페아레의 무슨 마을인지 도시에서 산에 드래곤이 산다는 전설이 내려온다고 어떤 플레이어가 말했다.

위벨이나 아비고르, 버건디 등 지금은 드래곤 몬스터가 모일 만큼 모였지만, 천연 드래곤이 존재한다면 한 번 보고 싶었다.

"그러고 보니 블랑은 전쟁을 계속하지 않아도 돼? 아직 두 곳밖에 제압하지 못했지?"

"일단 근처 도시로 잠입 공작원을 보내 뒀어. 현지에서 권속으로 만든 흡혈귀를 데이 워커로 전생하고 난민인 척 주변 도시로 뿌렸어."

전에 레아가 말한 신출귀몰 작전을 실천했나 보다.

효과적으로 사용하려면 가급적 거리가 먼 곳이 좋으니까 가능하면 피난민이 아니라 자연스럽게 장거리 이동을 하는 자가 바람직했다.

"행상인이 있으면 권속으로 삼는 것도 괜찮을 거야. 그리고 나라 곳곳에 자객을 심어 두면 앞으로 움직이기 편해."

"오오! 그렇게 할게."

"응? 블랑, 바로 가게?"

"네! 저는 『신성 마법』을 못 배우고 도움이 될 것 같지도 않으니까요. 그리고."

블랑은 일단 말을 끊고 레아와 라일라를 보면서 뒷말을 이었다.

"그리고 이번에 대천사와 싸워 보고 알았는데, 지금 저는 레아랑 라일라 씨와 함께 싸우기엔 이른 거 같아서요. 따라잡진 못하겠지만, 적어도 같이 놀 수 있을 정도로는 성장하고 싶어요. 그러니까 셰이프에서 조금 수행하고 올게요!"

블랑은 그렇게 말을 남기고 불행한 행상인을 찾아 셰이프로 떠났다.

"……착실한 애네. 이번 대천사처럼 특수한 상황이면 몰라도, 애초에 레아나 내가 함께 싸울 상황은 거의 없을 텐데."

"……그렇지. 그런데 라일라는 어떡할 거야?"

"어떡하냐니? 지금부터? 음, 사실 영주 대역을 세운 뒤로 한가해졌어. INT를 올린 탓인지 몰라도 평범하게 일도 처리해 주고, 매일 보고도 해 줘. 거기에 맛들린 건 아니지만, 포트리 쪽도 현지 하이엘프를 몇 명 『사역』해서 신왕 도련님을 재교육하거나 사고방식을 유도하는 중이니까 내가 할 일이 별로 없어. 그러니까 『부활』을 검증하고 싶으면 도와줄게. 레아는 따로 하고 싶은 일 있어?"

"옛날에 페아레 어느 시골에 드래곤이 산다는 글이 올라왔었어. 할 일이 없을 때 확인하고 싶었는데, 지금은 사실상 이벤트가 종료된 상황이잖아?"

이제 이벤트와 관련해서 남은 일은 두 가지였다.

하나는 추락한 천공성 탐색, 다른 하나는 과거 세계의 대천사 퇴치 횟수 벌기였다.

천공성 탐색은 경비를 맡은 개미들에게 일임했다. 지금은 스가루도 보내 현지에서 진두 지위를 맡고 있었다.

이쪽은 그들에게 맡기면 문제없을 것이다. 무력 봉쇄 중이니까 누가 깽판을 치지 않는 한 시간제한이 없는 일이었다.

대천사 퇴치 횟수는 이벤트 종료 전까지 어느 정도 벌어 둬야겠지만, 그 수준의 적이 하나뿐이라면 그다지 시간은 걸리지 않을 것이다.

아티팩트가 안치된 지하 공간에 눈에 띄지 않는 권속을 감시용으로 숨겨 두고 아무도 없을 때 반복 사냥을 하면 끝이다.

라일라도 솔로로 가능하겠다고 말했으니까 도움을 빌리면 적어도 두 파티로 진행할 수 있다.

가능하면 다른 플레이어들도 아무것도 모른 채 협력해 주면 고맙겠지만, 실력이 부족해도 너무 부족했다.

표면적으로 플레이어인 척할 수 있는 케리 자매나 눈가리개와 성녀 코스튬을 벗은 마레를 써도 되겠지만, 어차피 레아가 조작하지 않으면 전이할 수 없는—.

"응? 갑자기 다른 이야기를 해서 미안한데, 시스템 메시지에는 전이할 때 범위 안에 있는 캐릭터가 전부 이동한다고 되어 있었지? 그럼 범위 안에 있으면 NPC도 강제로 전이하나? 아까도 확인 메시지는 따로 안 나왔지?"

"아, 듣고 보니. 아마 그렇지 않을까? 그럼 생각보다 더 쉽겠네. 필요하면 레아를 위해서 나도 퇴치를 거들려고 했는데. 아, 그러고 보니 인원 제한이 없다고 했었지? 오호라."

라일라가 사악한 얼굴을 하고 있었다.

인정하고 싶지 않지만, 아마 레아도 같은 표정일 것이다.

대천사의 물량 공세에는 아주 호되게 당했다.

그렇다면 대천사도 물량 공세로 호되게 당해야 옳지 않겠는가.

다행히 이번 이벤트는 마물도 당당히 참가할 수 있다.

그럼 고블린 계열 몬스터, 스켈레톤 계열 몬스터가 나와도 크게 문제없을 것이다.

그리고 그것들이라면 잔뜩 있다.

"지금 당장은 평범한 플레이어도 많으니까 그건 내일 이후에 해도 되지 않을까."

"그래."

그럼 전체 임무 중『부활』습득의 우선순위를 높여도 되겠다.

드래곤 확인 및 지배는 서브 퀘스트다.

"그럼 그 드래곤을 만나러 가게? 나도 따라갈까."

"상관은 없지만, 우선은 평화롭게 갈 생각인데?"

"내가 있으면 폭력이 전제야? 왜 이래, 나도 평화를 사랑하는 사람이야."

제6장 대놓고 수상한 NPC

전에 SNS에 정보가 올라온 곳은 페아레 왕국의 루트라는 마을이었다.

다만, 구체적인 장소가 어디인지는 적혀 있지 않았다.

그래도 지금은 유능한 플레이어들이 제작한 주사위 놀이판 같은 지도가 있었다.

그것도 최신판이다.

이 최신판은 라일라가 알려 준 천공성 위치 예측 스레드에 올라왔었다.

정확도가 높은 지도가 없으면 이동 경로 예측은 불가능하다.

아마 이벤트 한정 전이 서비스를 이용해 모든 도시와 인접 도시를 기록하고, 그 위치 관계로 정밀한 지도를 만든 것으로 보인다.

도시 목록은 플레이어 동료를 모으거나 SNS에 협력을 요청해 입수했으리라.

이 방법으로는 도시 외에 무엇이 있는지, 그리고 대륙의 전체 형태가 어떤지는 알 수 없지만, 천공성의 이동 루트를 계산할 뿐이라면 도시의 위치 관계만으로 충분하다.

경로 산출을 위한 정보는 어차피 도시의 습격 타이밍이다. 대륙의 형태는 관계없다.

레아도 당장 알고 싶은 것은 루트 마을의 위치지, 대륙의 형태는 아무래도 상관없었다.

"……루트 마을로 가는 루트를 조사해야지. 후후."

"뭐라고 했어?"

"아니?"

이 지도를 토대로 목적지를 찾아간다면 문제는 이동 수단이다.

가장 빠른 방법은 하늘을 날아서 직행하는 것이다.

다행히 레아와 라일라는 직접 비행하는 수단을 가졌다.

"어차피 마음만 먹으면 바로 갈 수 있으니까 잠시 다른 곳에 좀 들리자."

"다른 곳?"

◆◆◆

리플레에서 통상 전이 서비스로 날아간 곳은 페아레의 압행 습원이라는 ☆1 던전이었다.

이 던전에는 키퍼라는 도시가 인접해 있었다. 던전으로 설정됐는데도 불구하고 바로 옆에 도시가 있다는 곳. 즉, 이곳이 페아레의 포털이었다.

라일라의 제안은 여행하는 김에 이 나라의 포털도 봐 두자는 것이었다.

"도시에 가도 되겠지만…… 어떡할래? 기왕 왔으니까 던전도 돌아볼래?"

모르는 던전은 신선함을 안겨 준다. 흥미가 없지는 않다.

전에 튀어 초원이나 노이슈로스에서도 구경했지만, 샘플 데이터는 많을수록 좋다.

“좋아. 온 김에 가 보자.”

“그럼 우리 설정은 어떻게 할까. 플레이어? NPC?”

전이한 광장 같은 캠핑지에는 잠든(로그아웃한) 플레이어의 텐트밖에 없었고 아직 아무도 만나지 않았다.

리플레의 용병 조합에는 루키로 보이는 플레이어 몇 명이 있었지만, 레아와 라일라에게 딱히 관심을 보이진 않았다.

“……NPC로 하자. 만약 얼굴을 들켜도 그게 그나마 나아.”

“그러네, 알았어.”

흰 로브와 검은 로브를 입은 수상한 2인조 NPC의 탄생이었다.

그러나 이 세계에서는 여행할 때 로브나 망토를 입는 것은 이상한 일이 아니었다.

그러니까 수상하긴 수상해도 신고당할 정도는 아니라는 뜻이다.

물론 여행자가 아무 물건도 가지지 않은 점은 충분히 수상했다.

그것을 지적당하면 이미 도시에 숙소를 잡아서 두고 왔다고 하는 수밖에 없다.

“습지대……. 발이 더러워지겠네.”

“『세정』 한 방이면 깨끗해지는데 뭐 어때.”

습원은 보이는 범위에만 작은 연못이 몇 군데나 있어 자연의 웅장함을 느끼게 해 줬다. 이 아름다운 광경 앞에서도 자기 신발만 신경 쓰다니, 라일라의 마음은 왜 이리도 삭막할까.

“구시렁대지 말고 출발하자. 『천구』.”

"엥?"

"응?"

"뭐야? 레아, 살짝 떠 있지 않아? 어라? 버그인가?"

"이 게임에는 기본적으로 버그가 없어."

"아, 『천구』인가. 나도 그거 있었을 거야. 좋아."

습원에서 발을 더럽히지 않게 두 사람은 땅에서 아슬아슬하게 떠서 이동했다.

둘러보니 습원에 사는 식물이 햇빛을 쐬며 형형색색으로 꽃을 피우고 있었다.

"『감정』……. 음, 꾸물파초? 물파초 친척—이 아냐! 암술인 줄 알았는데 저거 지렁이잖아! 징그러워!"

"던전은 던전이네. 비주얼이 충격적이야."

"아, 그래도 저거 포션 재료가 된다고 하네. 보자, 재생 포션……."

재생 포션은 보통 포션보다 비싸지만, NPC 일반인이 못 살 정도의 물건도 아니었다.

이 던전은 ☆1이라서 채집할 수 있는 소재도 싼값에 거래된다. 습원에서만 난다고 해도 그렇게 비싸지는 않으리라.

"저거 들고 가서 가정 농원 만들 생각 없어? 무슨 초원에서."

"안 해. 초원에서 자라는지도 모르잖아. 그리고 만지기 싫어."

"아, 레아, 저기 봐. 누가 싸우고 있어."

"꾸물파초랑?"

"이건 전투력이 없으니까 아니겠지. 그래도 별로 크지 않은 상대야. 저게 뭐지?"

호기심으로 슬금슬금 다가가 보자 초보자 같은 플레이어가 싸우는 상대는 슬라임이었다.

"에잇! 좋아, 해치웠다!"

마침 전투도 끝났는지, 플레이어가 내리친 곤봉에 슬라임은 몸이 터지며 목숨을 잃었다.

외모를 보고 소녀라고 생각했는데 목소리를 들으니 소년이었다.

슬라임 시체가 사라진 자리에는 액체가 찬 병이 남았다.

이 게임의 슬라임은 탱글탱글한 귀여운 모습이 아니라 질척거리는 형태였다.

기본적으로 물과 비슷한 몸이지만, 젤라틴 같은 반고체 부분이 있으며 그게 본체라고 한다. 언뜻 보면 녹고 있는 얼음처럼도 보였다.

"드디어 필요한 만큼 모였— 헉! 수상한 사람들이 있어!"

시선을 알아챘나 보다.

아니, 레아는 평소대로 눈을 감고 있었다. 시선은 라일라만 보내고 있다. 즉, 시선을 들킨 것은 라일라 때문이다.

"—놀라게 해서 미안해. 멋진 솜씨였어. 너는 이방인인가?"

"말했다! 아, 죄송합니다. 이방……? 아, 플레이어 말인가? 맞아요, 이방인이에요!"

이방인이라는 말은 공식 호칭이 아니었다. 어디까지나 보관고 소유자라고 부르기 귀찮았던 라일라가 오랄에 퍼뜨린 말일 뿐. 평소 오랄에서 NPC인 척할 때 쓰는 표현이라서 자기도 모르게 입 밖으로 나왔나 보다.

"저기, 당신들은 누구죠? NP, 이 근처에 사는 사람들인가요? 무슨 볼일이세요?"

"아니, 우리는 여행을…… 으음, 그래, 동생의 눈을 치료하기 위해 여행하는 중이야. 오랄 왕국이라고 알아? 그쪽에서 왔어. 이 습원에는 약초가 많다고 해서 혹시 눈에 좋은 게 없는지 찾으러 왔지. 그러다가 우연히 너를 발견하고 호기심에 다가왔을 뿐이야."

이쪽을 보면서 말하는 것을 보아 동생은 레아를 말하나 보다.

그야 레아는 눈을 감고 다니고 얼굴도 닮았다. 그렇게 보여도 이상하지 않다. 여전히 말솜씨 하나는 대단하다고 감탄했다.

라일라가 말하면서 입가를 가린 마스크를 내린 탓에 레아도 어쩔 수 없이 따라 했다.

얼굴을 들킬 위험은 있지만, 초보자라면 저번 이벤트 보스의 얼굴을 잘 모를 것이다.

어차피 NPC로 밀고 나갈 생각이라면 얼굴을 들켜도 큰 문제가 되지 않는다. 어차피 인간으로 분장해 뭔가 흉계를 꾸민다고 생각할 테고, 사실 그건 맞으니까.

"동생분 눈을! 힘드시겠네요……. 아, 혹시 어떤 아이템이 필요한지 아시나요?"

"그건 아직 몰라. 미안, 너를 방해할 생각은 아니었어. 신경 쓰지 않아도 돼."

소년에게 사과하고 떠났다.

헤어진 뒤에도 소년은 잠시 둘을 신경 쓰는 듯 보였다. 하지만 곧 걸음을 돌려 도시 방향으로 떠났고 『마안』 효과 범위에서 벗어났다.

"—야아, 풋풋하네."

"응. 그나저나 곤봉이라. 투박한 무기를 쓰네."

"스킬이 없으면 곤봉이 제일 효율적이지 않을까. 어떤 식으로 무기를 휘둘러도 맞으면 대미지가 들어가잖아."

"아하, 그럴지도 모르겠네."

날 달린 무기를 다루는 데 익숙해서 미처 생각하지 못했다. 아무런 스킬도 없는 일반인이 휘두르려면 곤봉이 제일 좋을 것이다.

비주얼이나 멋으로 초기 무기를 검으로 하는 플레이어가 많건만, 아주 합리적인 판단이다. 호감이 간다.

"슬라임 드롭 아이템을 모으던데, 곤봉을 쓰니까 그 퀘스트를 골랐나. 제법 기대되는 유망주야."

"……그만큼 머리가 돌아가면 금방 경험치를 벌어서 성장하겠지. 언젠가 우리 앞을 막아설 날이 올지도 몰라. 그때 그가 어떤 표정을 지을지 조금 기대돼."

"아니, 내 앞은 막아서면 안 되지. 나는 공공연하게 악역으로 나설 생각 없어."

◆◆◆

그 후 잠시 느긋한 하이킹을 즐겼지만, 던전에 들어오고 얼마 지나지 않았는데 여기저기서 초보 같은 플레이어들이 마물과 싸우는 모습이 보였다.

습원에 나오는 몬스터는 슬라임만 있는 게 아닌 듯했다.

오히려 슬라임은 보기 힘든 편이었다.

플레이어들이 주로 싸우는 적은 사슴이었다.

척 보기에는 마물이 아니라 그냥 사슴이다.

물론 사슴은 나름대로 위험한 동물이다. 원래 사슴은 겁쟁이라서 구태여 인간을 공격하는 경우가 적지만, 발정기나 굶주렸을 때는 공격적으로 변하기도 한다.

이곳의 사슴은 항상 그런 공격적인 상태 같았다. 즉, 선공형 몬스터다.

"『감정』. 와일드 디어래. 야생 사슴이네."

"이름 그대로잖아. 사슴뿔은 어디에 쓸 곳이 있나."

"한 마리 잡아 볼래? 그러고 보니 리베 대삼림에는 사슴 없어?"

"있어. 더 크지만. 목장은 해산했지만, 지금도 가끔 개미들이 구멍 함정을 파서 잡아먹고 그래."

개미들은 다른 벌레의 유충을 더 좋아하지만, 양적인 문제 때문에 대형 마물을 사냥하는 경우도 많다.

"거대 사슴을 잡아먹는 개미 무리. 말만 들어도 무서운데."

"익숙해지면 귀여워."

"사슴과 슬라임뿐인가? 보스까지 보러 갈래?"

"가도 되지만…… ☆1 던전에 특별한 기믹도 없다면 보스도 금방 잡힐 거야. 이 습원은 주기적으로 마물이 사라지기라도 하나?"

던전을 지배하는 몬스터라면 사망해도 세 시간 뒤에는 리스폰한다. 하지만 그동안 권속들은 소생하지 못하니까 세 시간 동안 아무도 없는 필드가 되어 버린다.

"또 모르지. 보스만 엄청 강한 패턴도 있을 수 있잖아? 보스 구역은 난이도에 포함되지 않으니까 말이야. 그렇게 궁금하면 가 보지?"

"……가 보자. 관심이 있어."

여기서 애쓰는 루키들에게는 미안하지만, 이곳 보스는 시험 삼아 죽이기로 했다.

하는 김에 소생 실험도 해 보자.

드래곤이 혹시 있으면 그 녀석에게 실험할 생각이었지만, 정말로 있는지 없는지도 모르고 우선순위는 드래곤보다 소생 실험이 높았다.

라일라는 앞장서서 던전 안쪽으로 걸어갔다. 레아도 그 뒤를 따랐다.

"어느 쪽인지 알아?"

"방금도 말했지만, 일단 눈이 보이지 않는 동생을 데리고 여행한다는 설정이야. 레아가 나보다 앞으로 가면 안 되잖아? 뭐, 보스가 어디 있는지는 모르겠지만. 잡몹이 늘어나는 방향인가 싶었는데 전체적으로 균등하게 퍼져 있어. 오히려 외곽에 잡몹이 더 많은 것 같아."

레아의 『마안』에 잡히는 MP 반응도 같았다. 레아와 라일라가 들어온 입구 부근은 이미 너무 멀어서 모르겠지만, 보이는 범위에서도 왔던 방향이 잡몹 밀도가 더 높았다.

잠시 걸어가는데 앞쪽에서 달려오는 플레이어들이 『마안』으로 보였다.

가까이 오고 나서 알았지만, 상당히 허둥대고 있었다.

"도망쳐! 시간 됐어! 난 경고했다?! 몹몰이한 거 아니야!"

"시간? 무슨 시간? 그리고 너희는 흔히 말하는 이방인이지? 몹몰이가 뭐야?"

라일라가 굳이 그렇게 말한 이유는 그들이 둘을 플레이어로 인식했기 때문이었다.

초보자 소년과 접촉해 기껏 NPC를 연기했는데 이들이 플레이어라고 떠들면 전부 헛수고가 된다.

"NPC였냐! 괜히 말 걸었네!"

신경질적으로 말을 내뱉고 3인 파티는 다시 달려갔다.

"……괜히 말 걸었다니, 무슨 뜻이야?"

"그거 아니야? SNS에 몹몰이로 박제되기 싫어서 말을 걸었는데 NPC는 죽으면 끝이니까 굳이 말해 줄 필요가 없었다, 라는 뜻."

실로 졸렬한 마음가짐이다. 그만큼 급박한 상황이라면 이해해 줄 수도 있지만.

하지만 지금은 이벤트 기간이라서 그들의 사망 페널티는 굉장히 가볍다.

연약한 NPC를 지키겠다는 의협심은 없는 걸까.

"레아라면 구해?"

떨떠름한 분위기를 감지했는지, 라일라가 물었다.

"……그 상황이 되어 보지 않으면 몰라. 이해관계가 전혀 얽히지 않은 상대라면 아마 구하겠지. 이해관계가 얽혔다면 이득인 쪽을 택하고."

그 말을 들은 라일라는 좋아, 라고 말하며 웃었다.

뭐가 좋은지 모르겠지만, 살짝 짜증 나니까 이해관계가 얽히든 말든 라일라는 구하지 않기로 마음먹었다.

"그런데 몹몰이라. 굳이 아니라고 말하는 건 적어도 찔리는 구석이 있다는 말이지?"

"그렇겠지. ……아마 저거인가? 라일라, 뭔가 와."

플레이어들을 쫓는지, 앞쪽에서 거대한 무언가가 접근해 왔다.

형태로 보아 아마 곰인 것 같았다.

"LP가 꽤 높아. MP는 묘하게 적지만. 이런 거 한 마리만 있어도 난이도가 ☆3까지 오를 것 같은데 뭐지, 이 녀석?"

"평소에는 난이도 표기에 포함되지 않는 곳에 있는 거겠지."

"……그럼 이 녀석이 보스인가. 왜 튀어나왔지?"

"그냥 배고파서 아니야?"

"먹이는 권속한테 가져오게 하면 되지."

"—레아. 이건 맹점이었어. 아무리 보스 몬스터라도 전부 INT가 높다는 보장은 없지 않을까. 그리고 『사역』을 가졌다는 보장도 없어."

"뭐? 『감정』……. 이건……."

그 거대한 곰 — 그래 봤자 자이언트 콥스 정도는 아니지만 — 기간트 브룸베어는 능력치를 거의 STR과 VIT, 그리고 AGI밖에 올리지 않았다.

그리고 『사역』도 없었다.

보통 『사역』은 종족 스킬 외에 습득할 방법이 없다고 해도 무방하다. 다시 말해 태어나면서, 혹은 전생하면서 배우지 못한 자는 기본적으로 평생 배울 수 없다.

이 곰이 그런 종족이었다.

"큰…… 불평꾼?"

"옛날에 그런 이름의 전차가 있었다고 해. 이름은 거기서 따온 거 아니야?"

지금 이름은 아무래도 좋았다.

기간트 브룸베어는 보스급 몬스터인데도 불구하고 『사역』도 가지지 못했다. 하지만 정황상 평소에는 보스 구역을 차지하고 있는 모양이었다. 즉, 이 녀석이 보스일 가능성이 높았다.

"……보스는 있지만, 영역 내의 다른 몬스터는 보스의 권속이 아니라는 건가. 그리고 이 보스는 주기적으로, 아마 배가 고플 때마다 보스 구역에서 나와 먹이를 찾아 날뛰는 거 아닐까?"

그렇게 생각하면 앞뒤가 들어맞는다.

하지만 그 말인즉.

"그럼 이 던전은 아무도 지배하지 않았다는 뜻인데."

"그렇지. 보스를 해치워도 잡몹이 연쇄적으로 죽지 않고, 보스가 없어져도 영역이 다른 단일 세력에게 제압당하는 상황도 발생하지 않아. 뭐, 사실 어지간한 방법으로는 던전의 지배권을 빼앗긴 어렵지. 거의 확실하게 플레이어가 있으니까. 레아는 그 초원을 용케 빼앗았어."

그것도 우연이었지만, 결과가 좋으면 만사 오케이다.

"그럼 곰은 처음에 이 영역을 어떻게 지배했냐는 의문이 남지만, 일단 이해는 했어. 그나저나 공부가 되네. 단순히 영역을 빼앗기기 싫을 뿐이라면 이런 방식도 괜찮겠어."

기간트 브룸베어는 이미 눈앞까지 다가와 레아와 라일라를 노려보고 있었다.

다짜고짜 덤비지 않는 이유는 아직 경계하기 때문인 듯했다.

INT가 야생 동물 수준밖에 안 되면서 생각보다 똑똑하다.

"INT가 낮은 만큼 야생의 감이라도 살아 있나?"

"아."

"아? 짚이는 거라도 있어?"

"아니, 전에 부하 늑대들이 고향으로 돌아가는 길을 헤맸다고 했거든."

"흐음, 그게 INT를 올린 탓이다? 아니면 레아의 권속이 된 탓?"

"이제는 알 수 없고 검증할 방법도 없어."

"그건 그렇겠네. 일단 곰돌이를 요리하자."

라일라가 그렇게 말한 직후, 기간트 브룸베어가 갑자기 쿵 쓰러졌다. 사망하지는 않았지만, 괴로워서 서 있지 못하는 느낌이었다.

한순간 라일라의 몸이 마나로 빛나고, 그 뒤 MP가 줄어드는 것은 『마안』으로 보였다. 그 후 기간트 브룸베어의 LP가 쭉쭉 줄어들더니 쓰러진 것이었다.

"……뭐야, 그거. 뭐 한 거야?"

"『사안』의 상태 이상 공격이야. 맹독과 쇠약을 동시에 걸었어. 오른쪽 눈과 왼쪽 눈으로 각각 다른 상태 이상을 설정할 수 있게 됐거든."

상태 이상을 동시에 건다.

처음 듣는 이야기였다. 그런 게 가능한가.

적어도 레아가 가진 『사안』으로는 할 수 없으니까 사왕의 종족 보너스일지도 모른다. 아니면 스킬 트리를 개방하다 보면 가능해질까?

쇠약 상태는 모든 능력치가 일정 비율 줄어드는 상태 이상이다.

그 부분은 역병과 비슷하다.

차이점은 역병이 시간이 흐를수록 악화하는 데 비해 쇠약은 시간이 흐를수록 회복한다는 점이다. 또한, 역병은 중증으로 발전하면 주위에 감염되지만, 쇠약은 그런 효과가 없고 역병 같은 지속 대미지도 없다.

그리고 맹독은 최대 LP의 일정 비율로 지속적인 대미지를 받는 상태 이상이다. 약한 독에 비해 대미지가 크거나 복합적인 증상을 일으키기 때문에 약으로 치료하기 어렵다.

이때 대미지 비율은 독의 강도와 VIT 수치로 판정이 이루어지므로 대상의 VIT이 높을수록 대미지도 줄어든다.

독 강도는 본래 고정치지만, 라일라의 경우 「독」이라는 특성 덕분에 독 강도에 보너스를 받는다고 한다.

강하다고는 해도 기간트 브룸베어는 보아하니 ☆3 정도인 야생 보스였다.

라일라와의 능력치 차이를 생각하면 치사성 독으로 착각할 수준의 대미지를 받고 있지 않을까.

"그나저나 독의 지속 대미지는 어느 시점의 최대 LP를 참고해서 정해진다고 생각해?"

"……대미지가 들어가는 순간 아니야?"

"그게 아닌 거 같아. 다양하게 검증해 봤는데, 독에 걸리는 순간 결정되는 모양이야. 지금처럼 쇠약과 맹독을 완벽하게 동시에 걸면 처음에 두 상태 이상의 저항 판정도 동시에 이루어져. 거기서 저항에 실패하면 쇠약은 즉시 실행돼서 능력치가 줄어들어. 일반적으로 쇠약 상태가 되면 LP 최대치도 줄어들지만, 이건 VIT 같은 능력치가 줄어들기 때문이지 최대 LP 감소 자체는 쇠약의 효과가 아닌 거 같아. 한편, 맹독 대미지가 계산되는 타이밍에는 최대 LP가 아직 줄지 않았으니까 본래 최대 LP를 참고해서 대미지가 결정돼. 그리고 상태 이상 처리가 끝난 뒤, 다시 최대 LP 계산이 이루어져서 줄어든 VIT을 반영해 최대 LP가 줄어들어. 즉, 쇠약과 맹독을 동시에 걸면 실제 비율을 훨씬 뛰어넘는 대미지를 주게 돼."

"길어. 리포트. 그럼 역병은? 그리고 대천사한테도 그거 썼으면 더 편했던 거 아니야?"

"해 봤어. 쇠약도 역병도 저항해 버려서 맹독밖에 못 걸었지만. 그리고 역병도 똑같아. 그건 단독으로 그 효과들을 내포했으니까 더 성가셔. 쇠약은 시간과 함께 회복되지만, 역병은 반대로 악화하니까. 사실 여기에 역병까지 추가해 3종 상태 이상을 걸면 완벽한데, 지금은 이거면 됐어."

지금은 됐다는 말은 마음만 먹으면 할 수 있다는 말이다.

오른쪽 눈과 왼쪽 눈으로 다른 효과를 줄 수 있는 덕분에 두 가지 상태 이상을 동시에 걸 수 있다고 말했다.

그럼 동시에 세 가지를 걸려면 눈이 세 개 필요할 것이다.

"혹시 라일라, 눈 늘릴 수 있어?"

"……아차, 이놈의 입. 입도 늘었나 봐!"

"……큽, 곰, 죽은 거, 같아."

"얼굴 이쪽으로 돌려 볼래?"

◆◆◆

기간트 브룸베어가 출현하면서 주변에서 마물이 사라졌다. 그래서 보스가 사망하면 다른 잡몹도 사망하는지 알 수 없었다.

확인하지 않으면 단정하기 어렵지만, 시스템을 생각하면 죽지 않았을 것이다.

"그런데 이 소생 아이템, 어떻게 쓰는 거지? 갖다 대면 되나?"

자그레우스의 심장은 아티팩트가 아니라서 사용 방법을 알려 주지 않았다.

일단 인벤토리에서 꺼낸 자그레우스의 심장을 기간트 브룸베어에게 들이대 봤다.

그러자 손아귀의 심장이 녹아내리며 브룸베어에게 스며들 듯 사라졌다. 『진안』으로 보는 광경으로도 곰에게 LP의 빛이 돌아왔고 머리를 흔들며 비척비척 일어났다.

"—사망 상태에서 복귀하고 바로 움직일 수 있나."

"의식은 어떨까? 끊어지지 않고 이어지나?"

"권속들은 사망했을 때 의식이 없다고 하니까 자다가 깨어난 느낌 아니야?"

소생한 기간트 브룸베어는 라일라를 확인하자마자 뒷걸음치더니 잽싸게 몸을 돌려 도망쳤다.

"사람을 보고 도망치다니, 예의가 없네."

"INT가 낮아도 자기를 죽인 상대는 알아보나. 일단 쫓아가 보자. 보스 구역까지 갈지도 몰라."

기간트 브룸베어는 쏜살같이 왔던 길로 도망치고 있었다.

그리고 로브를 입은 두 사람이 습원에 물 한 방울 안 튀기며 그것을 쫓았다.

이런 장면을 플레이어가 보면 최소한 괴담이 만들어지겠지만, 다행히 주변에 MP를 가진 생물은 없었다.

이 습원의 사슴이나 슬라임 서식지가 외곽에 집중된 것은 역시 보스인 곰을 경계하는 탓인 듯했다.

곧 땅에 물기가 적어지고 식물도 적은 구역에 들어섰다.

자그마한 언덕 같은 곳이었다.

기간트 브룸베어는 보금자리로 생각되는 언덕의 굴 앞까지 가서는 두 사람을 돌아보고 몸을 움츠려 낮게 으르렁거렸다.

"『이블 스마이트』."

"어? 왜 또 죽여?"

"다양하게 실험하고 싶어서. 에잇!"

곰이 마법 공격으로 사망한 뒤 레아는 자그레우스의 심장을 들고, 던졌다.

힘껏 던지지 않아도 마왕의 근력으로 날아간 보석은 곰의 살가죽을 뚫고 들어갔다. 관통하지는 않았지만, 꽤 깊숙이 박힌 모양이었다.

"……살아나지 않네. 원거리에서는 안 되나."

"쿨타임도 있을지 몰라."

"아, 그렇구나."

곰 사체에 다가가서 이번에는 평범하게 손에 쥔 채 접촉했다.

하지만 아무런 반응도 일어나지 않았다.

"역시 쿨타임인가. 자, 라일라도 해 봐."

"오케이. ……안 되네. 쿨타임은 우리, 사용자가 아니라 사용되는 쪽에 설정된 시간 같아."

"얼마나 걸릴까. 예를 들어 던전의 지배자가 아닌 평범한 NPC일 경우, 쿨타임이 한 시간 이상이면 그사이에 영혼이 어딘가로 날아가 버리지?"

"그러네. 그게 맞으면 평범한 NPC는 짧은 시간 내에 두 번 죽으면 소생 불가인가."

평범한 NPC가 짧은 시간 내에 두 번 죽는 상황은 상상하기 어렵지만, 충분히 가능한 이야기였다.

"일단 기다려 보자. 시간은 아깝지만, 검증할 가치는 있어."

그밖에도 이 곰으로 해 보고 싶은 실험이 산더미처럼 많았다.

그 뒤로 얼마간 라일라가 자그레우스의 심장으로 곰 사체를 쿡쿡 찌르는 것을 바라보며 잡담을 나누었다.

기다리는 동안 확인하자 레아의 『신성 마법』 트리에 『부활』이 나와 있었다. 블랑의 예상이 맞은 것이다.

하지만 습득에 드는 경험치가 만만치 않았다.

레아에게는 부담스러운 양도 아니었다. 전에 배운 『현명한 자는 감정의 주인이 되고 어리석은 자는 노예가 된다』보다 싸지만, 일반적인 플레이어라면 망설일 수밖에 없는 비용이었다.

물론 레아는 배웠다.

곧 라일라가 쥔 자그레우스의 심장이 사라지고 기간트 브룸베어가 눈을 떴다.

"아, 소생했다. 어디 보자, 약 한 시간인가. 애매한 시간이네. 쿨타임이 끝나자마자 쓰면 아슬아슬하게 가능하려나?"

"쿨타임은 이전 소생부터 시작될 테니까 두 번째 죽음이 늦을수록 기회는 늘어날 거야."

불쌍한 곰은 완전히 겁에 질려 살아난 동시에 굴 안쪽까지 도망쳐 부들부들 떨고 있었다.

그 브룸베어가 떠난 자리에는 자그레우스의 심장이 하나 남아 있었다. 아까 레아가 던진 보석일 것이다. 소생하면서 체내에 파묻힌 것이 배출됐나 보다.

"착하지, 착해. 괜찮아, 안심해도 돼. 너무 아프게 하지는 않을 거고, 죽어도 한 시간 뒤에는 살려 줄 테니까."

"그 말을 듣고 어떻게 안심해? 그나저나 라일라는 『부활』 생겼어?"

"생겼어. 그리고 배웠어."

"그럼 다음은 소생 아이템과 이 『부활』의 쿨타임이 중복되는지 검증하자."

"들었지! 이리 온, 곰돌아~."

"그런다고 나올 리 없잖아. ―여기 봐, 여기."

"……뭐 하는 거야?"

기간트 브룸베어는 아마 공복을 못 견디고 보스 구역에서 나와 먹이를 찾고 있었을 것이다.

레아는 인벤토리에서 언제 얻었는지 모를 날고기를 꺼내서 굴 앞에 뒀다.

"……가끔 바보 같은 짓 하더라."

"바보 같은 짓 아니야. 그리고 라일라가 할 소리도 아니야."

왠지 나올 기미가 없는 곰에게 인내심이 바닥난 레아는 결국 『가열』로 굴을 불가마로 만들었다.

검증 결과, 자그레우스의 심장과 『부활』 쿨타임은 별개로 작동하며, 한쪽의 쿨타임 도중에 다른 쪽을 사용할 수 있었다.

즉, 소생 수단이 여러 가지면 짧은 시간 안에 두 번 죽어도 바로 되살릴 수 있다.

더 나아가 『부활』은 마법이라서 쿨타임이 아니라 정확히는 재사용 대기 시간이다. 이건 당연히 마법을 발동한 본인에게 발생하며 『부활』을 사용하는 캐릭터가 많으면 대상은 몇 번 죽어도 문제없다. 그 시간은 5분으로 아이템에 비해 꽤 짧지만, 마법 재사용 대기 시간으로는 긴 편에 속했다. 하지만 영혼이 흩어지네 마네 하는 문제는 신경 쓰지 않아도 될 것 같았다.

"그럼 다음."

곰은 이미 모든 것을 체념한 듯 생기 없는 눈으로 허공을 바라보고 있었다.

처음 만났을 때의 그 활기 넘치고 씩씩한 모습은 온데간데없었다.

"아직 뭐가 남았어?"

"예행연습. 이 곰처럼 내 권속이 아닌 캐릭터한테 현자의 돌을 줘도 전생하는지 궁금해서."

"아, 그러네. 그건 중요하지."

인벤토리에서 현자의 돌을 꺼내 곰 앞에 뒀다.

방금 꺼낸 고기는 이미 곰의 뱃속에 있었다.

도통 먹으려고 하지 않는 곰에게 짜증 난 기색을 내비치자 허겁지겁 주워 먹었다.

이번 현자의 돌도 냉큼 주워 먹었다. 그렇게 쓰는 물건이 아니지만, 현자의 돌은 아이템을 사용한다는 생각으로 접촉하면 발동한다.

기간트 브룸베어는 한순간 눈을 크게 뜨더니 눈부신 빛에 휩싸였다. 『마안』에는 주위에서 마나가 모이고 브룸베어를 감싸는 광경이 보였다.

"오오! 대단해! 주변의 마나를 모아서 에너지로 쓰는구나!"

라일라가 곰을 관찰하면서 말했다.

"보여?"

"응. 『사안』 트리에 『마안』이 나왔거든. 그래도 레아처럼 눈빛으로 죽이는 묘기는 못 부리지만. 염가판, 기능 제한 버전에 가깝나?"

눈을 떠 보자 라일라도 레아처럼 좌우 눈 색이 달랐다. 단, 레아와는 좌우 색이 반대였다. 언제부터 바뀐 걸까.

게다가 레아는 지금 한쪽 눈이 『마안』, 한쪽 눈이 『사안』이지만, 라일라는 방금 두 눈으로 사안을 사용했다. 레아가 『사안』으로 여러 상태 이상을 부여하지 못한 이유는 한쪽 눈만 『사안』이기 때문이라고 생각했는데. 이건 어떻게 된 일일까.

"레아도 눈빛으로 죽일 때 두 눈을 뜨잖아? 어디까지나 기본 베이스는 『마안』이야. 한쪽 눈 색이 변한 건 업데이트됐다고 알려 주는 의미밖에 없지 않을까. 내 경우는— 이미 말했지만, 여섯 개의 눈 중에서 절반이 빨갛게 변했어."

라일라가 눈을 늘렸을 거라고 예상했기에 놀라진 않았다.

그럼 레아가 한 가지 상태 이상밖에 부여할 수 없는 이유는 눈의 개수 문제가 아니라 라일라 말대로 기능이 제한됐을 뿐이리라.

그렇게 말을 나누는 사이 어느새 기간트 브룸베어는 더욱 커져 기간트 판터 베어로 전생이 완료됐다.

"……표범 곰? 표범 무늬기는 한데."

"브룸베어가 4호를 돌격용으로 개조한 전차니까 5호라는 뜻 아닐까?"

"무슨 이야기야?"

"아무것도 아니야. 그럼 이 다음은 호피 무늬로 변하나."

"형식 번호는 5호와 6호지만, 이름이 붙은 건 호랑이 쪽이 먼저 아니었나."

"알고 있잖아!"

몸 크기뿐 아니라 능력치도 그만큼 상승했을 것이다.

『감정』으로 들여다보자 생각 이상으로 능력치가 올랐다. 특히 MND가 의외의 성장세를 보였다. 어쩌면 이 몇 시간의 경험이 영향을 미쳤는지도 모른다.

STR와 VIT도 성장폭이 높지만, 그 이상으로 AGI의 성장이 두드러졌다. 무늬만 표범은 아닌가 보다.

이 수치라면 아마 이곳의 플레이어들은 더 이상 도망칠 수 없을 것이다.

예의 전능감이라도 느끼는지, 곰은 여유만만하게 일어나서 거만한 태도로 레아를 내려다봤다.

“역시 NPC한테도 일어나는 현상이구나. 네 주제를 알아. 『자실』, 공—.”

“아, 잠깐. 뭔가 다가와. 이건 플레이어인가?”

듣고 보니 『마안』으로 보이는 범위에 플레이어 같은 MP 반응이 여러 개 다가오고 있었다.

라일라는 이미 『마안』 시야에 익숙해진 모양이었다. 그렇다면 이 던전에 들어온 뒤로 쭉 주위의 MP가 보였다는 말이다. 레아가 일일이 적을 찾아서 알려 준 것은 헛수고였다. 진작 말할 것이지.

“……플레이어가 다가온다면 플레이어와 놀아 주는 게 재미있겠지?”

『자실』로 의식이 혼탁해지는 것은 한순간이다. 실제로는 정신을 차리거나 다시 행동할 때까지 몇 초 시간이 걸리는 경우가 많지만, 곰은 이미 정신을 되찾았다.

단, 레아에게 뭔가를 당했다는 사실은 이해했는지, 지금까지의 공포를 되새긴 것처럼 또 위축되고 말았다. 『공포』까지는 걸지 않았는데 셀프 공포 상태였다.

“곰돌아, 슬슬 너한테도 보여? 저기 인간이 많이 있지? 저건 먹어도 돼.”

이 정도 INT로 언어를 이해할지 의문이지만, 몸짓이나 분위기로 라일라가 하고 싶은 말을 알아차렸는지, 다시 일어나서 플레이어들이 오는 쪽을 바라봤다.

“여기에 계속 있으면 아까 라일라가 고생해서 한 연기가 헛수고가 되나.”

“딱히 상관없어. 어차피 대충 얼버무린 거니까. 중요한 건 플레이어가 NPC라고 생각하느냐지, 동생의 눈 치료는 믿거나 말거나야."

◆◆◆

"뭐야, 누가 먼저 와 있나? 보스 앞에 사람이 있어."

이 습원 던전의 보스는 거대한 회색곰이다.

주기적으로, 배가 고플 때마다 보스 구역 밖까지 나타나 근처의 잡몹이나 플레이어를 공격하는 습성이 있다.

플레이어를 공격할 경우에는 시체가 사라져서 바로 다음 희생자를 찾지만, 잡몹인 사슴이나 채집하러 온 NPC 따위를 사냥한 경우, 그대로 고기로 배를 채우고 돌아가서 잔다.

그리고 이 회색곰은 잠든 상태라면 손이 닿을 만큼 가까운 곳까지 접근할 수 있다.

본래 초보자는 어찌할 수 없을 만큼 강한 몬스터지만, 사람을 모아서 가능한 버프를 몽땅 걸어 일제히 머리를 공격하면 곰이 눈 뜨기 전에 빈사 상태로 몰아넣을 수 있다.

자넷 파티는 그 방법으로 몇 번이나 이 보스를 퇴치했다.

처음에는 사람을 모아서 수십 명 규모로 했지만, 이 방법은 저난이도 던전에서 큰 경험치를 얻기 쉬워서 많은 멤버는 이미 다음 단계로 넘어가 사냥터를 옮겼다.

그래도 인원이 줄어들면 개개인의 부담이 느는 반면, 획득 경험치도 늘어난다. 그 경험치로 대미지를 높이면 줄어든 인원의 몫을 보충할 수 있다.

그런 이유로 자넷 파티는 네 명만 남은 지금도 이 사냥을 계속했다. 사실 네 명만으로는 일격에 해치울 수 없지만, LP가 얼마 남지 않은 상태라면 정면에서 붙어도 큰 피해가 나오기 전에 결판이 났다.

그런 행동을 몇 번이고 반복하면 당연히 보스도 경계해서 잠들지 않거나 잠자리를 옮긴다.

하지만 이 회색곰은 잠시 경계하더라도 금방 금붕어처럼 까먹고 원래 루틴대로 이 굴 앞에서 입을 떡 벌린 채 잠들었다.

최근 며칠은 천사라는 징그러운 잡몹이 정기적으로 찾아오는 이벤트 때문에 곰 사냥을 하지 못했다.

하지만 SNS의 이벤트 메인 스레드에서 많은 플레이어가 종식 선언을 한 덕분에 사냥을 재개한 것이다.

"딱히 숨긴 적도 없으니까 따라 하는 초보자가 있어도 이상할 건 없지. 그래도 저거 두 명 아니야? 게다가 플레이어가 좀 작은데. 마른 체형의 드워프 2인조인가?"

잠시 곰 사냥을 쉬었던 탓에 지금 거대 곰의 행동 패턴이 어느 단계인지 알 수 없었다.

그래서 기회를 엿봤는데, 초보자 파티가 시간이 됐다며 도망치는 것을 보고 타이밍을 파악했다.

그 시간이란 틀림없이 거대 곰의 식사 시간이다.

잠시 시간을 두면 곰은 자러 간다.

그렇게 생각해서 곰을 암살하러 온 것이었다.

"—앨리슨, 잘 봐! 플레이어가 작은 게 아니라 곰이 커졌어! 어떻게 된 거야!"

"조용히 해, 마가렛. 곰도 잠들지 않은 것 같아……."

"앗. 미안, 자넷 언니……."

"……그런데 무늬도 다르지 않아? 저런 화려한 무늬가 있었나?"

엘리자베스 말대로 곰은 왠지 표범 무늬로 변해 있었다.

온통 초록색 배경에 흰색이나 분홍색 꽃이 여기저기 핀 이 습원에서 저 표범 무늬는 몹시 눈에 띄었다.

"그런데 저 플레이어들을 공격하는 분위기도 아니야……."

"무슨 이벤트 중인가? 이 근처는 난이도에 비해 사람이 많지만, 그런 이벤트가 있다는 이야기는 못 들었는데……."

뭐가 됐든 곰이 일어나 있다면 기습은 실패다.

원래는 빨리 내빼는 것이 올바른 대응이다.

하지만 공격당하지 않는 플레이어가 있고, 무슨 이벤트가 진행되는 중이라면 편승하고 싶다는 욕심 때문에 판단을 그르쳤다.

이 게임에서 이벤트는 플레이어 개개마다 일어나지 않는다. 어디까지나 게임 세계 안의 유일무이한 사건으로 발생한다.

개입 방법이나 타이밍에 따라서는 이벤트 발동자와 똑같이 보수를 받기도 한다.

자넷 파티는 가능하면 편하게 경험치를 벌고 싶어서 효율적 사냥을 추구하지만, 그렇다고 특수한 이벤트에 관심이 없지는 않았다.

〈……무슨 이벤트일지도 모르니까 말을 걸어 볼게.〉

〈만약 위험해져도 공식 이벤트 중이니까 괜찮겠지. 사망 페널티가 거의 없으니까.〉

〈자넷 언니한테 맡길게.〉

〈나도~.〉

앨리슨, 마가렛, 엘리자베스의 동의를 얻고 자넷은 흑백 로브를 머리부터 뒤집어쓴 수상한 2인조에게 말을 걸었다.

"안녕. 저기, 그 곰 말인데, 왜 너희를 공격하지 않아? 그거 보스 몬스터지? 무슨 이벤트야?"

그러자 그 흑백 로브는 서로를 돌아보고는 자넷에게 되물었다.

"이벤……트? 그게 뭐지? 너희…… 이방인들의 방언인가?"

"……이벤트 정도는 알잖아. 행사나 축제라는 뜻이야."

"……그건 알지. 다만, 어딜 봐서 이게 행사처럼 보이는지 이해할 수 없으니까 무슨 은어인가 싶어서 물어본 거야."

수상한 2인조는 왠지 친근한 분위기로 말다툼을 시작했다.

얼굴은 보이지 않지만 목소리가 비슷하고, 키는 달라도 분위기가 닮았다. 혈연 관계일까.

〈아차차, NPC인가 봐.〉

〈왜 NPC가 이런 곳에? 대놓고 수상한데.〉

〈플레이어라면 저 복장도 이해할 수 있지만, NPC라면 조금 이상하지 않아?〉

〈설마 이벤트를 일으킨 건 우리?〉

그녀들 — 목소리는 여성이 틀림없었다 — 이 NPC라면 이벤트는 현재 진행 중이며, 그곳에 있는 플레이어는 자신들밖에 없었다.

아주 조금, 가슴 설레는 흥분과 식은땀이 흐르는 긴장감을 느꼈다.

"뭐든 어때. 너희 이야기에도 별 관심은 없어. 우리는 그저 실험 성과를 보고 싶을 뿐이야. 이곳에 왔다는 건 너희는 평소에도 이 곰

과 싸우는 자들이겠지? 그렇다면 곰돌이의 성능을 확인하기에 안성맞춤이겠어."

"……수인 여자 4인조인가. 아니, 아무것도 아니야. 그럼 곰돌아, 날뛰고 싶으면 저 사람들하고 놀아보렴. ……나를 실망시키지는 마."

흰색 로브의 말에 표범 무늬 곰이 흠칫하더니 하늘로 포효했다.

소리의 홍수가 자넷 파티를 덮쳤다.

《저항에 실패했습니다.》

몸이 경직되어 움직이지 않았다.

그건 단순한 포효가 아니라 어떤 스킬이 실린 행동이었다.

몸이 굳은 시간은 불과 몇 초였지만, 전투 중에 이런 일이 벌어지면 무방비한 상태에서 공격을 받게 된다.

하지만 다행히 표범곰은 그 틈에 공격하지 않았다.

흑백 로브의 눈치를 살피고 있었다.

"……? 뭘 하는—. 아아, 우리는 신경 쓰지 않아도 돼. 너희 수준의 전투에서 불똥이 튄다고 다칠 만큼 약하지 않아. 걱정하지 마."

아무래도 흑백 로브에게 영향이 갈까 봐 망설인 모양이었다.

〈보스 곰은 저 흑백 로브한테 완전히 복종했나 봐.〉

〈저거 100퍼센트 위험한 녀석들이야! 곰도 척 보니까 전보다 강해진 것 같아!〉

〈진화라도 했나? 아무리 봐도 이 로브들의 소행이지?〉

〈실험 결과라고 했으니까 틀림없어. 이거 우리만 봐도 될 이벤트야?!〉

다행히 지금 대화를 나누는 사이에 경직도 풀렸다. 하지만 그 흑백 로브의 말투로 보아 도망치게 봐줄 것 같지는 않았다.

되든 안 되든 싸울 수밖에 없다.

"온다!『고무(鼓舞)』!"

"『단단해져라~』!"

"『도발』!"

"『스파이럴 애로』!"

우선 자넷이 스킬로 전원의 공격력을 높이고 엘리자베스가 부여 마법으로 탱커인 마가렛의 방어력을 높였다.

그것을 확인한 마가렛이 타깃의 적개심을 부추기고, 적이 마가렛을 표적으로 정했을 때 공격을 시작했다. 첫 공격은 활이 주무기인 앨리슨의 역할이었다.

최근에는 천사를 상대로 난전밖에 하지 않았고, 그전에는 잠든 곰을 일방적으로 공격할 뿐이었지만, 일단 파티의 기본 전술은 확립되어 있었다.

마가렛의『도발』은 저항하지 못한 모양이었다. 이 스킬은 발동자의 STR와 VIT 합계로, 대상은 MND 수치로 저항 판정이 이루어진다.

두 능력치의 영향을 받는 만큼 기본적으로 발동자에게 유리한 스킬이었다. 모든 능력치가 동일하다면 단순 계산으로 능력치 차이가 두 배라도 적개심을 끌어올 수 있다.

표범곰은 일직선으로 마가렛을 향해 달렸다. 그 이마에 앨리슨이 날린 화살이 나선을 그리며 꽂혔다.

『스파이럴 애로』는 화살이 회전하면서 날아가는 관통형 스킬이 아니라, 알 수 없는 힘으로 나선 궤도를 그리며 날아가는 파괴력 중시 액티브 스킬이었다.

잠든 보스 곰이 깨기 전에 죽인다는 플레이 스타일 때문에 정밀성이나 보조 효과보다 오로지 화력이 높은 스킬을 의식적으로 배운 것이다.

하지만 평소에는 두개골을 뚫고 크리티컬 대미지를 줬을 일격이 잠시 곰의 이마에서 나선을 그리더니 곧 맥없이 땅에 떨어졌다.

“뭐야! 안 통해?!”

“화살을 바꿔! 아깝지만 마철 화살로!”

마철은 얼핏 철과 비슷하지만, 마력 전도성이 좋다는 매지컬 금속이었다. 이 게임에서는 마력 전도성에 따라서 인챈트 효과가 달라진다.

이 마철 화살촉에는 구입한 시점부터 공격력을 높이는 영구 인챈트가 걸려 있었고 그만큼 비쌌지만, 찬물 더운물 가릴 때가 아니다.

설령 이 표범곰을 해치우지 못하고 전멸하더라도 전혀 대미지를 주지 못하면 싸운 의미가 없다.

이벤트 중이라서 그냥 죽는 편이 싸게 먹힌다 한들 자넷은 최대한 저항할 생각이었다.

이건 아마 아무도 보지 못한 특수한 이벤트.

가급적 많은 정보를 얻어 미래로 이어가고 싶었다.

“『비스트 소울』! 『노 가드』! 『랜스 차지』!”

자넷은 계속해서 마가렛에게 돌진하는 표범곰의 목을 노리고 손에 쥔 검을 내질렀다.

자기 강화 버프를 중첩한 공격이었다.

『비스트 소울』은 수인 종족만 배울 수 있는 종족 스킬로, 일시적으로 자신의 VIT 수치를 STR와 AGI에 보탤 수 있는 강력한 자기 강화 스킬이다. 지속 시간은 30초지만, 하루에 세 번까지 발동할 수 있다. 이 스킬 자체는 중첩해서 발동하지 않지만, 다른 스킬은 발동할 수 있으므로 조합에 따라서 큰 힘을 발휘한다.

『노 가드』는 이름 그대로 방어를 버리고 공격력을 높이는 스킬이다. 구체적으로는 다음에 받는 대미지가 배로 늘어난다. 위험하기 짝이 없는 패널티지만, 그 패널티도 머리를 쓰면 피할 방법이 있다.

그 방법이 『랜스 차지』다. 이건 본래 『창술』 액티브 스킬인데, 찌르기 공격이 가능한 무기라면 뭐든 발동할 수 있다. 공격이 상대에게 명중했을 때 반동으로 대미지를 받는다는 패널티가 있지만, 일부러 이 대미지를 받아서 직전에 발동한 『노 가드』의 패널티를 조절하는 것이다.

근접 어태커의 찌르기 공격으로는 기본적인 콤보지만, 그 효과는 막강하다.

자넷의 칼끝이 표범곰의 목에 박혀 선혈이 튀었다.

생각보다 깊이 박히지 않았지만, 앨리슨의 화살이 통하지 않은 것을 보아 방어력도 꽤 올랐을 테니까 어쩔 수 없었다.

거기로 앨리슨의 두 번째 화살이 날아들었다.

마철 화살은 표범곰의 왼쪽 눈에 직격해 일시적으로 왼쪽 시야를 빼앗았다.

이것도 스킬을 실은 필살의 일격이었지만, 그 이상은 파고들지 못했다.

예전의 곰이라면 안구를 관통해 크리티컬 대미지가 들어갔을 텐데 이번에는 눈 하나만 다치고 끝이었다.

현시점에서는 눈이 완전히 망가졌는지도 의문이었다. 하지만 노대미지보다는 나았다.

돌진하는 표범곰은 왼쪽 눈을 공격당해 한순간 움츠러들었으나, 바로 정신을 차리고 무언가에 떠밀린 듯 마가렛에게 공격을 감행했다.

"『램파트』!"

마가렛이 방패를 들고 스킬을 발동해 표범곰의 돌진을 버텼—다고 생각했지만, 버티지 못하고 튕겨 날아갔다.

마가렛은 허공으로 날아올라 나뭇잎처럼 핑핑 돌며 추락했다.

"마가렛!"

쓰러진 마가렛은 움직이지 않았다.

〈……미안, 못 움직이겠어. 스턴 상태 같아. 그리고 LP가 레드존이야. 이거 가망 없겠는데?〉

목소리도 나오지 않나 보다.

그런 마가렛을 향해서 엘리자베스가『회복 마법』을 사용했다.

그대로 마가렛에게 공격을 계속하면 끝났겠지만, 마가렛이 기절하여 적개심이 약해졌는지, 표범곰은 다음으로『회복 마법』을 쓴 엘리자베스를 노려봤다.

"이 녀석이!『슬래시』!"

자넷은 표범곰의 관심을 자신에게 돌리면서 발을 걸어 넘어뜨릴 겸 뒷다리에 스킬을 날렸다.

하지만 그것만으로는 강인한 털가죽을 뚫지 못했고, 털이 몇 가닥

날릴 뿐이었다.

"뭐가 이렇게 단단해!"

방금도 『비스트 소울』, 『노 가드』, 『랜스 차지』 콤보로 겨우 목에 상처를 냈다. 『검술』의 초기 액티브 스킬만으로는 거의 대미지를 줄 수 없었다.

〈생각보다 더 힘드네. 강제 패배 이벤트인가?〉

〈잠깐, 방금 화살이 맞은 왼쪽 눈을 봐……. 평범하게 뜨고 있지 않아?〉

〈……피로 빨갛게 물들기는 했어도 상처가 안 보여.〉

〈저 화살 비싼 건데!〉

〈나도 곧 일어날 순 있겠는데, 일어나서 뭘 어떻게 해야 해?〉

손쓸 방도가 없다.

자넷의 공격으로도 대미지를 거의 줄 수 없고, 앨리슨의 화살도 마찬가지였다.

탱커인 마가렛은 단 한 방에 빈사 상태고, 엘리자베스는 마법사지만 공격 마법이 별로 없었다.

"오오! 곰돌이도 제법인데! 상대방, 아, 이방인들은 생각보다 실력이 없었지만, 이 정도로 압도한다면 충분해."

"그래. 목을 찌른 공격이 저들에겐 혼신의 일격인가? 그에 비해 이쪽은 돌진만으로 저 방패 전사를 기절시켰어. 원래 저들과 비등한 싸움을 했었다면 이건 성공적인 전생이야."

흑백 로브들이 흡족한 반응을 보이자 표범곰이 일어나서 안도한 것처럼 그쪽을 봤다.

자넷 파티 따위 안중에도 없었다.

평소라면 조금이라도 피를 흘린 표범곰은 자넷 파티를 절대 용서하지 않았겠지만, 그런 사소한 일보다 흑백 로브의 기분이 중요한 모양이었다.

무섭도록 파워 업한 곰이 이토록 철저하게 굴복하다니, 저 로브들은 대체 어떤 존재일까?

〈……저거 암약하는 악당 캐릭터인가?〉

〈각지의 보스를 이 정도로 강화하면 난감한데.〉

〈설마 그러기야 하겠냐마는, 만약 그럴 생각이면 우리로선 속수무책이지 않아?〉

마가렛이 스턴에서 회복되어 살금살금 전투 자세를 잡았다.

표범곰도 로브 괴인들도 눈치는 챘겠지만, 주의를 기울이지 않았다.

"어라? 잠깐만, 곰돌이 강화가 목적이 아니었잖아?"

"아, 그랬지. 일단 이 습원에서 확인하고 싶은 건 다 했어. 다음 목적지로 가자."

"그래. 그럼 아가씨들, 곰돌이랑 잘 놀아줘."

흑백 로브는 그 말만 남기고 태평한 발걸음으로 떠났다.

하지만 분명히 보고 있었을 텐데 거리가 멀어지자 그 뒷모습이 귀신처럼 사라졌다.

무심결에 눈을 비비고 다시 봤지만, 어디를 봐도 로브는 보이지 않았다. 남은 세 세람도 똑같은 반응이니까 자넷의 눈이 이상한 건 아닌 모양이었다.

돌아보니 표범곰은 계속 코를 킁킁대고 있었다. 냄새는 남아 있는 것일까.

그래도 눈에 보이지 않는다는 사실은 변함없었다.

잠시 후 표범곰도 벌렁거리던 코를 멈추고 진이 빠진 것처럼 주저앉았다.

"……생각 이상으로 위험한 녀석들이었어."

"……SNS에 아무 정보도 없다면 우리가 첫 번째 조우자가 되나?"

"……힐루스나 오랄은 소란스럽지만, 솔직히 페아레는 평화로움을 넘어 따분했으니까 사건이 일어나서 살짝 기쁘기도 해."

"……그건 진짜 공감. 근데 만약 도시로 갔으면…… 괜찮으려나? 경고라도 해야 하지 않아?"

"그럴지도 모르지만……."

"일단 이 상황부터 어떻게 해야지……."

눈앞에서는 표범곰도 정신을 차리고 자넷 파티를 노려보고 있었다.

◆◆◆

"멋있게 『소환』으로 사라지면 좋았을 텐데."

"그러면 기껏 여기까지 왔는데 돌아가야 하잖아."

"아니, 『위장』으로 사라져도 정말로 사라진 건 아니니까. 곰도 냄새를 맡았잖아. 뭐, 다른 방법이 없으니까 포기했지만."

레아와 라일라는 보스 구역에서 벗어나 키퍼로 걸어가고 있었다.

모처럼의 기회니까 도보 여행도 포기하지 않았다. 아직 던전을 하나 들여다봤을 뿐이었다.

그곳은 일단 『소환』으로 벗어나고, 다시 리플레에서 전이 서비스로 이 던전 입구로 돌아와도 됐겠지만, 이미 암약하는 악당 연기를 한 직후였다. 플레이어 같은 행동을 타인에게 보이고 싶지 않았다.

우선 하고 싶었던 검증은 대강 끝냈다.

『부활』 습득, 그리고 현자의 돌 사용이었다.

『부활』 습득 조건은 블랑의 추측대로 아이템이라도 상관없으니까 일단 누군가를 한 번 소생시키는 것이었다.

그렇다면 지금까지 플레이어 중에 『부활』을 배운 사람이 없는 이유는 운영진이 제한했기 때문이라고 할 수 있겠다.

『부활』 습득에 필요한 자그레우스의 심장은 대천사를 해치우는 것 말고 입수 방법이 없기 때문이다.

"라일라 말대로 대천사 토벌전이 뜻하지 않게 앞당겨졌다면 이 『부활』도 원래 더 늦게 얻어야 하는 스킬이었을까."

"어쩌면 이벤트 참가 특전으로 소생 아이템을 내놓을 생각이었는지도 모르지."

어쨌든 지금은 누구라도 대천사와 싸울 수 있다.

그리고 승리하면 이 소생 아이템도 손에 들어온다.

"지금이라면 얼마든지 대천사를 사냥할 수 있고, 심장도 무한히 얻을 수 있어. 앞으로는 『부활』을 쓰는 플레이어 파티가 나타날지도 모르겠네."

"그러게, 라고 할 줄 알았어? 그럴 리가 없잖아. 그건 그렇게 쉽게 이길 수 없어. 어제 그 100명 이상의 플레이어가 마지막에 몇 명 파티가 되어 결국 어떻게 됐는지는 몰라도 보나 마나 실패했겠지."

대천사는 레아가 아는 한 현재 가장 강한 이벤트 보스고, 그건 다소 약화됐다고 해도 변함이 없었다.

정공법으로 안정적인 사냥이 가능해지려면 아직은 시간이 필요하다.

게다가 30명 레이드 파티로 퇴치하더라도 입수하는 심장은 하나뿐이다.

모두 하나씩 가지려면 레이드를 30번 돌아야 한다.

"그보다 앞으로의 계획 말인데, 이대로 걸어서 키퍼에 가면 구경만 할 거야? 아니면 뭐라도 해?"

뭐라도 하냐니, 뭘 말인가. 사람을 위험한 테러리스트처럼 보지 말았으면 좋겠다.

"적당한 가게에 가서 상인이든 기술공이든 좋으니까 도시 NPC를 몇 명 권속으로 만들고 싶어. 필요할 때 이동할 쇼트커트용으로. 게다가 거긴 포털이니까 플레이어에게 수상한 움직임이 없는지 파악하고 싶어."

"나도 몇 명 부하를 만들어 둘까. 수인 부하가 없기도 하고."

"그럴 목적이면 지금까지 하던 대로 NPC 여행자인 척 도시를 돌아볼까. 그래도……."

"그래도, 뭐?"

"아니, NPC 여행자가 짐보따리 하나 없는 건 너무 수상하지 않아?"

"아…… 그래도 괜찮지 않을까? 그냥 수상한 NPC 노선으로 가자. 방금 그 플레이어들의 반응, 조금 짜릿했어. 수상한 로브가 사실은 정체를 숨긴 악당이라는 게 왠지 좋아. 새하얀 로브와 새까만 로브라는 것도 그럴싸하고."

그 심정은 이해한다.

"한 명 더, 수상한 빨간 로브도 있어."

수상한 빨간 로브는 지금쯤 셰이프에서 암약 중일 것이다. 크게 보면 하는 일은 두 사람과 다를 바 없다.

◆◆◆

그렇게 페아레의 포털 도시, 키퍼에 당도했다.

〈그럭저럭 활기가 도네. 우리 펠리치타나 레아네 리플레 정도는 아니지만.〉

〈도시 규모로 봐도 사람이 많은 편이야. 이게 전부 플레이어는 아닐 테고, 플레이어 인구에 이끌려 찾아온 NPC도 있겠지.〉

친구 채팅으로 적당히 잡담을 나누며 도시의 큰길을 걸었다.

몰래 머릿속으로 대화를 나누는 상황도 실로 암약한다는 느낌을 줘서 가슴이 두근거리지만, 게임에 갖춰진 기본 시스템이라서 마음만 먹으면 누구든 할 수 있다.

도시를 걷는 검은 로브와 흰 로브 2인조는 수상하지만, 생각보다 주목받지는 않았다.

〈눈에 띄지 않으면 좋지. 느긋하게 여행을 즐기자.〉

〈눈에 띄지 않는 게 아니라, 눈에 띄어도 신경 쓰지 않는 거 아니야?〉

가끔 두 사람을 힐끔 보는 수인도 있지만, 계속 관심을 두지는 않았다. 이상한 녀석이 돌아다니지만, 이 도시에서는 일상다반사라고 말하는 것처럼.

최근 플레이어가 늘어나서 이상한 복장의 캐릭터에 익숙해졌나 보다.

〈도시 상황은 대강 알았으니까 이제 불쌍한 피해자를 찾아볼까.〉

〈불쌍한 피해자? 행복한 협력자겠지. 게임 서비스가 계속되는 한 영생을 약속받잖아.〉

〈……그게 행복인지 아닌지는 사람에 따라서 다르지 않을까.〉

"아!"

"응?"

큰 상점을 찾아 돌아다니는데 큰길에 면한 노른자 땅에 멋진 여관이 서 있었다.

별생각 없이 바라보는데 마침 그곳에서 나온 수인이 갑자기 손가락질하며 외쳤다.

"아, 악당!"

"다짜고짜 무례하네. 누구야, 너는—."

〈아, 이 애, 아까 만난 애야.〉

〈……곰이랑 놀던 플레이어인가. 이 타이밍에 이미 여기 있다면 그 후에 바로 죽었나.〉

그리고 이 여관이 리스본 지점인가 보다.

설마 이 넓은 도시에서 이 짧은 시간 만에 재회할 줄은 몰랐다.

하지만 플레이어가 이 도시를 거점으로 쓴다면 당연히 여관에 머물 테고, 도시 외부 인간이 주 고객인 여관이라면 큰길에 있어도 이상하지 않다.

“동생 대신 사과할게. 너는 아까 습원에 있던 이방인이지? 표범곰과는 잘 놀았어? 혼자야? 다른 친구들은 어쩌고?”

“뭐?! 기, 기억해?! 우리를!”

“그야 방금 만났는데 잊을 리가 없지. 바보 취급하는 거야?”

“……이벤트 NPC인데…….”

수인 플레이어가 중얼거린 말이 강화한 청각에 들어왔다.

〈아, 이건 그건가? 암약하는 악당 NPC가 기억해 줘서 감동한 건가.〉

〈그런가 보네. 단순히 타이밍이 좋아서 기억할 뿐인데, 이런 거에 기뻐할 시간이 있으면 실력으로 게임 세계에 족적을 남겨서 NPC의 기억에 남을 수 있게 노력하지.〉

〈……그래, 레아는 이 대륙 사람들에게 절대로 잊을 수 없는 상처를 남겼지.〉

그래도 아직 표면적으로는 나라를 하나 멸망시켰을 뿐이었다. 대륙 전체에 이름을 새길 정도는 아니었다.

물론 그게 목적은 아니거니와 애초에 이름도 밝히지 않았지만.

“……이 도시에 뭐 하러 왔어! ……요?”

용감한 건지 아닌지 모르겠다. 레아와 라일라가 어떻게 나올지 알 수 없기 때문이리라.

마음만 먹으면 도시째 파괴할 수 있다는 것도 예상하는 모양이었다.

“관광이지. 그냥 돌아보는 것뿐이야.”

"……그런데 너는, 너희는 이 여관에 묵어?"

"그런데, 요?"

"좋은 여관이야?"

"음, 비싼 만큼 방도 서비스도 식사도 꽤 질이 좋아……요."

"그래? 알려 줘서 고마워."

〈이 여관, 쓰게?〉

〈응. 지금까지는 상회나 교회뿐이었는데 여관도 나쁘지 않을 거 같아. 플레이어의 동향을 감시하려면 이보다 더 좋은 곳이 없겠어.〉

라일라는 무심하게 고개를 끄덕이고 거리를 돌아봤다. 그리고 어딘가에서 눈길이 멈췄다.

시선을 좇자 그곳에는 용병 조합이 있었다.

〈아니, 저긴 위험하지. 만약 운영진과 연결되어 있으면 주의 정도로 안 끝날지도 몰라.〉

〈만약이 아니라 십중팔구 연결되어 있어. 그러니까 용병 조합 자체에는 손을 댈 생각 없어. 하지만.〉

라일라는 일단 말을 끊고 용병 조합 쪽으로 걸어갔다.

〈잠깐 저기를 보고 올게. 레아도 사고 치지 마.〉

〈날 뭐로 보고.〉

"어라? 저, 검은 사람은 어디로……?"

"글쎄? 그보다 나를 봐……."

후드를 가볍게 올리고 입을 가린 천을 내렸다.

눈이 부시지만, 참고 두 눈도 떴다.

레아의 얼굴을 보고 놀라는 수인 플레이어와 눈이 맞았다.

“『매료』.”

얼굴을 보여 준 이유는 만약을 위해서였다.

그 정도 곰에게 허무하게 지는 플레이어라면 어차피 저항하지 못하겠지만, 초미형 효과도 실리도록 얼굴을 드러냈다.

『공포』가 아니라 『매료』를 쓴 것도 낮이기 때문이었다. 어둠 속이라면 『공포』가 잘 통하지만, 특성 보너스도 가미하면 『매료』가 더 낫다.

“—! ……!”

수인 플레이어 — 아마 마가렛이라고 불리던 탱커 — 는 몸이 굳고 황홀한 표정으로 레아를 바라봤다.

그래도 정말로 레아의 미모에 매료된 것은 아니었다.

어디까지나 게임의 상태 이상에 걸렸을 뿐이었다.

블랑의 말로는 플레이어라도 『매료』에 걸리면 발동자의 허가 없이는 어떤 행동도 할 수 없다고 한다. 『공포』와 달리 시야는 그대로 유지되나, 정체 모를 반짝임과 핑크색 이펙트가 날아다닌다나 뭐라나. 뭐, 그건 아무래도 좋은 이야기다.

“……『매료』에 걸렸나? 잠깐만 그 자리에 가만히 있어.”

마가렛을 그곳에 남기고 레아는 고급 여관의 문턱을 넘었다.

이곳의 종업원을 전부 지배할 것이다.

그러려면 방금 플레이어는 방해만 된다. 그렇다고 길 한복판에서 죽이면 소동이 벌어져 여관은커녕 길거리도 돌아다닐 수 없다.

그래서 방해하지 못하게 『매료』해서 밖에 고정해 둔 것이다.

죽여도 금방 부활하는 플레이어의 발을 묶으려면 이게 가장 효율적인 방법이 아닐까.

레아가— 이벤트의 흑막 속에서 암약하는 NPC가 여관에 무슨 짓을 했다는 사실은 그 플레이어의 기억에 남지만, 그렇다고 딱히 곤란하지도 않다.

그 플레이어가 이번 사건을 널리 알려 다른 플레이어와 함께 여관에 해코지하면 오히려 그들이 범죄자가 될 뿐이다.

게다가 이곳의 목적은 플레이어 감시였다.

플레이어들이 이 여관을 감시해 주면 수고를 덜 수 있다.

◆◆◆

여관 주인부터 모든 종업원까지 『사역』한 레아는 주방 안쪽에서 가장 젊은 벨걸, 개 수인 소녀와 마주 보고 있었다.

벨걸이라고 불러도 여관 안에서는 그렇게 엄밀한 분업이 이루어지지 않는다. 이 소녀는 하우스키핑이나 웨이트리스도 겸하는 모양이었다. 즉, 말단 직원이다.

"너를 이 여관을 배후에서 조종하는 주인으로 만들려고 해. 가장 젊은 사람인 너라면 영업시간에 혼자 외출해도 심부름이라는 명목이 있으니까 의심받지 않겠지. 어딘가로 외출해서 유용한 NPC가 있으면 『사역』해도 돼."

다른 종족이라면 전생도 시켜주겠지만, 수인은 전생해도 상위 종족이 되지 않는다. 다른 동물을 모방한 수인으로 전생할 뿐이다. 여기서 전생시켰다간 겉모습부터 확연히 달라져서 단골에게 의심을 살 가능성이 크다.

그래서 전생은 포기하고 케리 자매처럼 스킬로 범용『사역』만 가르치고 말았다.

관리자급 권속의 기본 수준까지 INT를 올리는 것도 잊지 않았다.

아울러 상대방의 저항도 고려해 MND에도 투자했다.

"너에게 준『사역』의 힘은 귀족들의 그것과 달리 누구에게나 쓸 수 있어. 그럴 마음만 있으면 길거리의 생쥐조차 네 지배 아래 둘 수 있지. 잘 이용해서 나를 위해 일해 줘."

"—맡겨만 주십시오."

꼬리를 기운차게 흔들고 있었다.

케리 자매는 꼬리로 이만큼 격렬한 감정 표현을 하지 않았던 것 같은데, 인생 경험의 차이일까, 아니면 개와 고양이의 차이일까.

"앞으로 잘 부탁할게, 모니카."

여관 뒷문으로 나와 몰래 큰길로 돌아왔다.

정면 입구를 훔쳐보자 마가렛은 아직 멍하니 그 입구를 바라보고 있었다.

『매료』에 걸리면 사용자를 강제로 바라보게 되는데, 시스템상 사용자의 방향을 알 수 있는 것은 아닌 듯했다.

어차피『매료』효과도 금방 끊길 테니까 마가렛은 방치하기로 했다.

플레이어의 기행은 일상다반사인지, 길을 오가는 수인들도 특별히 주의를 주진 않았다.

"라일라는 뭘 하고 있으려나."

용병 조합 쪽으로 걸음을 옮겼다.

여관과 조금 떨어져 있지만, 눈에 보이는 거리였다.

이 여관은 고급 시설이라서 용병은 함부로 묵을 수 없을 테지만, 용병 외의 거래 상대, 예를 들어 의뢰자까지 고려하면 큰길에 면한 이 입지도 나쁘지 않았다.

"—레아, 여기야."

라일라는 용병 조합 건물 옆의 골목에 있었다.

이런 곳에 검은 로브가 몸을 숨기고 있으면 즉시 신고당한다.

"내 볼일은 끝났어. 그쪽은?"

"나도 대강은."

용병 조합을 지배했으면 이런 골목에 숨어 있을 필요는 없다.

라일라는 결국 누굴 지배한 것일까?

"궁금해?"

"……딱히."

"어쩔 수 없지, 알려 줄까—."

라일라가 친구 채팅으로 전환해 답했다.

〈용병 조합에 드나드는 업자야. 그래도 의뢰인은 아니고 물건을 대주는 쪽. 바로 제지업자야. 의뢰서를 만들려면 반드시 종이가 필요하니까. 식사는 직원들이 자유롭게 먹을지도 모르고, 복식 관련은 빈번하게 거래하지 않아. 그래도 매일 소비하는 종이라면 반드시 정해진 업자와 거래하겠지.〉

쉽게 말해 용병 조합에 직접 손을 대지 않아도 용병 조합과 밀접하게 관련 있는 업자를 지배하면 간접적으로 감시할 수 있다는 속셈이었다.

나쁘지 않은 방법이다. 솔직히 감탄했다.

〈휴겔컵에서도 했어?〉

〈아니, 그쪽은 다른 방법으로. 용병 조합을 세간과 단절시켜서 통제하려고 했어. 그 탓에 오히려 종이를 소비하지 않아서 이 방법은 안 먹혀.〉

만약 리플레에서 용병 조합에 접촉하려면 업자부터 공략하는 편이 나을 듯하다.

〈아니, 생각해 보면 공방 거리를 이미 지배했으니까 처음부터 용병 조합 주변을 포위하고 있었구나.〉

〈리플레? 그럴 의도로 한 게 아니었어? 난 그걸 보고 감탄했는데.〉

〈……그럴 의도로 했는데? 무슨 소리야?〉

아무튼 이것으로 키퍼에서 할 일은 끝났다.

다음 목적지는 산에 드래곤이 산다는 루트 마을이다.

〈루트 마을은…… 여기서 왕도를 낀 반대편인가. 어떡할래?〉

〈걸어갈 거지? 그럼 우선 목적지를 왕도로 잡을까.〉

우선 왕도로 가는 길을 알아야 한다.

지도를 보면 이 키퍼와 페아레 왕도 사이에는 하나 더, 라티폴리아라는 도시가 있었다.

키퍼에서 그 도시까지 마차를 타고, 그곳에서 다시 마차로 왕도로 이동하는 방식이 정석 같았다.

걸어가도 되지만, 마차도 흥미를 돋우었다.

〈이벤트 중에는 도착하지 못하겠네…….〉

〈일단 시기를 보고 돌아가서 대천사 관련 일을 끝낼까. 특히 우리가 아니라 권속만으로 대천사전에 도전할 수 있는지 조사해 둬야 해. 그게 가능하면 할 수 있는 일이 많이 늘어나.〉

권속만으로 아티팩트를 기동할 수 있다면 싸울 병력은 얼마든지 있다.

만약 플레이어가 최소 한 명 필요하더라도 인류종 권속이라면 은근슬쩍 플레이어 파티에 낄 수도 있다.

우선 케리 자매는 그대로 가도 문제없다.

웨인과 마주치면 귀찮아지지만, 많은 플레이어가 모이는 이벤트 장소에서 단 한 명의 플레이어와 우연히 만나기는 쉽지 않다.

다른 인류종 권속이라면 마레가 있지만, 그녀는 NPC라도 전이 가능한지 조사한 뒤 성녀로서 당당히 가는 편이 오히려 위험 부담이 적으리라.

그럴 생각이라면 지금부터 이동하라고 전해 두는 편이 낫겠다. 휴겔컵은 대륙의 중심이고 웰스 왕도에서도 가깝지만, 마물의 영역이나 아부온메르카토 고지의 영향으로 국경을 넘는 경로가 제한된다.

소란을 일으키지 않고 참가할 수 있는 권속이라면 남은 것은 리플레 자경단일까?

그건 라일리의 부하니까 가능하다면 케리 자매 파티에 넣는 편이 낫다.

그 외에는 다 마물 부하였다.

마물 권속 중에서 참가 가능한 자가 있다면 누굴까.

우선 스가루는 안 된다. 일부 플레이어들에게 얼굴이 알려졌고, 플레이어가 스켈레톤이나 고블린으로 시작해 그 모습이 된다고는 생각하기 어렵다.

그리고 디아스와 지크도 어려울 것이다.

그대로 있으면 낯빛이 안 좋은 휴면이라고 할 수도 있겠지만, 지크는 힐루스 왕도를 관리해야 하고, 디아스는 포트리에서 누군가에게 목격됐을지도 모른다.

불필요한 말썽은 피하는 게 상책이다.

게다가 디아스와 지크는 전 정령왕과 깊은 연관이 있다.

그 대천사와 만나게 해도 될지 판단이 서지 않았다.

빙랑들과 몽키치는 논할 필요도 없고, 남은 것은 고블린 킹 가슬라크 정도일까.

고블린 킹은 고블린에 비해 덩치가 꽤 크지만, 홉 고블린과는 비슷한 크기다.

홉 고블린과 비교하면 피부색이 조금 다르고 외모도 잘생긴 편이지만, 플레이어라고 가정한다면 그다지 이상하지 않다.

가능하면 그런 마물 계열의 진짜 플레이어도 있으면 더 자연스럽게—.

〈—흠. 라일라, 한 가지 아이디어가 떠올랐어.〉

제7장 협력자

천사라는 날아다니는 똥들이 나오지 않게 됐다.

그건 약한 주제에 수가 많고, 심지어 방어할 생각도 없이 공격만 할 뿐이라서 뱀부의 부하인 홉 고블린들로 경험치를 벌어들이기에 안성맞춤이었지만.

“전에 온 시스템 메시지가 이걸 암시했나? 이벤트도 후반부니까 잡몹전에서 보스 빼빼이로 바뀌는 건가.”

SNS를 체크해 봤다.

아무래도 대형 보스인 대천사라는 몬스터는 현대에서 이미 퇴치 당한 모양이었다.

심지어 퇴치한 게 제7 재앙, 저번 이벤트에서 탄생한 월드 보스라고 한다.

즉, 게임이 시나리오대로 흘러가고 있다는 뜻이다.

역시 후반전은 잡몹이 나오지 않고 오로지 보스 빼빼이로 경험치를 벌라는 의도 같았다.

뱀부는 이 노이슈로스 일대를 지배하는 던전 보스였다.

당연히 많은 권속을 가졌고 그만큼 병력도 많았다. 활동 영역이 넓다고 말해도 무방하다.

그래서 잡몹 천사 퇴치 수는 플레이어 중 1등이라고 확신했다.

하지만 저번 이벤트 랭킹에 이름이 올라가 버려서 SNS에서 뱀부를 찾는 움직임이 있다는 사실도 알았다.

만약 들키면 어떻게 될지 알 수 없다.

한 번 다른 사람에게 들키면 SNS에 퍼질 테고, 지금까지 이 던전에서 뱀부와 부하들에게 당한 플레이어들이 작당하고 복수하러 올 것이다.

뱀부 입장에서는 죽기 싫으면 안 오면 되지 않냐고 생각하지만, 그건 게임의 목적을 부정하는 꼴이기도 했다. 어쩔 수 없는 일이라고 받아들이는 수밖에 없다.

하지만 상대방도 그렇게 받아들여 주리라는 보장은 없다.

그래서 자신의 정체를 밝힐 생각은 없고, 당연히 이 이벤트에도 익명 신청을 보냈다.

그렇기에 뱀부는 확신했었다. 이번 이벤트 1위는 틀림없이 「익명 희망」이라고.

"하지만 천사가 오지 않으면 내가 이 이상 포인트를 벌 수 없어. 1위에 익명 희망이라는 글자를 올리고 싶었는데. 뭐, 그래도 포인트 획득 조건을 공개하지 않으니까 천사 퇴치 수가 얼마나 중요한지도 알 수 없지만—."

"—그러게. 하지만 대천사 퇴치는 이벤트 포인트와 별개로 계산된다고 하잖아? 천사가 더 오지 않는다면 아직 포기하기 이르지 않을까."

"큭! 누구냐!"

갑자기 들린 목소리에 놀라서 주변을 두리번거렸다.

뱀부의 등 뒤, 고생해서 재건한 오두막 바로 옆에 여자가 서 있었다.

눈부실 정도의 금발이 햇빛을 받아 선명하게 빛났다.

뱀부가 이 얼굴을 잊을 리 없었다.

"이 자식! 그때 그 여자 아냐!"

"오랜만이야. 뱀부…… 맞지? 자기소개는 하지 않았지만, 너, 저번 이벤트에서 침공 랭킹 3위였던 플레이어지?"

정체가 탄로 났다.

뱀부의 혼잣말을 들었다면 당연하다. 이 여자가 플레이어라면 뱀부가 플레이어라는 사실은 쉽게 추측할 수 있다.

"……맞으면 뭐 어쩔 건데? SNS에 까발리려고?"

"그런 짓은 안 해. 못 하는 이유도 있고. 그보다 오늘은 너에게 좋은 이야기가 있어서 찾아왔어."

수상하기 짝이 없다.

고금동서 좋은 이야기가 있다는 말은 대개 사기거나 거짓말이다.

"필요 없어. 다른 사람 알아봐."

"너무 그러지 말고 이야기만이라도 들어 봐. 듣자 하니 너, 랭킹 상위에 익명 희망이라는 글자를 올리고 싶다지? 전반부 포인트는 조건을 알 수 없지만, 후반부 포인트는 시스템 메시지에 대천사 퇴치 랭킹이라고 명기되어 있어. 즉, 대천사란 녀석을 계속 잡으면 랭킹에 이름을 올리는 것도 불가능하지 않아."

아무래도 익명 희망이라는 이름을 올려서 인류종 플레이어의 축제에 찬물을 끼얹고 싶다는 소원도 들었나 보다.

어차피 그렇게 만들어진 아바타에 불과하겠지만, 아름다운 외모의 여성에게 자신의 유치한 과시욕까지 보여준 것만 같아서 얼굴이 절로 화끈거렸다.

"……칫. 하지만 여기서는 그 휴겔컵이라는 도시에 갈 수도 없어. 현지에서는 마물도 차별받지 않는다고 하지만, 애초에 마물은 도시 간의 전이 시스템을 쓸 수 없어. 참가 자격을 줘도 현지까지 갈 수 없는데 무슨 소용이야?"

"듣고 보니 그러네. 그래도 그거라면 문제없어. 애초에 너는 내가 어떻게 여기까지 왔다고 생각해? 너를 위해서 특별히 전세기를 준비했지."

여자가 그렇게 말하자 갑자기 주변에 그림자가 드리웠다.

올려다보자 하늘에서 거대한 무언가가 접근해 왔다.

처음 보지만 저건—.

"드, 드래곤……?!"

"사양하지 말고 타. 도와주는 대가는 아니지만, 그밖에도 여러 방면으로 너를 지원하고 싶어."

"너…… 뭐 하는 녀석이야……."

"그냥 너랑 처지가 비슷한 사람. 플레이어야. 평범한."

◆◆◆

여자— 레아라고 이름을 밝힌 그 여자가 드래곤을 타고 가며 들려준 이야기는 어느 것이고 놀라운 것들이었다.

특히 혀를 내두른 건 『소환』이었다.

설마 『공간 마법』과 조합해서 유사 전이가 가능할 줄은 꿈에도 몰랐다.

물론 당장 습득했다.

그로부터 얼마 후 드래곤은 아무것도 없는 초원에 착륙했다.

멀리 성 같은 것은 보이지만, 그것 말고는 아무것도 없었다.

이벤트 장소로 가는 입구가 도시 교외라고 들었는데, 그런 것치고는 너무 멀었다.

"여긴 어디야?"

"—고마워, 이제 돌아가도 돼. 안녕. ……사실 지금 드래곤은 일부 플레이어에게 알려졌거든. 재를 타고 직접 현지로 가면 위험해. 미안하지만 여기서부터는 걸어서 가. 아, 『소환』을 실험하고 싶으면 지금 해 둬. 나는 나대로 할 일이 있으니까."

그렇게 말한다면 해 보자. 뱀부는 바로 숲에 있는 홉 고블린 메이지를 불러들이고, 자기 자신을 숲의 다른 홉 고블린에게로 『소환』했다.

돌아와 보니 레아는 웬 비싸 보이는 갑옷과 드레스를 입고, 호화로운 소재로 만든 듯한 눈가리개를 장비한 채 기다리고 있었다.

"어서 와. 만족했어?"

"그래. 이거 대단한데. 그나저나 그 복장은 뭐야?"

"아니, 별건 아니고 사실 뱀부랑 같이 대천사에 도전하는 건 내가 아니야. 나는 나대로 다른 집단과 도전할 예정이니까."

"엉? 그럼 누구랑 가라고."

"내 부하야. 너한테도 저 홉 고블린 메이지 같은 부하가 있지? 그거랑 같아."

홉 고블린 메이지.

그 종족을 간파한 사람은 처음이다.

지금까지 노이슈로스에서 홉 고블린들과 싸운 플레이어는 대부분 큰 고블린 같은 애매한 표현을 썼다.

이 여자는 정체를 알 수 없다. 속내가 전혀 보이지 않는다.

특히 눈가리개로 시선을 가린 지금은 더욱 그렇게 느꼈다.

하지만 그렇게 경계할 마음도 들지 않았다.

뱀부에게 최악의 시나리오는 레아에게 배신당해 SNS에 정체가 탄로 나는 것이다.

하지만 그런다고 레아에게 이득이 있을 것 같지는 않았다.

오히려 알려지면 곤란한 비밀이 많은 사람은 뱀부보다 레아이지 않을까.

"—잠깐. 레아라면 설마 제1회 이벤트 우승자냐!"

"어이쿠, 드디어 눈치챘어? 설마 제1회 이벤트 뒤에 게임을 시작한 플레이어인가 싶어서 내심 민망했어."

그건 운영진이 만든 공식 캐릭터라고만 생각했다.

첫 이벤트에서 그렇게 강렬한 존재감을 드러냈는데 아무도 그 정체를 알지 못했고, 게임 안에서 전혀 행적을 추적할 수 없었기 때문이었다. SNS에서도 운영진의 개입이라는 설이 유력했고, 끝내는 지인이라고 주장하는 플레이어가 나타나서 SNS 유저들을 흉악한 던전으로 유도하는 사건까지 있었다. 그건 사실상 몬스터를 쓴 PK 아니냐고 뱀부도 어이없게 생각했다.

"……그거, 안에 사람이 들어 있었냐."

"그야 있지. 뭐라고 생각한 거야? 이 정도면 내 정체는 밝혔다고 해도 되겠지. 그만큼 믿어 주면 고맙겠어. 아, 맞아. 기왕이면 친구 등록도 해 둘까?"

레아는 그렇게 말하고는 입고 있던 갑옷 안쪽에서 카드 한 장을 꺼냈다.

뱀부는 지금까지 쓴 적이 없지만, 설명은 읽은 적이 있었다.

카드는 한 사람만 인벤토리에 넣어도 친구 상태가 되지만, 해제를 상호 동의하에 하기 위해서라도 카드는 맞교환이 정석이라고. 친구가 없는 뱀부에게는 관계없는 이야기였지만.

뱀부도 인벤토리에서 자기 카드를 생성해 꺼냈다. 레아와 달리 손에 갑자기 카드가 나타났다.

어차피 이곳에는 플레이어밖에 없으니까 굳이 갑옷 안에서 꺼내는 롤플레이는 필요 없을 텐데, 그냥 그런 성격인가?

"—좋아, 이걸로 친구 등록은 완료됐나?"

"그래. 인벤토리에 넣었어."

친구 목록에는 딱 하나, 레아라는 이름이 추가되어 있었다.

"이제 우리는 친구야. 그럼 아까 하던 얘기로 돌아갈까. 너와 함께 퇴치에 가 줬으면 하는 건 내 부하야. 조금 사연이 있어서 부하가 된 자인데—『소환: 가슬라크』."

레아가 스킬을 발동하자 그 옆에 우람한 근육에 멋진 갑옷을 입은

뱀부
가슬라크

홉 고블린이 나타났다.

아니, 이건 익숙한 홉 고블린이 아니다.

닮았지만 다르다.

“이 녀석은…….”

“내 권속, 이름은 가슬라크야. 이번에 너와 함께 싸워 줄 고블린 킹이지.”

◆◆◆

뱀부는 각오를 다지고 레아에게 전면적으로 협력하기로 했다.

사실 냉정하게 생각하면 레아는 뱀부의 정체도 알거니와 아지트도 안다.

레아가 마음만 먹으면 뱀부를 영원히 리스폰 킬할 수도 있다.

심지어 이 가슬라크나 방금 탔던 드래곤처럼 강력한 NPC도 부하로 거느렸다.

즉, 레아 본인이 잠들어도 뱀부를 사냥할 수 있다는 말이다.

레아는 직접적으로 말하지 않았지만, 처음부터 선택지는 없는 것이나 마찬가지였다.

초원에서 헤어지기 전, 레아에게 건네받은 것은 몸을 감싸는 심녹색 로브였다.

그렇지만 길이가 너무 짧은 로브는 후드 달린 튜닉처럼도 보였다.

격투가 특기인 뱀부에게는 움직임을 방해하지 않으니까 고마울 따름이지만.

아무튼 레아는 이것을 입고 정체를 숨기라고 했다.
생각해 보면 뱀부의 지금 모습을 목격한 플레이어도 있다.
아무리 마물 플레이어가 참가 가능하다고는 하나, 그곳에 뱀부가 있으면 플레이어라는 사실을 들키고 만다. 그건 뱀부가 바라는 일이 아니고, 레아 또한 그랬다.
그래서 얼굴을 드러내고 파티를 이끄는 것은 가슬라크였다.
이 고블린 킹은 굉장히 머리가 좋은지, 놀랍게도 인간의 말을 구사했다.
어쩌면 INT나 MND를 올리면 뱀부의 부하도 말을 하게 될지도 모르겠다.
"그럼 뱀부 님, 가실까요."
"그래. 그런데 나한테 존댓말은 쓸 필요 없어. 인정하고 싶지 않지만, 댁이 나보다 강하지 않아? 윗사람이 자기를 낮추면 내가 거북해."
"이런 성격입니다. 게다가 레아 님의 친구분께 무례한 태도를 보일 수는 없지요."
"그, 그래."

고블린과 홉 고블린 집단으로 초원을 가로질렀다.
이건 뱀부 자신과 가슬라크가 이곳에 『소환』한 자들이었다.
총합은 56명이다.
뱀부의 영역도 수비해야 해서 가용 인원은 자신을 포함한 20명이 한계라고 했더니, 그럼 자기가 36명을 내겠다며 레아가 가슬라크에게 명해『소환』한 것이었다.

"—아, 뭔가 보이네. 저게 그 이벤트 장소인가."

"정확히는 이벤트 장소로 가는 입구지요. 저기로 내려가면 긴 지하도가 나오고 그 안쪽에 아티팩트가 안치되어 있다고 들었습니다."

"당신, 왜 나보다 잘 알아?"

"레아 님께 자세한 내용을 들었으니까요. 뱀부 님을 최대한 지원하라고 명 받았습니다."

"그, 그래, 그렇군. 미안."

다가오는 뱀부 일행을 본 플레이어들이 일제히 술렁였다.

그야 그럴 것이다.

50마리가 넘는 홉 고블린 무리가 나왔으니까.

심지어 플레이어들이 아는지 몰라도 그 중앙에는 고블린 킹도 있었다.

작은 도시라면 충분히 함락할 수 있는 병력이었다.

"커다란 고블린이 잔뜩 몰려왔어!"

"대체 뭐야?!"

"일단 공격을—."

"자, 잠깐만요!"

무기를 들려는 플레이어들을 한 여성이 제지했다.

주위에 있는 기사들과 비슷한 갑옷을 입은 것으로 보아 NPC 기사 같았다.

갑옷의 광택을 보면 그들의 상관일지도 모르겠다.

"시스템 메시지를 안 보셨나요! 여기에서는 마물이라도 일방적으로 공격하면 안 돼요! 싸우고 싶으면 정식으로 PvP를 신청해서—."

놀랐다.

말하는 내용으로 봐서 기사가 아니라 플레이어 같았다.

하지만 그냥 플레이어라고 하기에는 복장이 이상했다.

설마 플레이어면서 NPC의 권력층에 들어간 것일까?

불가능한 이야기는 아니다.

뱀부 본인도 레아라는 정체 모를 여자와 협정을 맺은 참이었다.

플레이어 중에는 상상 이상으로 다양한 인간이 있다.

아무튼 그 여기사 플레이어나 주변 NPC 기사들이 흥분한 플레이어를 진정시킨 덕분에 뱀부 일행은 태연하게 이벤트 장소로 갈 수 있었다.

작은 텐트촌을 지나면서 가슬라크가 여기사에게 가볍게 인사했다.

아마 레아에게 지시받았나 보지만, 누가 봐도 플레이어 같은 동작이었다. 이 가슬라크를 누가 NPC라고 의심할까.

아울러 후드 튜닉으로 정체를 감춘 뱀부에게서 사람들의 관심을 돌리는 데도 성공했다.

가슬라크처럼 고블린인데도 다부진 체구에 비싼 장비도 갖춘 플레이어가 있다면 다른 플레이어들은 생각이 많아질 것이다.

"……저렇게 강해 보이는 마물 플레이어가 있었네."

"야, 저게『블랑』아니야?"

"—저번 이벤트의 침공 1위! 말이 되네……."

잘은 들리지 않지만, 플레이어들은 지나가는 뱀부 일행을 멀리서 바라보며 뭐라고 수군대고 있었다.

그 시선은 하나같이 가슬라크에게 고정되었다.

정말이지 레아의 지원에는 머리가 수그러진다. 용케 여기까지 생각해서 준비했다.

여기사는 아무도 뱀부 일행을 공격하지 않는다고 확인한 뒤, 한 텐트 쪽으로 걸어갔다.

별생각 없이 그 뒷모습을 바라보는데, 그녀가 걸어가는 곳에 빛나는 금발이 있었다.

레아다.

상당히 멀고 눈을 가렸지만, 뱀부의 시선을 알아차렸는지 레아가 고개를 살짝 끄덕이는 모습이 보였다.

뱀부도 고개를 끄덕여 답하고 이벤트 장소의 입구라는 계단을 내려갔다.

◆◆◆

특별 임무가 있다.

그렇게 영주 라일리에네가 친히 전해 주어 유스티스는 휴겔컵 교외의 텐트에 와 있었다.

선배 기사들이 이곳에서 무슨 일을 한다는 사실은 알고 있었다.

그 뒤 바로 시스템 메시지로 공지가 내려왔으니까 아마 이벤트와 관련이 있는 듯했다.

유스티스에게 그 지시가 오지 않은 이유는 유스티스가 플레이어이기 때문이리라.

라일리에네가 전달해 준 그 특별 임무란 **협력자를 도와** 대천사 퇴치에 참가해 달라는 내용이었다.

아무래도 기사 이벤트 진행 중에 공식 이벤트가 맞물려 영주 쪽에도 참가 요청이 온 모양이었다. 다른 전용 시나리오를 진행하는 중에도 공식 이벤트에 공공연히 참여할 수 있다는 것은 고마웠다.

하지만 순수하게 들뜬 것은 그때까지였다. 그 협력자라는 인물의 이름을 듣는 순간에는 자리에서 벌떡 일어설 만큼 놀랐다.

함께 대천사를 퇴치할 사람이 바로 웰스에서 화제를 모으는 성녀님이기 때문이었다.

설마 성녀가, 정확히는 NPC가 이벤트에 참가할 수 있다는 것도 놀라웠다.

라일리에네도 아티팩트를 통한 대천사 퇴치가 세계에 필요한 일이라고 인식하는지, 최악의 경우에는 기사단만으로도 싸울 계획이었다고 한다.

영주에게 직접 그런 이야기를 들으면 거절할 수 있을 리 만무했다.

소문 자자한 성녀와 어깨를 나란히 하고 레이드전. 다른 어떤 플레이어도 체험하지 못한 프리미엄 이벤트지 않은가.

물론 현지에 다른 이방인 참가 희망자가 있으면 사양하지 말고 협조를 구하라는 지시도 들었지만.

"—수고했어, 유스티스. 껄끄러운 역할을 떠맡겨서 미안해. 주의를 준다면 같은 이방인이 나을 거 같아서."

"아뇨, 괜찮습니다. 확실히 제가 적임이죠."

소동을 일으킬 뻔한 플레이어들을 달래고 라일리에네가 대기하는 텐트까지 돌아오자 위로의 말을 들었다.

시스템 메시지에도 이 주변에서 함부로 공격하면 기사단이 대처한다고 명기되어 있었다.

그야 유스티스도 마물 집단이 당당히 나타났을 때는 간담이 서늘했지만, 그들은 굉장히 침착했고 적대적인 태도를 보이지 않았다.

보통 마물이라면 그렇게 통제가 되지 않는다. 그러니까 그건 모두 플레이어라고 생각하는 게 자연스러웠다.

그런 그들을 일방적으로 공격하면 PK에 해당한다.

이 주변에서 PK가 제한된 이상, 발견하면 말릴 수밖에 없었다.

유스티스는 플레이어지만, 이 휴겔컵의 기사이기도 했다.

문득 돌아보니 성녀가 고블린 집단을 보며 턱을 살짝 끌어당겼다.

역시 성스러운 교회에 소속한 성녀다. 아무리 눈이 보이지 않아도 고블린 같은 마물을 발견하면 노려보지 않고는 배길 수 없나 보다.

"—왜 그러시죠, 성녀님? 저쪽을 노려보시는 것 같던데."

"네? 아아, 아니에요. 저런 분들도 있구나 싶어서요."

"놀라셨겠지만, 지금만은 아군이라고 생각합니다. 누가 뭐래도 대천사는 대륙에 사는 모든 생물에게 공공의 적이니까요."

"그렇죠……."

고블린들이 지하로 내려가자 성녀는 흥미를 잃은 것처럼 그곳에서 시선을 떼고 — 눈가리개를 차서 정말로 그런지는 모르겠지만

— 다시 라일리에네와 잡담을 시작했다.

영주와 성녀가 어떤 사이인지 자세히 듣지 못했지만, 아마 교회로 연결된 것 같았다.

듣기로는 오랄 성교회와 웰스 성교회는 원래 뿌리가 같고, 같은 휴먼이 많아서 최근에는 적극적으로 협력 체제를 구축하고 있었다.

힐루스가 멸망한 지금, 휴먼이 주인인 국가는 오랄과 웰스밖에 없었다. 이 두 나라의 결속이 강해지는 것은 당연한 귀결이라고 할 수 있겠다.

다만, 성교회는 국가보다 국민 단체에 가까웠다. 즉, 국가 때문이 아니라 순수하게 주민들이 불안을 느껴서 상호 협력을 원한 것에 지나지 않는다.

그래서 지금은 국가로서 웰스 정부와 정식 협정을 맺지는 않았다고 하나, 라일리에네의 말에 의하면 「어차피 웰스 왕족이 **이해하는** 것도 시간문제」라고 한다.

"방금 고블린들의 전이가 끝날 즈음에 우리도 갈까."

라일리에네의 말을 듣고 성녀를 비롯해 그곳에 있던 자들이 출발 준비를 시작했다.

이 파티의 멤버는 우선 성녀 아말리에.

그리고 성녀가 데리고 온 성교회의 힐러 10명.

유스티스를 포함한 휴겔컵 기사단 정예 10명.

그리고 뜻을 함께하는 플레이어 파티가 34명이었다.

놀랍게도 이 파티는 저번 이벤트에서 제7 재앙을 물리친, 현행 탑 클래스 파티였다.

전의 리더는 웨인이라는 유명 플레이어였지만, 이번에는 아마틴이라는 플레이어가 맡았다. 웨인은 서브 리더라고 한다.

그런 웨인은 왠지 고개를 두리번거리며 누군가를 찾는 눈치였다.

지인을 발견했나 보지만, 곧 출발하는데도 정신이 너무 산만했다.

한편, 아마틴은 만전의 준비를 갖췄는지 차분하게 기다리고 있었다.

왜 리더가 교체됐는지 알 것 같았다.

이 플레이어 파티는 이번이 두 번째 도전이며, 첫 번째 도전에서는 33명이 갔으나 거의 아무것도 하지 못하고 당했다고 한다.

이번에는 대책과 작전을 세우고, 전에 불참했던 강하고 어쩌고라는 플레이어도 참여해 재도전한다고 한다.

그리고 놀랍게도 이 작전에는 영주 라일리에네도 참가한다.

만에 하나 영주가 사망하면 연쇄적으로 기사단이 전멸하고, 유스티스의 몸도 어떻게 될지 알 수 없었다.

웬만하면 그만둬 줬으면 했지만, 영주는 괜찮다고 우기며 고집을 꺾지 않았다.

설득은 포기하고 위험해지면 유스티스가 대신 희생해서라도 지키겠다고 각오를 다졌다.

이 총 56명이 대천사 토벌전 멤버다.

◆◆◆

"—여기가 아티팩트가 있는 방이야. 기동하려면 아이템이 필요한데, 맑은 심장 열 개를 바치는 게 가장 효율적이야."

"그렇군. 그럼 그건 내가 내지. 천사 퇴치를 권장할 생각으로 사들였는데 설마 이런 곳에서 도움이 될 줄이야."

웨인의 말을 듣고 라일리에네가 등에 멘 자루에서 보석 열 개를 꺼내 아티팩트에 바쳤다.

라일리에네는 마치 지금 알았다는 것처럼 말했지만, 정말 그렇다면 보석을 챙겨 왔을 리 없었다.

이건 당연히 잘난 척 설명한 웨인의 체면을 세워 주기 위함이었다.

역시 영주라는 지위에 앉은 인물이었다. 인간이 됐다.

전이한 곳은 휑뎅그렁한 돔 형태의 방이었다.

그 중심에는 대천사가 있고 토벌대를 노려보며 뭐라고 말했지만, 거리가 멀어서 들리지 않았다.

그 틈에 웨인을 시작으로 한 플레이어들이 재빨리 위치를 잡기 위해 움직였다.

두 번째라고 하니까 대천사의 이 반응은 이미 한 번 봤을 것이다.

"—인류 가축화 전에 우선 네놈들부터 처리하겠다!"

한층 큰 대천사의 고함은 유스티스의 귀에도 들렸다.

그와 동시에 대천사는 빛나는 활을 겨누고 무슨 스킬을 발동했다.

멍하니 있을 때가 아니었다. 이미 전투는 시작됐다.

돌아보니 먼저 달려간 성녀가 대천사의 측면에서 접근하고 있었다.

대천사는 그녀를 발견하고 그쪽으로 화살을 쐈다.

동시에 커다란 소리가 났고, 벽에 꽂힌 화살이 보였다.

"……어?"

무슨 속도가…….

거의 보이지도 않았다.

성녀도 차마 피하지 못해 왼쪽 어깨가 꿰뚫린 모양이었다. 왼팔을 못 쓸 정도는 아닌 — 즉, 부위 파괴 판정은 아니다 — 듯하지만, 그래도 상당한 대미지일 것이다.

무서운 공격이었다. 이게 소문의 즉사 공격일까?

그 즉사 공격을 맞고도 즉사하지 않고, 계속해서 대천사에게 접근하려는 성녀는 역시 어지간한 플레이어보다 훨씬 상위 존재 같았다.

그런 성녀에게 성교회의 힐러들이 『회복 마법』을 보내 잃어버린 LP를 회복하려고 했다.

하지만 그건 대천사가 허락하지 않았다.

방금 본 빛의 속도로 날아가는 스킬을 연발해 회복하려는 성교회 성직자들을 차례차례 꿰뚫었다.

그들은 성녀만큼 신체 능력과 맷집이 좋지 않아 명중한 자들은 그 일격에 쓰러지고 말았다.

하지만 그 희생은 헛되지 않았다.

그때는 이미 성녀가 대천사 바로 옆까지 접근해 있었다.

그리고 공격당하지 않은 성교회 신관들도 차례차례 성녀에게 『회복 마법』을 날려 보내 LP를 전부 회복했다.

"아, 멍하게 구경할 때가 아니지!"

어지럽게 변화하는 전황을 따라가지 못하겠지만, 유스티스의 역할은 해설이 아니었다.

제대로 해설하지도 못했지만.

아무튼 유스티스의 역할은 대천사 퇴치였다.

공격에 참가해야 한다.

유스티스는 라일리에네의 추천으로 마법도 검도 같은 수준으로 키웠지만, 원래 기사를 지망하던 만큼 지금도 검을 조금 더 잘 다루었다.

자기보다 강한 상대에게 조금이라도 대미지를 주려면 근접해서 검으로 공격하는 게 확실했다.

대천사에게 접근한 성녀의 공격은 예리하게 대천사의 육체를 베었다.

대천사는 완전히 성녀 쪽으로 몸을 돌려 다른 누구에게도 관심을 주지 않았다.

적이 성녀의 공격에 정신이 팔린 틈에 몰래 접근했다.

그래도 전신 갑옷을 입어 소리까지 지울 수는 없었다.

대천사도 유스티스의 접근은 알아차렸을 테지만, 성녀에게서 눈을 떼려고 하지 않았다.

이건 절호의 기회다.

나이츠 프라우스
"『기사의 힘』! 『노 가드』! 『대절단』!"

적이 공격권 안으로 들어왔다고 느낀 순간, 스킬을 발동해 등 뒤에서 공격했다.

『기사의 힘』은 기사가 됐을 때 해금된 『기사도』라는 트리에 있던 스킬로, 일시적으로 STR와 DEX를 끌어올리는 효과가 있다.

미리 『기사의 힘』을 발동하면 『노 가드』의 능력치 상승도 더할 수 있다.

그리고 『대절단』은 사용자도 반동 대미지를 받는 대신 무게를 실어 적을 전력으로 베는 스킬이다.

이 『대절단』의 반동 대미지를 받아 『노 가드』의 패널티를 직접 조절하는 방식이 참격 공격의 기본적인 콤보였다.

"크아아! 뭐냐, 이건…… 이 자식! 그 검 때문인가!"

유스티스의 검은 대천사의 등을 베어 갈라 확실하게 대미지를 줬다.

피는 튀지만, 대천사의 행동에 어떤 영향을 준 것처럼 보이지는 않았다.

그래도 그 대미지로 대천사의 주의를 끄는 데 성공했는지, 대천사가 유스티스를 노려봤다.

아무리 그래도 이 지근거리에서 활은 쓸 수 없다.

대천사는 빛나는 활을 없애고 주먹을 꽉 쥐었다.

예상치 못한 맨손 격투였다.

"나이스 어시스트! 『도발』!"

한편, 다른 플레이어들도 손가락만 빨고 있지는 않았다.

유스티스처럼 몰래 접근하던 이름 모를 탱커 플레이어가 『도발』 스킬을 발동했다.

이제 유스티스를 향한 공격도—.

"윽! 『패리』!"

아슬아슬하게 발동했다.

대천사는 탱커의 『도발』을 받았는데도 개의치 않고 유스티스에게 주먹을 날렸다.

날아드는 대천사의 주먹과 자신의 몸 사이로 검을 비집어 넣는다.

하지만 유스티스의 속도로는 이 타이밍에 대천사의 공격에 대응할 수 없었다. 『패리』는 실패했고 주먹이 정통으로 꽂히고 말았다.

“꺄아아아!”

엄청난 충격이었다.

하지만 갑옷 덕분인지 검 덕분인지, 아니면 대천사의 근접 공격 능력이 활만큼 강하지 않은지, 유스티스는 일격에 나가떨어지지 않았다.

LP는 상당히 줄었고 날아가면서 거리도 벌어졌지만, 전문 탱커도 아닌 유스티스는 레이드 보스의 공격을 받고 살아 있다는 것만으로도 감지덕지였다.

“괜찮아? 『중회복(미들 힐)』.”

라일리에네가 『회복 마법』으로 지원해 잃어버린 LP도 되찾았다.

지켜야 할 주군에게 회복 행동을, 어그로가 끌릴 법한 행동을 하게 해서 송구스러운 마음으로 가득했지만, 다행히 대천사는 멀리 떨어진 유스티스와 그녀를 회복한 라일리에네보다 성녀에게 집착하고 있었다.

그리고 『도발』을 발동한 탱커는 쳐다보지도 않았다.

“버프까지 걸었는데 『도발』이 안 먹혀! 그렇게 차이가 나나!”

『도발』은 발동자의 STR과 VIT, 당하는 쪽은 MND로 판정하는 스킬일 것이다.

그런데도 저항했다면 이 대천사와 플레이어들의 능력치는 더블스코어 이상이라는 뜻이다.

“……검과 갑옷 덕분이겠구나. 살아 있어서 다행이야.”

초회 이벤트 클리어 특전 장비는 역시 상당한 고위 아이템이었다.

더더욱 기사 관련 이벤트를 공개할 마음이 사라졌다.

유스티스가 NPC의 권속, 한마디로 기사가 된 것 자체는 알아챈 사람도 있겠지만, 똑같이 기사가 되는 플레이어가 나타났을 때, 유스티스가 가진 장비와 차이가 난다고 깨달을지도 모른다.

다른 귀족의 기사라면 단순히 라일리에네가 대단하다는 이야기로 끝나겠으나, 같은 라일리에네의 기사가 된 플레이어가 나오면 그럴 수도 없었다.

"에라잇! 젠장! 이 녀석! 받아라!"

『도발』이 불발로 끝난 탱커 플레이어는 조금이라도 대천사의 주의를 끌려고 무작정 공격을 반복했다.

그때는 다른 탱커와 기사들도 대천사에게 다가가서 순서대로 『도발』을 써 보거나 똑같이 공격하거나 했다.

"네 이놈, 귀찮은 축생들이!"

대천사는 처음에 『도발』을 시험한 탱커를 표적으로 삼고 그 긴 팔다리로 공수도 기술을 연속으로 날렸다.

"겨우 여길 봤군! 『램파트』! 『패리』!"

유스티스는 떠밀려서 큰 대미지를 받은 공격이건만, 그 탱커 플레이어는 큰 방패와 한손검을 교묘하게 다루어 대미지를 최소한으로 억눌렀다. 역시 전문직은 다르다.

『패리』는 실패해도 대미지를 고정치 감소하기 때문에 무기를 가진 플레이어라면 대부분 배우지만, 성공하려면 적의 공격을 간파하고 적절한 타이밍에 무기를 휘둘러야 한다. 이것은 순수하게 플레이어의 반사신경에 큰 영향을 받는다.

하지만 탱커들이 대천사에게 몰려든 탓에 성녀의 공격이 닿지 않게 됐다.

성녀의 공격은 아주 잠깐 봤을 뿐이지만, 적어도 유스티스보다 대미지를 준 것 같았다.

물론 탱커들이 대미지를 받아주고는 있지만, 이러면 주객전도가 아닐까.

"『세이크리드 스마이트』!"

그러자 성녀는 근처에 있던 탱커의 등을 밟고 높이 도약하더니 대천사의 머리 위에서『신성 마법』을 꽂아 넣었다.

대천사는 속성 중 성스러운 것에 인연이 있는지 크게 경감되고 말았지만, 그래도 대천사에게 나름대로 대미지를 주는 데 성공했다.

"오오, 근접 공격이 안 돼도 마법이라면…….『블레이즈 랜스』!"

자신도 어느 쪽인가 하면 성녀처럼 검과 마법을 모두 다루는 하이브리드 스타일이란 사실을 떠올리고, 유스티스도 탱커들 사이를 빠져나가도록 마법을 날렸다.

"네 이놈!"

하지만 대천사는 눈앞의 탱커들에게 방해받아 거리가 있는 마법 공격에 반격할 수 없었다.

활을 꺼내려고 하면 큰 틈이 생겨 몇몇 플레이어들의 연속 공격을 맞기 때문이었다.

그중에서도 처음에『도발』에 실패한 플레이어의 공격은 제법 아픈지, 그의 검을 특별히 경계하는 것이 눈에 보였다.

자세히 보니 그 검의 반짝임은 유스티스의 검과 비슷한 느낌이 들었다.

혹시 같은 재질로 만들어졌을까?

이쯤 되자 근접 물리형 플레이어와 공격이 특기인 기사들도 대천사 주위에 모여 있었다. 대천사의 행동 방해는 탱커뿐 아니라 근접 어태커 플레이어들도 하고 있었다.

"지긋지긋하다! 『대회복』!"

여기서 대천사가 자기 자신에게 『회복 마법』을 시전했다.

"좋아! 원거리 공격을 퍼부어라! 탱커들은 공격을 자제하고 대천사를 묶어 두는 데만 집중해라!"

지금까지 가끔 회복만 하고 적극적으로 전투에 관여하지 않던 라일리에네가 힘찬 목소리로 파티 전체에 지시했다.

이 필드는 상당히 넓었고, 현재는 대천사를 중심으로 주위에 골고루 파티 멤버가 퍼져 있었다.

중심에서 전투음이 울려 퍼지기도 해서 멀리 있는 플레이어는 살짝 목청을 키워 봤자 목소리가 거의 묻혀 버렸다.

하지만 라일리에네의 목소리는 선명하게 울려 퍼졌고, 멀리 있는 플레이어들도 고개를 끄덕이는 모습이 보였다.

무슨 스킬 효과일까?

그 호령 아래 기사, 신관, 플레이어들은 하나로 뭉쳐 쉴 새 없이 대천사에게 마법을 퍼부었다.

활을 가진 플레이어는 활로 액티브 스킬을 사용했다.

한 궁수 플레이어는 지금까지 가만히 기회를 기다렸는지 그다지 눈에 띄지 않았었지만, 지금이 기회라는 듯 화살을 쏘고 있었다.

아니, 자세히 보니 저건 소문으로 듣던 요이치다.

플레이어랑 교류가 적은 유스티스도 알고 있었다.

요이치는 탱커들 사이를 노리기 위해서 자세를 바꿔 가며 몇 가지 액티브 스킬을 쐈다.

그리고 낮은 위치에 틈을 발견했는지, 쪼그려 앉더니—.

유스티스는 거기서 눈을 돌렸다.

놀고 있을 때가 아니다.

마법이라면 유스티스도 쓸 수 있다. 공격에 참가해야 한다.

그 집중포화에 대천사는 활로 반격을 꾀하지만, 그걸 보고만 있을 탱커들이 아니었다.

그래도 지금까지와는 달리 어디까지나 방해에 그치고 과도하게 공격하지는 않았다.

대천사는 성가시다는 듯 탱커들을 노려보나, 그 적개심은 여전히 원거리에 있는 마법사들, 그중에서도 혼자 강력한 대미지를 자랑하는 엘프 여성 플레이어와 요이치에게 향해 있었다.

대천사는 공격 기회를 활을 겨누는 데 소비했고, 그것을 방해받자 결국 주먹으로 주위를 공격하나, 그마저도 막혔다.

"이놈들! 그렇다면 이건 어떠냐! 『세이크리드 스마이트』!"

활로도 주먹으로도 큰 성과를 낼 수 없다고 판단한 대천사는 여기서 방침을 전환했다.

조금 전 성녀가 쓴 『신성 마법』, 『세이크리드 스마이트』라는 단일 대상 마법을 엘프 플레이어에게 날린 것이었다.

지금까지 대천사는 마법 공격을 하지 않아서 이게 어느 정도 위력인지는 알 수 없었다.

하지만 LP가 적은 마법사가 직방으로 맞으면 무사할 리 없었다.

"위험—."

"『래디언스 가드』!"

어느새 이동했는지 사선에 성녀가 끼어들어 빛의 방어막으로 대천사의 마법을 막아냈다.

빛의 방어막은 그 일격에 무너져 버린 것 같지만, 레이드 보스의 마법 공격을 완전히 방어한 것은 놀라운 효과였다.

"—성녀는 『신성 마법』에 꽤 힘을 쏟았지만, 원래는 방어 스킬이 주특기야."

어느새 유스티스 옆에 라일리에네가 와 있었다.

"잘 아시네요……. 아, 위험해요! 물러나 계세요!"

"괜찮아. 그보다 역시 대천사는 높은 수준의 『신성 마법』도 배웠나 보군. 활을 쏘지 못할 때 원거리에서 공격하면 『신성 마법』을 쏜다고 들, 생각했는데 말이야. 그리고 지금 마법을 쏜다는 건—."

"심판의 빛을 받아라, 축생들! 『저지먼트 레이』!"

대천사에게서 몇 줄기 빛이 발사되어 주위 탱커들을 꿰뚫었고, 그대로 원거리 마법사에게도 꽂혔다.

하지만 위력 대부분은 탱커들에게 닿은 시점에 경감됐는지, 마법사 캐릭터들은 사망에 이르지 않았다.

"『대회복』."

"『중회복』!"

“『중회복』!”

광범위하게 여러 공격을 쏘는 탓에 하나하나의 위력이 약한지, 탱커 사이에서도 다행히 사망자는 나오지 않았다.

마법사들에게도 탱커들에게도 성녀와 라일리에네, 신관들의 회복이 날아왔다.

“어디서 회복을! 건방지다! 『샤인 랜스』!”

“라일리에네 님! 큭!”

회복 행동으로 대천사의 적개심을 높인 라일리에네에게 『빛 마법』이 날아들었다.

유스티스가 반사적으로 라일리에네 앞으로 끼어들어 그 공격을 자기 몸으로 막았다. LP가 상당히 깎였지만, 사망할 정도는 아니었다. 라일리에네도 무사했다.

『샤인 랜스』는 대천사가 처음 쓴 화살보다 더 빨랐다. 『빛 마법』 공격 마법은 위력이 낮지만, 그 속도는 타의 추종을 불허했다.

유스티스가 끼어들 수 있었던 이유는 대천사가 이쪽을, 라일레에네를 노려보는 순간이 눈에 들어왔기 때문이었다.

어떤 공격이 날아올지는 몰라도 라일리에네를 지킨다는 일심으로 몸을 던진 것이었다.

대천사는 INT 수치가 다른 능력치만큼 높지 않은지, 다행히 유스티스는 사망에 이르지 않았다. 하지만 위력이 낮은 『빛 마법』으로 유스티스에게 이런 대미지를 준다는 것이 경이로웠다.

“고마워, 유스티스. 『중회복』.”

“—죄송합니다. 무사하신가요, 라일리에네 님?”

"그래. 네 덕분에. 그럼 계속해서 마법 공격을 이어가야지."

그 후로도 라일리에네의 지시에 맞춰 마법사들에게서 공격 마법이 끊임없이 날아들었다.

마법 캐릭터들은 가급적 한곳에 뭉쳐서 마법을 쏘고 있었다. 유스티스와 라일리에네도 마찬가지였다.

"성가시다!『샤인 랜스』!"

"『래디언트 가드』!"

그 이유는 이거다.

이제 대천사에게 주는 대미지는 거의 활이나 마법 공격이었다. 그리고 대천사는 마법사에게 반격하는 데 집착했다.

그 반격에 성녀가 방어용 스킬을 발동해 마법사를 지키기 때문이었다.

반격 대상이 될 수 있는 캐릭터는 뭉쳐 있어야 지키기 편하다.

대천사에게 대미지는 차근차근 축적되고 있었다.

그 사실은 가끔 요이치가 알려 주니까 틀림없으리라.

유스티스는 어떤 스킬인지 모르지만, 다른 플레이어들은 그 보고를 믿는 분위기였다. 게다가 이 상황에서 헛소리를 할 의미도 없었다.

"네 이놈!『중회복』!"

그리고 대천사가 쓰는『회복 마법』은 등급이 떨어졌다.

떨어진 것은 사용 빈도도 그랬다.

또한, 처음에 쏘던『저지먼트 레이』라는 광역 마법도 쏘지 않았다.

공격의 주축을 활과 맨손에서 마법으로 전환한 탓이었다.

그 탓에 쿨타임이 쌓여 사용할 수 있는 마법의 선택지가 줄어든 것이었다.

이것이 라일리에네의 작전이었다.

대천사가 『대회복』을 사용한 직후부터 파티 멤버에게 적극적으로 원거리 공격을 지시하고, 대천사에게 마법을 계속 사용하게 만들어 『대회복』의 쿨타임이 돌아오지 않게 유도한다.

대천사는 탱커들에게 행동이 막히고, 원거리에서 야금야금 LP가 깎이고, 그런데 만족스럽게 회복도 할 수 없으며, 반격한 마법은 성녀에게 막혔다.

탱커가 이만큼 많지 않았다면 대천사를 묶어 둘 수 없었다.

원거리 대미지가 부족했다면 대천사가 마법 공격을 하지 않았을지도 모른다.

회복 담당도 인원이 이만큼 있어 준 덕분에 강력한 공격에도 버텨 낼 수 있었다.

그리고 무엇보다도 성녀의 방어 스킬과 라일리에네의 지휘가 빛을 발했다.

결국 고위 NPC에게 기대고 말았다는 아쉬움은 있지만, 이 대천사는 솔직히 너무 강했다. 아마 이 두 명은 운영진이 준비한 조력 NPC일 것이다.

"—아아아아…… 네 이놈…… 네 이놈들…… 아버지……."

그리고 마침내 대천사가 쓰러졌다.

대천사의 몸은 빛나면서 희미해져 갔고, 곧 그 자리에 보석을 남긴 채 사라졌다.

전투 필드가 된 홀이 떠나가도록 환성이 울려 퍼졌다.

이것을 쾌거가 아니면 뭐라고 하겠는가.

아마 플레이어 중에서 대천사 퇴치에 성공한 것은 우리들이 처음일 것이다.

에필로그

"—어서 와. 수고했어. 이쪽으로 나온 걸 보면 이겼나 보네."

"윽! 아니, 넌 누구야!"

휴겔컵 지하, 예의 아티팩트 앞에 나타난 뱀부에게 레아가 말을 걸었다.

이곳에 나타났다는 것은 마법진에 올랐다는 말이며, 그건 즉, 대천사를 해치워 귀환용 마법진이 출현했다는 뜻이었다.

뱀부는 레아를 보고 경계했다.

사실 조금 전 뱀부를 에스코트한 사람은 마레였다. 내용물은 레아였지만, 그건 겉으로 봐서는 알 수 없었다.

그런데 지금 레아는 그 흰 로브를 입고 후드를 깊이 눌러쓴 차림새였다.

그리고 입가에도 천 마스크를 해서 외모로 특징을 알기는 어려울 만했다.

"누구냐니, 레아야. 방금 친구 등록했잖아?"

"아니아니, 목소리가 다르잖아!"

마레와 레아의 키는 비슷했다. 말하지 않으면 눈치채지 못할 줄 알았지만, 목소리는 꽤 다르다고 한다. 자기 목소리는 스스로 알기 어려워서 맹점이었다.

"그건 그렇지만. 그래도 내가 레아라는 건 틀림없어."

〈봐, 친구 채팅도 되지?〉

"오오?! 오, 오오, 이게 친구 채팅인가? 아니, 정말로 본인이야……? 어떻게 된 거지……."

"일단 여기에는 사람이 올지도 몰라. 너희 집에서 차분하게 이야기를 나눠 볼까?"

◆◆◆

"자, 우선 뭐부터 이야기할까?"

"우선 어떻게 내 뒤를 따라서 너도 이동해 왔는지부터 설명해 보실까? 『소환』으로는 자기 부하가 있는 곳으로만 갈 수 있어. 이 숲에는 내 부하가 넘쳐나니까 나는 당연히 넘어올 수 있지. 그런데 너는 아니야. 어떻게 했어?"

"아, 그거. 그 전에 우선 전에 여기 들렀을 때 저 집을 불태운 걸 사과할게. 나쁜 뜻은 없었지만, 결과적으로 타 버렸어. 미안해."

"첫! 그건 이제 됐어! 보다시피 더 멋지게 다시 지었으니까."

"그렇게 보여. 이건 그거지? 전보다 몸이 작아져서 손재주는 좋아졌는데 STR이 떨어진 것도 아니니까 결과적으로 작업 효율이 오른 건가?"

"그렇긴 한데, 그게 아니잖아. 질문에 대답해."

"아차, 그랬지."

레아는 공터 끝으로 걸어가서 그곳에 반쯤 묻힌 바위에 앉았다.

"그때 일 말인데. 집이 불타기 전과 불탄 후, 무슨 변화를 눈치채지 못했어?"

"너무 변해서 신경 쓸 여유도 없었어."

"그렇겠지. 그것도 노림수 중 하나였으니까. 이제 너와 친구가 됐으니까 너무 비밀이 많은 것도 좋지 않다고 생각해서 말하는데."

레아가 일어나서 옆으로 살짝 비켰다.

그러자 레아가 지금까지 앉아 있던 바위가 우둑우둑 소리를 내며 솟아올랐다. 땅 아래에서 돌 손이 자라고, 바위가 두 다리로 일어섰다.

"전에 들렀을 때 여기에 몰래 권속 골렘을 숨겨 뒀어. 무슨 일이 있을 때 바로 올 수 있게."

"……믿기지가 않네."

뱀부는 입을 다물지 못했다.

보기 드문 솔직한 반응에 레아는 조금 즐거워졌다.

"자, 다음 질문은 뭐야?"

"그, 그래. 다음은 목소리, 보다도 모습이군. 이제 네가 레아라는 건 의심하지 않아. 그래도 조금 전과, 전에 내 집을 태워 먹었을 때는 생김새도 목소리도 전혀 달랐어. 어떻게 된 거야?"

"말하면 길어지지만 간단히 설명하면, 내겐 엄청난 변장술이 있어. 조금 전 그건 인형탈 같은 거지. 조만간 너도 할 수 있게 될지 모르지만, 좀 더 친해지면 알려 줄게."

"……좀 더 친해질 마음이 있으면 적어도 그 후드부터 벗어."

"아차, 미안."

레아는 후드를 벗으려다 멈추고 아예 로브를 벗었다.

입을 가린 마스크도 풀었다.

"친구 등록 초회 서비스야. 얼굴도 보인 김에 다른 곳도 보여 줄게."

"다른 곳?! 야, 뭘 벗고 앉았어! 서비스라는 게 그런, 그런 서비스냐!"

"『해방: 날개』, 『해방: 뿔』."

허둥대는 뱀부를 무시하고 날개와 뿔을 해방했다.

허리에서 세 쌍의 순백색 날개가, 머리에서는 금색 뿔이 자랐다.

"이건 또…… 뭐야……."

"설마 평범한 인류종이라고 생각하진 않았겠지? 말했을 텐데, 너랑 처지가 비슷한 사람이라고."

"……사실은 마물이고 어떤 던전의 보스라도 하고 있냐?"

"정답이야. 그런 연유로 너와는 정보 교환도 하고 협력도 하면서 친해질 수 있을 거 같아. 앞으로도 잘 지내 주면 고맙겠어."

"그, 그래……."

뿔과 날개를 없애고 로브를 입었다.

"……정보 교환이라고 했지? 먼저 『소환』을 알려 줬는데 미안하지만, 내가 줄 수 있는 정보 같은 건 없어. 아까 그 고블린 킹이 나보다 강한데 내가 가진 정보로 네가 만족할 리—."

"아니, 그렇지 않아. 적어도 그 데오보르 드라우그르라는 종족. 나는 그걸 몰라. 그리고 그렇게 되기 전에 너는 더 큰 고블린이었지? 아마 『네크로 리바이벌』이었던가? 그 스킬로 너는 전생했어. 데오보르 드라우그르도, 그리고 전생 가능한 스킬도 나에게는 없는 정보야. 아주 가치 있어."

그러자 뱀부는 맥이 빠진 표정을 짓더니 아무것도 아니란 것처럼 이야기하기 시작했다.

“뭐야, 그런 걸로 돼? 그건 내가 아직 고블린이었을 적에—.”

“—아하. 정황상 『네크로 리바이벌』 습득 조건은 『사령』을 배웠을 것. 그리고 아바타의 사망 횟수가 일정 이상일 것. 이러면 내가 모르는 것도 당연하지. NPC로 이 조건을 채우기는 불가능에 가까워.”

“아니지, 자연에 존재하는 NPC 중에서도 네 고블린 킹처럼 『사역』을 가진 녀석들이 있잖아? 그런 녀석들의 권속이라면 조건을 채울 수 있지 않겠냐?”

“물론 네 말대로 그럴 가능성은 없지 않아. 하지만 그 경우, 주군 NPC가 왜 그런 지경이 되도록 내버려뒀는지가 문제야. 생각할 수 있는 가능성은 두 가지. 우선 사망 횟수로 해금되는 스킬이 있다고 알 경우야. 하지만 애초에 그 조건을 알려면 같은 조건을 채워서 전생한 존재를 어디선가 봐야 해. 자력으로 도달하기에는 무리가 있으니까. 특히 NPC라면. 그리고 그 선구자에게도 똑같이 물어볼 수 있어. 이건 즉, 닭이 먼저냐 달걀이 먼저냐는 딜레마를 품은 가설이지. 그렇다면 솔직히 이건 아닐 거야.”

“……뭐, 그렇겠지.”

“그리고 하나 더. 단순히 주군이 무능해서 권속이 계속 죽거나 가학적 의도로 죽이는 등 목적다운 목적도 없이 권속을 죽이는 경우야. 이 경우, 만약 권속이 스킬 습득 조건을 채워도 정말 스킬을 배우게 할까? 주군이 무능하다면 거기까지 생각이 미치지 않아. 그보다 권속에게 경험치를 줄 지혜가 있다면 애초에 그런 사태는 일어나지 않고, 권속을 그저 죽이고 싶은 주군이라면 권속을 굳이 강화하지 않겠지."

"……그래, 일리가 있군."

"즉, 그런 이유로 이 스킬은 사실상 플레이어가 직접 배우는 것 말고 생각하기 어려운 거야."

길게 숨을 내쉬고 인벤토리에서 컵을 꺼내 마법으로 물을 만들어 마셨다.

"……너, 가끔 말이 엄청 빨라지는군. 왠지 살짝 친근감이 들었어. 솔직히 정체를 알 수 없고, 외모도 실력도 다가가기 힘들었는데 인간미가 있네?"

무례한 녀석이었다.

"그런데 너라면 내 협력 없이 그 대천사라는 보스도 해치울 수 있을 것 같은데, 왜 이런 귀찮은 짓을 해?"

"이런 귀찮은 짓이라면, 권속을 써서 대천사를 퇴치하거나 방금처럼 변장해서 다른 플레이어와 협력하는 걸 말하나?"

"그래."

"내가 혼자 해도 딱히 상관없지만, 그런 짓을 하는 사람이 있으면 굉장히 눈에 띄기 때문이야. 너처럼 나도 사정이 있어서 플레이어들 앞에서 NPC인 척하거든. 그런 사람이 대천사 퇴치를 단독으로 몇 번이나 가면 부자연스럽기 짝이 없어."

"그건 그래. 무슨 목적으로 그런 짓을 하냐고 생각하겠지."

"게다가 그거 말고 하고 싶은 일도 있어. 대천사한테만 시간을 들일 순 없지."

협력자에게 이런 상황 설명이 필요하다는 것은 알지만, 솔직히 어서 여행을 떠나고 싶었다.

도보로 느긋하게 이동하는 여행은 의외로 즐거웠다.

"그래. 바빠 보이는군."

"더 묻고 싶은 거 있어? 빈번하게 만나서 이야기할 기회도 거의 없을 테고, 얼굴을 맞대고 있는 지금 물어 봐 주면 고맙겠는데."

"있어있어. 이거야."

뱀부는 인벤토리에서 자그레우스의 심장을 꺼냈다.

방금 대천사가 떨어뜨린 아이템이었다.

가슬라크는 협력해 준 사례로 뱀부에게 주라고 지시했었다.

"이건 뭐야? 그 천사들이 떨어뜨리는 보석이랑 비슷하지만, 맑은 색도 광채도 달라. 그만큼 강력한 몬스터가 주는 아이템이니까 단순한 보석은 아닐 텐데……."

"아아, 그거? 이름은 자그레우스의 심장이라고 해. 소생 아이템이야. 사망한 캐릭터에 그 아이템을 사용할 목적으로 갖다 대면 아이템이 사라지고 사망 상태에서 복귀해. 이때 LP도 어느 정도 회복하는지, 생전의 상처도—."

"잠깐잠깐잠깐잠깐! 소생 아이템?! 이게 그거야?! 지금까지 그런 건 듣도 보도 못했어! 그보다 소생이란 게 진짜 있었나……."

"그야 있지. 죽었을 때 시스템 메시지에도 나오잖아. 한 시간은 소생을 기다려 준다는 그거. 이제는 안 나올지도 모르지만."

던전 보스가 되면 임의로 리스폰할 수 없게 된다. 그래서 이런 메시지가 지금도 나오냐고 묻는다면 레아도 그날 이후 죽지 않아서 알 수 없었다.

게다가 소생이 한 시간 이내라는 제한은 시체에 영혼이 남아 있는 시간이 한 시간이라는 설정 때문이었다.

그렇다면 리스폰이 전제인 던전 보스는 어쩌면 소생 제한이 한 시간이 아닐지도 모른다.

확인하려면 다른 던전 보스를 시험 삼아 죽여야 하는데—.

"……으음, 기억이 안 나는데. 어땠더라. 무슨 메시지가 나온 것 같기는 한데, 소생에 관해서는…… 왜 그렇게 쳐다봐?"

"아무것도 아니야. 그보다 다른 질문은 더 없어?"

"너에 관해서는 산더미처럼 있지만……. 협력 관계라면 내가 낼 수 있는 것도 없는데 일방적으로 질문만 하는 건 꼴사납지. 그러니까 지금은 됐어."

"그래? 무슨 일이 있으면 친구 채팅으로 연락해 줘. 아, 맞아—."

이동하려고 의자 대신 쓰던 골렘에서 일어나 전보다 훨씬 멋있어진 로그하우스를 올려다봤다.

"마지막으로 물을게. 전에 내가 이 던전을 공격한 일, 원망하지 않아? 만약 감정이 남아 있다면 앞으로 관계에 영향을 줄지 모르니까 여기서 솔직하게 말해줘."

"……솔직히 집이 불탔을 때는 속이 뒤집어질 만큼 화가 났지만, 나도 부하를 부려서 도시를 습격하거나 NPC와 플레이어를 죽였어. 그건 피차일반이지. 그 점을 서로 이해하고 싸운다면 거기서 나온 희생과 손해도 감수해야 해. 그리고 그때 거의 일방적으로 당한 건 내가 약했을 뿐이야. 또 붙고 싶다면 상대해 주겠지만, 그때도 서로 원망하지 말자고."

대단히 어른스러운 대응이었다.

레아라면 이토록 확실하게 감정과 분리해 이야기할 수 있을까?

아마 못 할 것이다.

"……그렇게 말해 주니 다행이야. 너와 또 싸우는 것도 매력적인 제안이지만, 아직 실력에 조금 차이가 나. 게다가 서로 던전을 지배하는 몸이니까 사망에는 주의해야지. 그럼 나는 이제 갈게. 그 초원에는 아까 부른 홉 고블린 메이지를 남겨 뒀지? 가능하면 대천사를 몇 번 더 처리해 주면 고맙겠어. 그 이유는—."

◆◆◆

"어서 와. 이제 당장은 가만히 있어도 대천사 퇴치 횟수가 늘어나겠어."

키퍼에서 가장 안쪽 여관, 은색 거친 곰의 가장 좋은 방에서 라일라가 기다리고 있었다.

"다녀왔어. 그러게. 마레에게는 이벤트가 끝날 때까지 휴겔컵에서 플레이어들에게 대천사 퇴치 서포트를 맡길 생각이야. 그쪽의 라일리에네였나? 영주 대행도 같이해 주는 거 맞지?"

"물론이지. 어라? 케리라고 했나? 그 능력 좋은 수인 애는?"

"포기했어. 귀찮은 거랑 마주칠 뻔해서 도망쳤다고 해. 잘 생각해 보면 아무리 사람이 많아도 목적지는 하나니까 만날 수도 있겠지."

"흐음, 마물 플레이어 쪽은?"

"마물 플레이어용으로는 우리 가슬라크를 메인으로 활동시키려고 해. 그리고 그 뱀부라는 플레이어에게도 도움을 받을 거야. 마레처럼 NPC로 참가하는 거라면 문제없지만, 플레이어인 척하려면 무심코 실수하지 말란 법도 없어. 그런 부분의 서포트를 뱀부에게 부탁해 놨지."

"—아아, 그 3위 플레이어인가? 괜찮아? 성격은 어때?"

"어떠냐니, 말투에 비해 꽤 어른스러운 사람이야. 친구가 된 후로는 부탁한 일은 제대로 해줘."

"어른."

"그래. 도리를 아는 사람이라고 해야 할까, 자제심이 있는 인물이야."

"친구."

"응. 친구 등록했으니까."

그러고 보니 이 여관에 머물던 그 플레이어들은 뭘 하고 있을까.

이 여관이 지금도 무사하다면 이상한 짓은 하지 않겠지만, 아무 변화도 없이 평화롭게 살고 있다는 생각은 들지 않았다.

〈모니카.〉

〈예, 레아 님.〉

〈숙박부를 들고 와줘.〉

잠시 후 모니카가 숙박부를 가지고 왔다.

"고마워. 보자—."

숙박부를 넘기자 조금 앞쪽 페이지에 마가렛이라는 이름이 실려 있었다.

풀네임인지는 알 수 없지만, 거기에는 「마가렛 쿠지」라고 적혀 있었다. 정식으로는 이게 플레이어 캐릭터의 이름 같았다.

“음, 그럼 여기 나란히 적힌 이름이 그 파티 멤버인가?”

자넷 야사카.

마가렛 쿠지.

엘리자베스 츠바메.

그리고 앨리슨 키라.

숙박부 날짜로 보아 그녀들이 이 여관을 이용한 기간은 약 한 달이었다.

그리고 이름 앞에 체크 마크가 없으니까 아직 숙박 중이다.

이 여관에서는 체크아웃한 숙박객의 이름에는 체크 마크를 넣는 규칙이 있다고 한다.

“이 네 명은 이 여관, 정확히는 나에 관해서 딱히 떠벌리지 않았나?”

“가끔 전 오너를 감시하거나 이쪽 방을 엿보려고 하지만, 그것 말고는 딱히 없습니다. 지금까지 하던 대로 습원에 가서 사냥하고 돌아오는 일상이죠. 지금까지와 다른 점이라면 밖으로 나갔는데 방에서 나오는 경우가 늘어난 것 정도일까요.”

밖으로 나갔는데 방에서 나온다는 말은 방에서 리스폰한다, 죽어서 돌아왔다는 말이다.

지금까지 하던 대로 곰에게 도전했다가 당했나 보다.

그 곰은 지금 마가렛 쿠지 파티가 이길 수 있는 상대가 아니다.

하지만 원래는 던전 보스란 적정 수준의 플레이어가 이길 수 없는 존재다.

즉, 다른 던전과 똑같다고 할 수 있겠다. 보스에 관해서는 참거나 더 노력해 주기를 바란다.

"하지만 왜 말을 안 하지? 그 상황에서 이 여관이 내 손아귀에 떨어지지 않았다고 생각하는 게 부자연스럽지 않나?"

"훔쳐 들은 대화에서는 이벤트가 끝날 때까지는, 이라고 했었습니다……."

"흐음……?"

이벤트가 끝날 때까지는 죽어도 사망 페널티가 없으니까 자기들끼리 조사하고 싶다는 말일까?

뭐가 됐건 이벤트 기간이 끝나면 뭔가 움직임이 있을 것이다.

그녀들이 이 숙소가 수상하다고 소문을 퍼뜨리지 않으면 플레이어들이 모이지 않고, 플레이어를 감시하기도 힘들지만, 그렇다고 여관이나 레아 쪽에서 수상함을 어필할 수도 없는 노릇이었다.

이 건은 이벤트 종료까지 미뤄 놔야겠다.

"문제가 없다면 그냥 둬도 돼. 라일라, 슬슬 여행을— 라일라?"

"—좋아, 레아. 다음에 그 뱀부랑 만날 때는 언니를 데리고 가."

"상관은 없는데, 나는 그쪽에 골렘을 둬서 『소환』으로 날아갈 수 있지만, 라일라는 어떻게 오게?"

"노이슈로스지? 평범하게 전이 서비스로 찾아가서 날아가지, 뭐"

"상관은 없지만, 플레이어한테 들키지만 마."

특별 번외편 스가루TV

웰스 왕국 왕도. 자매들과 함께 성녀 아말리에의 서포터로서 천사 습격의 뒤처리 — 맑은 심장 회수 및 부상자 치료 — 를 하던 마리온은 문득 고개를 들어 남녘 하늘을 올려다봤다.

마리온의 시력으로는 아무것도 보이지 않지만, 그 시선의 머나먼 앞에서는 지금쯤 주인인 레아가 대천사에게 도전하고 있을 것이다.

아니, 그 표현은 옳지 않다.

재앙, 지금은 8대 재앙이라고 불리게 된 이 세계의 여덟 정점 중 주인 레아가 가장 강하고 아름답다는 것은 명명백백한 사실이었다.

그렇다면 도전하는 쪽은 주인이 아니라 대천사여야 한다.

저 구름 너머에서 악명 높은 대천사가 마왕 레아에게 도전하고 있을 것이다.

이게 옳은 표현이다. 마리온은 혼자 만족스럽게 고개를 끄덕였다.

"—케리, 왜 놀고 있어? 빨리 못 끝내면 방송 시작해."

그러자 라일리가 케리를 부르는 소리가 들렸다. 마리온이 보스를 생각하는 사이, 케리는 놀고 있었나 보다.

"안 놀았어. 잠시 이 세계의 진리를 고찰했을 뿐이야."

아니었다. 세계의 진리를 고찰했나 보다. 마리온은 어려운 말은 모르지만, 자신에게 세계의 진리는 보스 레아이므로 비슷한 생각을 하고 있었던 셈이다. 그렇다면 됐다.

"뭐래…… 뭐 잘못 먹었어……? 차라리 놀았다고 해……. 잠깐, 레미! 포션 없어?! 바보 머리 식히는 약!"

"물이라도 뿌리지? 아니면 마리온의 『얼음 마법』."

"……케리 머리 식혀? 왜?"

식힐 필요가 있어 보이지는 않았다. 케리는 정상이다.

"야, 너희들. 바보 같은 소리 그만하고 가자."

"바보 같은 소리는 케리 혼자 다 했으면서……."

뒤처리를 끝낸 네 사람은 나란히 서서 왕도 뒷골목으로 들어가 지하로 이어진 계단을 내려갔다.

그리고 얼마 후, 이곳 웰스에서 성녀로 칭송받는 아말리에와 그 수행원인 신관들도 남몰래 지하로 모습을 감추었다.

마왕 레아의 명령으로 개미들이 웰스 왕도 지하에 만든 아지트.

마왕의 권속들은 그곳에 모여 있었다. 목적은 라일리가 말한 대로, 방송이었다.

무슨 방송이냐면 그녀들의 주군인 마왕 레아의 전투 중계였다.

"시작한다."

"응."

"직접 제 눈으로 보지 못하는 게 아쉬워요……."

"그야 성녀님은 눈을 가렸으니까요."

"그런 말이 아니라……."

〈아— 아—. 채팅 테스트, 채팅 테스트. 여러분, 들리시나요?〉

권속들의 머릿속에 울리는 목소리는 벌레 여왕, 스가루의 사념—친구 채팅이었다.

레아의 전투 중계는 스가루가 『시각 소환』을 구사해 레아에게 대동한 메가네우론의 눈을 빌리고, 거기서 본 것을 친구 채팅으로 전달하는 방식이다.

레아에게 하사받은 포상 경험치를 스가루가 『소환』 계열 스킬에 투자한 결과였다.

〈지금 막 보스가 천공성에 첫 발을 디뎠습니다. 앗, 대천사 같은 인물이 나타납니다! 뭐라고 말을 하네요……. 『청각』으로 전환할게요……. 어…… 이 새 자식, 할 말 못 할 말이 있지, 보스에게 따, 땅을 기는 축생, 이라고……?!〉

"뭐야?!"

"역겨운 천사 두목 주제에!"

"제 분수를 모르는 것도 정도가 있죠!"

케리, 라일리, 아말리에가 분개하며 소리쳤다.

"……오늘 저녁은 새구이로 할래."

물론 마리온도 짜증 났다. 세 사람처럼 바로 말이 나오지 않아서 조금 박력 없는 불평이 되어 버렸지만.

"다, 다들 잠깐! 마음은 이해하지만 진정해! 안 들리니까!"

똑똑함 담당 레미가 분위기를 가라앉히는데 스가루가 중계를 이어갔다.

〈앗, 역시 보스네요. 대천사의 모욕을 담백하게 무시하고 천공성 정원에는 바닥재도 안 까냐며 낮은 문명 수준을 날카롭게 지적합니다.〉

“““오오……!”””

“……바닥재를 까는 정원이란 게 감이 안 오네요. 흙바닥이 아니라면 보통 돌바닥이나 잔디 아닌가요……?”

“성녀님, 그건 별로 중요하지 않지 않을까요.”

감탄하는 수인 네 명과 달리 일반적인 정원을 아는 아말리에는 고개를 갸웃거렸다.

〈아, 한순간이지만 보스가 회심의 미소를 짓네요. 아마 대화하면서 은근슬쩍 『감정』을 했겠네요.〉

“대화하면서 은근슬쩍이면 라일라 님의 방식을 참고하셨구나.”

“『감정』 자체도 라일라 님이 발견했다고 하고, 역시 보스의 누님…….”

“회심의 미소를 지었다면 역시 보스가 대천사보다 강하다는 뜻이네. 내 생각은 틀리지 않았어. 역시 그것이 바로 세계의 진리…….”

“아, 무슨 소리인가 했더니. 뭐, 당연한 거 아니겠어?”

역시 케리도 마리온과 같은 생각을 했었나 보다.

〈대천사가 반성은커녕 다시 보스를 모욕합니다……! 앗, 하지만 보스는 여기서 카운터! 대천사의 말을 역으로 이용해 닭 취급! 제대로 꽂혔습니다!〉

“역시 보스야! INT 높아!”

“정말로 훌륭한 응수네요! 후~! 귀족적!”

“대단하다고는 생각하지만, 너희 그거 칭찬 맞아……?”

〈제1 라운드 전 말싸움 배틀은 보스의 승리라고 해도 되겠지요! 선취점을 뽑으며 1점 앞서갑니다! 실제 전투는 안 봐도 보스의 승리

가 확정이니까 이건 사실상 우승이네요! 축하합니다!〉

"이겼다!"

"축하해요!"

"명승부였네요!"

"응, 마음은 이해하는데 그런 건 됐으니까 중계를 계속—."

소란을 피우는 스가루와 케리, 아말리에에게 어이없어하며 라일리가 말을 건 그때.

〈이럴 수가! 말싸움에서 패배한 대천사가 비열하게도 선제공격을! 아아! 보스의 방패가! 보스의 가슴이! 네, 네 이 녀석, 새인간 주제에!〉

"잠깐, 스가루! 무슨 일이 벌어지는 거야! 제대로 설명해! 네 역할이잖아!"

"이 사람 방송 재능 없는 거 아니에요?!"

"사람도 아니지만."

"여기 손님 중에 방송이 특기인 분 안 계신가요—."

"마리온, 그 말투는 뭐야?"

"전에 블랑 님이 그러면서 장수풍뎅이 찾는 걸 봤어."

"떽! 흉내 내면 안 돼!"

난장판이었다.

긴박감은 눈곱만큼도 없다.

그건 레아를 향한 권속들의 절대적 믿음 때문이었다.

그 위대한 주군이 일대일 싸움에서 질 리 없다는 믿음.

중계하는 스가루도 허둥대고는 있지만, 그건 걱정 때문이 아니었다. 갑자기 선수를 친 무례한 대천사에 대한 분노 때문이었다.

한때 레아는 플레이어들의 함정에 걸려 한 번 목숨을 잃었다.

레아 본인은 「그건 방심했기 때문이다」라고 말했고, 이야기를 들은 권속들도 얼굴을 마주 보며 「그건 그래」라고 생각했지만, 반대로 말해서 방심만 하지 않으면 상대가 다수로 덤벼도 질 리 없었다.

그리고 이번에 레아는 방심하지 않고, 머릿수가 많은 적의 부하를 상대하기 위해 비행 가능한 수많은 권속을 이끌고 출정했다.

지금 스가루가 시야를 빌린 메가네우론도 그중 한 마리였다.

그밖에도 쌍두룡 암피스바에나 위벨과 『항공병』 솔저 베스파, 갑각 여왕이 낳은 비틀 나이트와 비틀 워리어를 거느리고 있었다.

"아, 맞다! 블랑 님 영역에 있는 퀸 비틀은? 그녀 부하도 보스에게 대동했을 거야!"

"역시 케리야! 누가 퀸 비틀한테 친챗 보내!"

"……친챗? 친구 채팅 말이야? 레미야말로 누구 흉내를 내는 거야?"

"라일라 님."

"떽! 흉내 내면 안 돼! 이건 보스가 말했으니까 진짜야."

"너희 지금 장난칠 때야?! 설마 아무도 퀸 비틀 연락처 몰라?!"

레아의 권속들은 기본적으로 사이가 좋았다. 같은 인물을 주인으로 섬긴다는 점이 주된 이유였다.

예컨대 주인을 향한 경외심이나 보호 욕구 등 그런 밝은 감정을 공유하기 때문이었다.

그렇지만 이렇게 조직이 커지고 권속이 늘어나면 모든 권속과 관계를 맺기는 어렵다. 최초의 권속인 케리 자매에게도 존재는 알지만 직접 만난 적은 없는 권속이 있었다.

블랑의 지배 영역을 지키는 퀸 비틀도 그중 하나였다.

"누, 누가 지금부터 에른타르로 가서 전원의 친구 카드를—."

〈아앗! 역시 보스네요! 적의 두 번째 공격은 가뿐하게 피했습니다! 제가 말씀드렸죠! 마왕에겐 한 번 본 기술은 통하지 않는다고!〉

"갑자기 방송 재개했어! 아니, 이걸 방송이라고 불러도 돼? 그리고 들은 적 없어, 『한 번 본 기술은 통하지 않는다』. 보스라면 해도 이상하지 않지만."

케리의 말에 마리온도 내심 동의했다.

마리온이 아는 한 레아가 같은 기술에 두 번 당한 적은 없었다. 애초에 공격을 정통으로 맞는 장면조차 본 적 없지만.

〈보스, 적의 공격을 피하고 피하고 또 피합니다! 아무리 공격해도 안 맞아요오! 이게 마왕, 이게 우리 보스죠오!〉

"이거 정말로 스가루야? 성격 변하지 않았어? 방송하면 성격 변하는 타입?"

"칼을 쥐면 성격이 변하는 인간이 있다고 해요. 웰스에 있는 플레이어가 저를 보면서 그런 잡담을 했어요."

"……그거 잡담이 아니지 않을까?"

마리온은 그렇게 중얼거리지만, 아말리에에게는 들리지 않았나 보다.

〈여기서 나왔습니다! 승리 선언! 『—이걸로 끝인가? 네 공격은』.〉

"오오, 멋있어!"

"나중에 연습해야지!"

레아의 멋있는 대사 흉내 내기가 최근 권속들의 트렌드였다. 물론 들키면 하지 못하게 하니까 본인에게 들켜서는 안 된다.

〈그리고 여기서 보스의 턴입니다! 먼저 『화이트아웃』으로 시야를 차단! 비겁한 수단이죠! 하지만 싸움은 이기면 그만입니다! 어떤 공격일까 하고 얼빠진 얼굴로 보스의 손만 바라보니까 그렇게 되죠!〉

"대천사가 얼빠진 얼굴로 보스를 봤어?"

"폐하는 웬만한 귀족보다 훨씬 아름다우시니까요. 그럴 수 있죠."

"아니, 전투 중이니까 아름다워서 본 건 아닐 텐데."

〈닭답게 시력이 떨어진 사이에 『다크 임플로전』! 한때 힐루스 왕도에서 건방진 플레이어들을 처단한 보스의 18번 기술이죠! 하지만 적도 만만찮습니다! 역시 새인간의 왕! 이거 한 방으로는 끝나지 않아요!〉

"보스의 『다크 임플로전』을 견뎠어?!"

『다크 임플로전』은 『어둠 마법』의 최상위 마법이었다. 단일 대상에게 주는 대미지는 마법 중에서 최대급. 그것을 레아의 높은 INT로 시전하면 견딜 수 있는 자는 거의 없을 터였다.

사실 지금까지 레아가 이 마법을 쓰고 살아남은 자는 없었다. 아니, 대상이 너무 거대해서 발동이 실패한 한 적은 있지만, 그건 실질적으로 쓴 게 아니므로 노 카운트다. 말뜻은 잘 모르지만, 노 카운트는 레아의 친구 블랑이 가끔 쓰는 단어였다. 사용법은 아마 맞을 것이다.

"역시 재앙, 역시 새인간의 왕이야."

"……새인간의 왕으로 정착됐구나."

〈아니이잇! 『다크 임플로전』을 견딘 새인간에게 마무리로 『이블 스마이트』—가 끝이 아닙니다?! 이건?! 보스의 뿔과 날개가 칠흑색으로! 아, 융합한 아다마스의 성질이네요! 그 칠흑색 깃털을…… 날렸습니다아! 새인간은 벌집이 되고 마네요!〉

"""""벌집이다—!"""""

〈이것으로 병든 닭 같은 새인간 녹다운! 보스, 수고하셨— 어.〉

지금까지 탈선과 치명적 캐릭터 붕괴를 반복하면서도 중계를 이어온 스가루가 갑자기 말을 멈췄다.

그 분위기 변화에 마리온은 말로 다할 수 없는 불안을 느꼈다.

"스가루, 왜 그래? 무슨 일 있어?"

〈새인간이, 부활을……. 아뇨, 그게 다가 아니라, 뭐, 뭐죠? 이 수는—.〉

◆◆◆

"—헉."

마리온은 자기가 잠에서 깼다고 자각했다.

어둠과 흙내로 보아 이곳은 신축 지하실 같았다.

아무래도 지하실에서 다 같이 레아 대 대천사 중계방송을 듣는 꿈을 꾼 모양이었다.

참 희한한 개꿈이라며 고개를 저었다.

레아의 전투를 친구 채팅으로 중계한다는 건 권속들이라면 정말로 할 법한 이벤트였지만, 아무리 그래도 스가루의 그 표변은 말이 안 된다.

"아, 마리온 일어났어!"

"왜 기절하고 난리야. 아무리 대천사가 많이 나와도 그렇지, 보스가 그 정도로 당할 리 없잖아? 자, 중계 들어 봐."

"그래요. 폐하도 뭔가 대책이 떠오른 것 같으니까 지금부터 대공세예요."

〈보스가 대천사들을 뿌리치고 하늘 높이 날아오릅니다. 그 존안은 평소와 같은 득의양양한 표정을 짓고 계십니다. 분명 깜짝 놀랄 만한 신기를 보여 주실 테지요.〉

친구 채팅으로 스가루의 차분한 목소리가 들렸다. 중계다.

그렇다, 중계방송을 듣다가 해치운 줄 알았던 대천사가 부활하고, 대량으로 몰려나와 레아가 열세에 빠졌다. 그 순간, 주군의 패배로 사망한 기억이 떠오르며 정신이 아득해졌었다.

"……꿈이지만, 꿈이 아니었어."

친구 채팅에서 들린 스가루의 목소리는 평범했다. 기억대로, 평소대로의 분위기였다.

정신을 잃기 직전의 쇼킹한 정보와 잠에서 덜 깬 머리로 혼탁하던 정신이 차츰 또렷해졌다.

"그래서 보스는? 새인간은?"

"새인간……? 대천사 말이야? 확실히 새랑 닮긴 닮았지만……. 네가 생각했어?"

품위가 없다고 케리가 눈총을 날렸다. 잘못하면 꿀밤도 날릴 기세다.

마리온은 허둥지둥 양손으로 머리를 감싸고 해명했다.

"아, 아니야. 스가루가 말했어."

〈안 했습니다만? 뭐죠, 왜 갑자기 저에게 누명을……?〉

"마리온……. 남 탓 하면 못 써."

케리가 주먹을 우둑우둑 울리며 다가왔다.

"아앗……."

이제 틀렸다. 맞는다. 꿈이 꿈이 아니었던 탓에 왜 이런 억울한 일을.

그렇게 각오한 순간.

〈앗. 대천사들보다 위로 올라간 보스가 하늘에서 울루루를 『소환』 합니다.〉

다행이다, 라고 생각하면서도 의문이 들었다.

"왜 하늘에서 울루루를? 못 나는데."

"못 나니까, 지. 날 수 없는 울루루를 하늘에 『소환』하면 어떻게 되겠어?"

"……떨어진다?"

"그래. 그럼 울루루만큼 크고 무거운 게 높은 곳에서 떨어지면 거기 있던 녀석은 어떻게 돼?"

"……쿵해?"

"그래. 이런 식으로!"

캐리의 꿀밤이 떨어졌다.

"아야!"

〈이쪽에서도 보스가 준비한 거대 꿀밤이 떨어졌습니다! 떨어진 곳

은 천공성입니다! 대천사들의 방해도 있었지만, 끄떡도 없습니다.〉

"저기에서도 울루루가 직격했나 보네."

〈성이, 충격으로 성이 날아갔습니다. 섬 자체는 아직 떠 있지만, 고도가 조금 떨어진 걸까요? 대천사들은 아직 멀쩡합니다.〉

"칫. 끈질기네, 새인간들."

"……케리도 말했네."

"나는 괜찮아."

〈보스가 울루루를 다시 『소환』했습니다. 앙코르라고 하십니다.〉

"앙코르구나! 역시 보스야! 이제 새인간도 끝이네!"

〈첫 번째 충격으로 눈에 띄는 물체가 날아가고 거대 바위만 떠 있는 천공성에 울루루가 다시 꽂힙니다. ……이번에는 제아무리 천공성도 버티지 못했나 봅니다. 섬 전체에 큰 균열이 발생했습니다. 고도도…… 서서히 떨어지는군요. 그대로 운해로 가라앉습니다. 운해라는 이름은 정말 잘 지었네요. 새하얀 수면으로 바위가 떨어진 것처럼 구름이 튀어 오릅니다. —구름 아래의 권속에게로 시점을 옮기죠.〉

차분한 스가루의 말을 들으면 마치 그 광경이 눈앞에 떠오르는 것 같았다. 꿈속과는 천지차이다.

〈계속해서 지상에서 중계하겠습니다. 구름이 갈라지고 천공성 하부가 모습을 드러냅니다. ……지금 천천히 천공성이 대지에 격돌했습니다. 눈에 보일 만큼 선명한 충격이 땅을 타고 퍼져 나갑니다. 이건 장관이네요. 쉽게 볼 수 있는 풍경이 아니에요. 역시 보스입니다. 아, 지금 충격음이 권속의 귀에 도달한 모양입니다.〉

"……귀가 있구나, 스가루네 권속."

"그야 있겠지. 없으면 대화도 못 하잖아."

"항상 친구 채팅이잖아."

"……그러고 보니 그러네. 귀가 있었구나, 스가루네 권속……."

INT가 낮아 보이는 수인들의 대화는 당연히 친구 채팅에 올리지 않았다.

〈어이쿠, 지금 충격파로 흙먼지가 피어올라 아무것도 안 보이네요……. 어떻게 할까요…….더는 중계가 어려울 듯합니다만…….〉

"아~! 스가루, 어떻게 좀 해 봐!"

〈그게 말처럼 쉽지가……. 흙먼지를 날려 버리면 보스에게도 대천사에게도 들킬 텐데요……. 여기서부터는 흙먼지를 바라보며 제 완전 망상으로 중계하면 어떨까요.〉

"어떨까요는 무슨, 그건 이미 중계가 아니라고."

어라, 스가루가 이상한 소리를 하는데 아까 그건 정말로 꿈이었을까, 라고 마리온은 생각했다.

〈음성만은 간신히 들리네요. 또 설전이 시작됐나 봅니다. 앵무새처럼 보스를 축생이라고 부르짖는 대천사에게, 후훗, 보스가 신전은 렌탈이었다고 말씀합니다. 방금 울루루 낙하를 천공성에 신전을 빌려 준 거라고 빈정거리는 말이군요.〉

"하핫! 역시 보스야!"

울루루를 하늘에서 떨어뜨린 것은 신전을 빌려 주려는 의도였나 보다. 역시 보스는 착하다. 마리온의 머리에 꿀밤을 먹인 케리와는 천지차이다.

〈하지만 대천사들은 이미 그로 인한 피해를 거의 회복한 모양입니다. ……겨우 흙먼지도 걷히는군요. 보스가 보입니다. 아아……기껏 상공으로 올라가 대천사들을 뿌리쳤건만, 다시 포위당하……음? 이건……『암시』? 아니, 『집단 암시』일까요? 대상은 보스를 시야에 담은 모든— 안 돼! 『청각 소환』 해제!〉

"왜, 왜 그래, 스가루!"

〈죄송합니다, 여러분. 제 권속이 보스의 『집단 암시』에 걸려 버렸습니다. 그대로 청각을 연결해 두면 아마 『집단 암시』를 도화선으로 다른 스킬의 대상이 되었을 테죠. 지금은 권속에게 감각을 연결하면 위험합니다.〉

"그래, 보스가 비장의 수를 꺼냈나. 어우! 제일 좋은 장면인데!"

〈그렇죠……. 하지만 마지막에 보인 보스의 늠름한 미소. 그걸 보는 한 대천사는 이미 끝났을 겁니다.〉

"그런 건, 결과 같은 건 처음부터 알고 있다고. 스가루, 잘 들어. 우리는 보스의 전투가 어떻게 흘러가는지 보고 싶은 게 아니야. 보스가 이기는 장면이 보고 싶은 거지."

〈그 말씀은 지당하나, 어쩔 도리가 없습니다. 포기하시고 싸움의 전말은 전부 끝난 뒤 보스에게 들읍시다.〉

그건 좋다고 마리온은 생각했다.

스가루의 목소리도 나쁘지 않지만, 역시 레아의 은방울처럼 맑은 목소리가 좋으니까.

■ 작가 후기

여러분, 오랜만에 뵙겠습니다. 하라쥰입니다.

언제나 읽어 주셔서 감사합니다. 덕분에 5권을 낼 수 있었습니다. 제가 쓴 책이 다섯 권이나 세상에 유통된다고 생각하니까 왠지 가슴이 벅차네요.

권수가 늘어나는 것은 기쁘지만, 힘든 점도 있습니다. 그렇죠, 후기 소재입니다.

그래서 이번에는 제가 고3이었을 때 운동회에서 겪은 일을 써 볼까 합니다.(맥락×)

제가 다니던 고등학교는 일단 대학 진학을 목표로 하는 곳이었지만, 운동회는 두 반을 한 팀으로 묶어 경쟁하는 형식이었습니다.

운동 과목은 물론이고 응원 부문도 있어서 그쪽 평가로도 팀에 공헌할 수 있었죠.

저는 응원 부문에 배속되어 가쿠란[#4]을 입고 큰북을 두드리는, 그런 고전적인 느낌의 응원 연습을 했었습니다.

그런 응원 부문에는 당일 퍼포먼스 외에도 볼거리가 있었으니, 바로 팀마다 하나씩 제작할 수 있는 거대 조형물입니다.

#4 가쿠란 상의 옷깃이 목을 감싸는 남학생용 교복. 학생 응원단이 자주 입는다.

대나무나 골판지 상자 등을 이용해 만든 조형물은 한 변 최대 4미터라는 규정만 지키면 거의 뭐든 만들 수 있었죠.

거기서 우리 팀은 초대 건담의 흉상을 제작하기로 했습니다. 어떻게 결정됐는지 잘 기억나지 않지만, 마지막에 골판지 상자로 부피를 키운다면 각진 로봇이 멋있을 거라는, 그런 이유로 기억합니다. 정확히는 그 이유를 들먹여 여자가 많았던 다른 반을 설득했죠. 별로 관심은 없어 보였어요.

흉상 설계는 반 1등이 거의 혼자서 도맡았습니다.

지금까지 알고 지낸 사람 중 「이 사람한테는 절대로 못 이기겠다」라고 생각한 인물 다섯 명을 꼽으라면 반드시 들어갈 인물이었죠.

그가 설계한 흉상은 아주 치밀했고, 비유하자면 모든 게 계산된 종이접기 같은 예술성이 있었습니다. 우리는 골판지 상자를 맞추고, 대나무로 뼈대를 대고, 마지막에는 표면에 백상지를 붙인 뒤, 페인트로 채색했습니다.

각 팀이 학교 안뜰에서 작업했는데, 비가 오는 날은 젖지 않게 블루 시트를 덮는 등 꽤 고생한 기억이 있습니다.

평소 학교 행사에 그다지 열심히 참여하지 않는 개구쟁이 학생들도 이 작업에는 힘을 하나로 모았습니다. 그래서 응원 부문에도 활기가 넘쳤죠. 그 개구쟁이들 대부분이 응원 부문 참가자였으니까. 아니, 그렇다고 제가 개구쟁이였다는 이야기는 아니고요.

아무튼 조형물 우승은 우리 팀이 따 놓은 당상이라며 모두 확신했었습니다.

하지만 아쉽게도 우리 팀 조형물은 2위로 기록되었죠.

1위는 옆 반 팀이 가져갔어요.

그들은 세상에, 서 있는 Z건담을 만들었더군요.

흉상과 입상. 임팩트에서 밀릴 수밖에 없었나 봅니다. 디자인 차이는 취향의 영역이므로 언급하지 않겠지만요. 참고로 응원전은 우리 팀이 1위를 해서 종합 응원 부문 1위가 된 것으로 기억합니다.

사실은 이때 Z건담을 만든 반 아이가 최근 SNS의「친구일 수도 있는 사람」에 추가되었습니다. 연락할지 말지 고민 중이에요.

만약 이걸 읽고「와, 난가?」라고 생각하신 분은 꼭 연락해 주시기 바랍니다.

마지막으로 이 자리를 빌려 감사 인사를 드립니다.

일러스트를 담당하신 fixro2n 님. 언제나 항상 감사합니다. 형태가 괴상한 주요 캐릭터가 있는 탓에 몇 번이나 수정 요청을 보내 죄송했습니다. 전부 그 캐릭터 탓입니다.

교정 담당자님. 늘 하는 오표기는 최대한 수정하려고 하지만, 꼭 교정 담당자님께 가 버리네요. 수고를 끼쳐 죄송합니다.

담당 편집자님. 바쁜 시기에 여러모로 폐를 끼쳐 죄송합니다. 도와주셔서 감사합니다.

그리고 이 책이 출판되도록 힘써 주신 모든 분께 진심으로 감사의 말씀 전합니다.

하라쥰

황금의 경험치 5

초판 1쇄 발행 2025년 10월 20일

지은이_ Harajun
일러스트_ fixro2n
옮긴이_ 김장준

발행인_ 최원영
본부장_ 장혜경
편집장_ 김승신
편집진행_ 권세라 · 최혁수 · 김경민 · 최정민
편집디자인_ 양우연
국제업무_ 박진해 · 조은지 · 남궁명일
관리 · 영업_ 김민원 · 조은결

펴낸곳_ (주)디앤씨미디어
등록_ 2002년 4월 25일 제20-260호
주소_ 서울특별시 구로구 디지털로32길 30 코오롱디지털타워빌란트 1301-1308호
전화_ 02-333-2513(대표)
팩시밀리_ 02-333-2514
이메일_ lnovellove@naver.com
L노벨 공식 카페_ http://cafe.naver.com/lnovel11

ISBN 979-11-278-8436-9 04830
ISBN 979-11-278-7518-3 (세트)

값 11,000원